康化冰·········著

舒张的生命

孙轶 题

SHU

ZHANG

DE

SHENG

MING

山西出版传媒集团

山西经济出版社

图书在版编目（ＣＩＰ）数据

舒张的生命 / 康化冰著. -- 太原 : 山西经济出版社，2021.12

ISBN 978-7-5577-0960-0

Ⅰ.①舒… Ⅱ.①康… Ⅲ.①散文集—中国—当代 Ⅳ.①I267

中国版本图书馆CIP数据核字（2022）第002293号

舒张的生命

著　　者：	康化冰
选题策划：	吕应征
责任编辑：	侯轶民
装帧设计：	华胜文化
出 版 者：	山西出版传媒集团·山西经济出版社
地　　址：	太原市建设南路21号
邮　　编：	030012
电　　话：	0351—4922133（市场部）
	0351—4922085（总编室）
E-mail：	scb@sxjjcb.com（市场部）
	zbs@sxjjcb.com（总编室）
网　　址：	www.sxjjcb.com
经 销 者：	山西出版传媒集团·山西经济出版社
承 印 者：	山西润金容印业有限公司
开　　本：	787mm×1092mm　　1/16
印　　张：	23
字　　数：	240 千字
版　　次：	2022 年 3 月　第 1 版
印　　次：	2022 年 3 月　第 1 次印刷
书　　号：	ISBN 978-7-5577-0960-0
定　　价：	98.00 元

释读《舒张的生命》
康化冰散文集(一)
随　　　感

满腹才学化冰君，
信手拈来皆成文。
参悟人生肯动脉，
探求物理爱用心。
文笔巧妙显功力，
论说精到见水准。
大作扑面展风韵，
独有见地蕴含丰。

郑福田 2017. 12. 5

 序

　　辛丑年春月的一天，化冰老弟将他的散文集《舒张的生命》一书的电子版样本发给我，并希望我能为其作序。老实讲我是诚惶诚恐的，委实难当此任。因为我既不是文化圈里的行家，也不具有一定的身份和名望，于书的出版发行实在难以增色添彩。但化冰几次讲不敢惊动行家高人，相互熟悉且彼此了解就足矣。这使我偶然想起一位名人曾经说过"写序之事本应在因缘之内，相识相知方可为"。基于因缘之故，基于和化冰的相识相知，这是我最终得以斗胆答应来写这个序的原因。

　　我和化冰都是从家乡管涔山的大山里，从汾河源头的那片土地上成长并走出来的孩子。和不少人一样，我也是看着化冰相知相伴一路走过来的。这么多年他给我的印象始终是一个孜孜不倦、爱岗敬业的人，是一个孝敬父母、热爱家庭、眷恋故土的人，是

一个对人生、对生活有见解有感悟充满正能量的人。这次他把过去多年来记录下来的文稿重新进行了梳理，把对人生酸甜苦辣的理解，把对生活中最受触动的一些感悟，把对人性中最应该发掘的真善美的东西呈现出来，示之众人面前，让亲朋好友和更多层面的人们来品读分享，交流体会。这确实是一件可喜可贺的事情，也是一件非常有意义的事情。

俗话讲，文如其人。一个人的文字往往是作者人生经历、经验的高度结晶，文字中饱含着对生命、生活、精神、灵魂等的感悟。化冰最早是在忻州县、市两级的党政机关工作，人到中年转入到市属企业工作，再后来兴办实体，创办实业。在长期的工作和生活交往中，凡熟悉了解他的人，对他的人品、能力以及文采大都是赞赏有加，有口皆碑的。可以说他是一位在工作上优秀的多面手，可谓德才兼具，文武兼备。尽管一段时期他有点怀才不遇，正所谓"冯唐易老，李广难封"，那也是时也、运也、命也。这些丝毫都不会影响大家对他的肯定和赞誉。而且他优于同龄人的地方，还在于他有着丰富的工作经历和比较深广的人生阅历。县市两地工作过，党政机关工作过，体制内外工作过，下海历练过，企业里滚战过，实业创办过。这些经历使他对人生、对社会、对生活有了一种多角度、宽视野、立体式的感悟和体会。他的这本散文集之所以能够得以出版，其实也深深植根于他丰富的实践和厚重的人生阅历，也得益于他在文化之外的这种底蕴。

化冰不仅在工作上敢担当、会驾驭、有能力，他在生活的追求上还是一位有品位、有情趣的人。工作之余爱读书、爱学习，对儒释道中华文化的了解钻研颇有心得。这些年在社会物欲横流、人心浮躁的氛围下，他能够始终保持一种恬淡平静的心态，一念放下万般从容。这与他丰富的学养，与他多年来对《心经》《金刚经》的修行是分不开的。工作之余他还喜欢音乐，喜欢茶道，喜欢诗文朗诵。闲谈之中，兴趣一来，许多优美经典的诗文都能随口而出，给人以如沐春风的感觉。至于在生活的浪花拍打之下，在生命的激情喷涌而出之时，那篇篇诗歌、散文、随笔就从他的笔端缓缓流淌出来。这种爱好和追求，几十年来始终伴随着他，因此朋友们都夸奖他是一位从实践中走出来的文化人。他的散文集从一个侧面展示了他的品位和情趣，同时也给予我们大家更多有益的启示。

化冰不论是在顺境还是在逆境中，从青年到中年，在几十年来风雨曲折的人生历程中，始终守得住初心，静观花开花落，淡看云卷云舒。他将生活活出了情趣、活出了境界。

我为自己能够成为这部作品最初的读者而感到荣幸，也希望有更多的亲朋好友和各层面的人，能够分享《舒张的生命》这部厚重的作品，感受化冰字里行间中的优美、智慧。

是为序。

陈　升

2021年5月1日

目 录

亲 情 编

亲情编

QINQINGBIAN

母爱

在我的记忆中，母亲对我不是很好。小时候，父亲一个人工作，母亲不上班，我在家里排行老四，上面有三个哥哥，下面还有一个妹妹。

大哥从小患羊痫风，经常发作，发作起来四肢僵直，嘴角不住地吐白沫，怪吓人的。每次发作下颌骨就要脱位，母亲用布条裹住两个大拇指帮大哥复位。大哥发作过后神志不是很清楚，常常将母亲的手指咬破，母亲的两个大拇指上便积累下许多疙疙瘩瘩的疤痕。

三代人的全家照，独缺我大哥

二哥高中毕业到林场当了工人，三哥那时还不满十三岁，成了家里唯一的劳力，村里分粮、家里挑水等许多活全得靠三哥。

从我记事起，母亲就体弱多病，先是做了阑尾手术，接着是宫外孕，还输了血。家里只有大哥的血型能用，可一个人的血不够，舅舅也抽了血，才把母亲的命救下。母亲手术好了之后又患了腰椎骨质增生，整天佝偻着身子，直不起腰来。

三哥到村里分粮，我和母亲跟在后面，全家六七口人的粮压在三哥身上，小跑几步就会连人带粮摔倒在地上，我一蹦一跳地跑过去开心地笑弯了腰。等母亲弓着腰赶上来，艰难地帮三哥把粮袋子重新驮在背上时，母亲的眼眶里总是转着泪水。

挑水的活，在大哥病情稍有稳定、情绪波动不大时会主动去做的，可这种情形一个月里也仅有两三天的光景。三哥小时候似乎很爱干活，有时大哥去挑水，他也要从大哥的肩上抢扁担，哥俩互不相让的事常有发生。三哥挑水的样子很滑稽，走起路来左右摇晃，就像扭秧歌似的，我跟在后面学着他的样子非常开心。三哥最多只能挑多半桶水，走上十来步就要歇一歇，自来水管离家并不远，可三哥总要在路上歇五六次。我从心里很小看三哥，觉得三哥天生就是一个软团。

母亲对待我和三哥的态度很不一样，有点好吃的，母亲总是把多一半给了三哥，少一半给我，母亲说哥哥大吃多的，你小吃少的。我表面上接受，可心里对母亲的做法耿耿于怀。

每当我和三哥发生冲突，母亲总是拍拍三哥的头啥也不说，对我却轻则骂一顿，重则屁股上拍两巴掌。等有了妹妹，父母亲高兴得不得了，母亲逢人便讲我们终于有了千金宝贝。听到母亲的话，我不免生出了一些惆怅和感慨，看来母亲一直想要的就是这个妹妹，我这四儿子原本就是个多余的角色，心中又增添了不少对母亲的积怨。妹妹渐渐长大，整天跟着我玩，我也喜欢上了这个活蹦乱跳、开朗活泼的小妹妹。可每当看到母亲把一件件新衣服穿在妹妹身上，我仍然穿哥哥们退下来的旧衣服时，心中对母亲的抱怨便日渐强烈起来。

1977年恢复高考，三哥考上了大学，母亲激动得一直佝偻着的腰比平常挺直了许多。左邻右舍前来祝贺，母亲骄傲地说，选拔上大学我们想也不敢想，可要是凭考试，我三儿一点也不用我发愁。听母亲的说念，我心里甭提有多不平衡。母亲像给三哥娶亲似的从早忙到晚，又缝新衣服，又做新被褥。

那时刚有了"的卡""的确良"这些布料，父亲是一个国有林区的领导，身上还穿着打补丁的衣服，可母亲却给三哥做了"的卡"上衣和"的确良"裤子。三哥上学走的时候，母亲不仅给三哥买了时髦的上海牌手表，还把父亲珍藏在柜子里一直舍不得穿的那双皮鞋，一并打包在三哥的包裹里。母亲佝偻着腰，拄一根拐杖，一直把三哥送到公共汽车站，一路上不住地用衣襟擦拭着眼泪。等送走三哥，我发现母亲的衣襟已湿了一大片。

三哥上大学后隔了一年，我也考上了学校。没有见到母亲像为三哥操劳时的那种忙碌，也没有看到母亲像在三哥接到录取通知书时，激动之情溢于言表的高兴劲儿。母亲为我准备的是二哥用过的旧被褥，也为我准备了"的卡"上衣和"的确良"裤子，还有一双皮鞋，但那全是三哥穿过了的。只是父亲把他戴的那块罗马牌手表卖掉，给我买了一块日本精工手表，我的心里才有了些许安慰。母亲不亲我，成了我心中解不开的结。

　　大学毕业后，我和哥哥、妹妹先后参加了工作，之后陆续成了家，有了自己的儿女。父亲、母亲也搬到我们工作的城市生活，父母已七十多岁，平时生活上我和哥哥妹妹各尽所能，无微不至地照顾着。只是给两位老人购置衣服、物品时，我一直没有忘记心中那个结。我把第一件呢子大衣、第一件羊毛衫等诸多的第一全给了我的父亲，却从没有给过母亲一丝一毫。亲谁让谁给吧，给父亲时我总这么想，甚至想让母亲妒忌而有意去刺激母亲。但母亲或是无动于衷，或是压根儿就不懂，从来没有表现出我所期望的情形。

我的父母和侄儿
磊磊、儿子可可

今年的春季，父亲给我打电话让我去看看母亲，电话里我问是不是母亲病了，父亲说没有。等我去了父母住的家，母亲正呆呆地坐在沙发上，眼睛失神地盯着茶几上一张黄布条，嘴里不停地念叨着我的小名。我叫了数声，母亲浑然不觉。父亲说，一大早有个和尚在院子里转悠，碰到母亲说你小儿子最近要出车祸，不想一句骗人的鬼话竟戳到了母亲的痛处。平时我酷爱自己开车，母亲不知劝阻过多少回。听和尚这么一说，母亲脸色煞白，有点神不守舍。父亲说你平时不信迷信，还能信这点鬼话？可母亲却不由分说地追出去找那个和尚，回来后神色慌张地翻箱倒柜找东西。父亲给我打电话那会儿，母亲已从外边回来，手里拿回了那张放在茶几上的黄布条。我下意识地感觉到母亲受骗了，再细看母亲，手上三哥给买的金戒指，胳膊上二哥给买的梅花表，耳朵上妹妹给的金耳坠全都不见了。我的心被狠狠地揪了一把，一阵钻心的痛楚直扑我的灵魂深处。

我跪倒在母亲身旁，捧着母亲那苍老的面颊，失声痛哭。母爱，深深的母爱，我用了整整四十年的光阴，终于读懂了。

（写于1994年秋）

九仙表姐

　　从东寨村往北走就是通往山里的路，山里有两道沟，右手那道沟通往邻近的五寨、神池，左手这道沟则通往我大表姐家村瑶子湾。

　　瑶子湾距离东寨村很近，在雷鸣寺楼子山的西麓，是一个不足百户人家的小村子。村子不大却分为前后两个村，我大表姐家住在前村。

　　离开公路往村里走几十米，就是大表姐家的院子。

大表姐家旧址

这个院子没有传统意义上砖混石砌的院门和墙，只是用木柴和秸秆围成了不规则的栅栏。院子很大，占地有三四亩，正面有三间低矮的房子。一间住表姐夫的父母，另两间相通，一进门就是一铺大

左起：我的妻子、二嫂、大表姐和二表姐

炕，住大表姐一家五口人。门对面靠墙放着一个榆木大柜子，柜子上放着一个雕花的穿衣镜，比柜子显得更为古老和陈旧，大表姐说那是娘家给她的嫁妆。

我大表姐叫九仙，背上背着个大大的罗锅，身子时常佝偻着，腰直不起来，所以也无从知晓大表姐的身高。大表姐有多大年龄，没有问过，我和二表姐、表弟小时候一起探讨过，听大哥和大表姐叫她姐，肯定比他们都大，应该大我们十几岁不止。

在我们的记忆中，母亲只有舅舅一个弟弟，而舅舅家我的大表姐、二表姐、两个表弟亲如手足，从哪里蹦出个大表姐来？怎成罗锅的？为啥叫九仙？难道还有一至八仙吗？

母亲说，除了她和舅舅姐弟俩之外，还有一个大舅。母亲很小时，大舅就已成家，和姥姥、姥爷住一个院子里。母亲说，大舅人高马大力气过人，马驮的垛子，大舅一手挽马缰，一手就可将二百

多斤重的垛子架上马背。大舅生性豪爽，行侠仗义，爱管闲事，见不得穷人受欺负。每当看到听到不平之事总爱出头，可也脾气暴躁，家里外头大人小孩都畏惧他三分。

大舅重男轻女，生下大表姐本就不喜欢，偏偏大表姐天生面黄肌瘦体弱多病，大舅更是异常厌烦。一次大舅喝醉了酒，大表姐正发高烧，嗯嗯呀呀，哭闹不止，惹怒了大舅，一把将大表姐抓起从窗户里扔出院子，半晌没有了声响，都以为摔死了。姥姥会医道，抱回去又掐人中，又扎针灸，又灌汤药，居然救活过来。姥姥说这孩子命大，天不灭，有九条命，就叫九仙吧。也就是那次，九仙表姐虽然死里逃生，可身体被摔成了残疾，从此背上背了一个大大的罗锅。

母亲说到这时已泣不成声，我们幼小的心里增添了对九仙表姐的同情，也增添了对那个少有听说从未谋面的大舅的痛恨。

母亲说，善有善报，恶有恶报，我这个大舅后来离家出走。新中国成立前夕听外面回来的人说，出去当了兵，也不知是国共哪家的队伍，打仗死在了外面，竟连个尸首也没收回来。大妗子这个可怜的女人带着九仙表姐改嫁到了山里，一直如同娘家人似的和姥姥保持着来往，直到九仙表姐长大嫁人后去世。我们和九仙表姐没有多少亲情，小时候羡慕别人家的孩子走村串户走亲戚，我家缺少亲戚，大表姐家就成了我们逢年过节唯一的去处。

瑶子湾村距东寨村不足五里地，小时候走起来感觉路却很长。到大表姐家去要带当作礼品的食物，回来时带回大表姐家的食物，像交换似的。过年后去大表姐家，往往要住上一晚上再回来。那时，我和二姐、表弟晚上都会尿床，住一晚把大表姐家的被褥就画成了地图。第二天起了床，大表姐一边絮絮叨叨地数落，这么大的人了还尿床，一边把被褥拉到院子里晒，我们姐弟面面相觑、不知所措。

正月里最好吃的就是油糕，不知大表姐家何时吃了油糕，给我们热上剩下的油糕是香不过的美味，吃得一干二净见了盆底，还馋劲未解。二姐悄悄拉开橱柜，发现还有油糕放着，悄悄告诉了我，回来的路上，我们都坚信九仙表姐小气，有好的舍不得给我们吃。

中秋过后去大表姐家送月饼时，大表姐家的大院子里，各种庄稼满园，成片的葵花已成熟，房子外面的柴垛上摆放着摘下的葵

村里人打果子

秋收后的西葫芦

花片子，是表姐夫给我们备好的。可人小时候生性顽皮，放着的不吃，偏要到园子里折腾，免不了大表姐又要絮叨，感觉大表姐除了小气还很刻薄。

感觉归感觉，冬去春来，年年我们固定走串着大表姐这个唯一的亲戚。奇怪的是，大表姐几乎从不离开自己的村子和院落到东寨村来，看看自己的姑姑和叔叔。那些年，我们和舅舅家人口多，日子过得紧巴巴的，大表姐家看似清贫艰难，可每年那个老实巴交叫作面换的表姐夫，总要牵着骡子，送些莜麦、黑豆或山药蛋来。母亲说你们也不容易，以后别送了，表姐夫秃嘴笨舌地嘟囔："九仙让送的。"

记不住从哪年开始，我们或上学或参加工作，相继离开了村里，也顾不上走串大表姐这门亲戚了。不久，听母亲说，大表姐病逝了，年仅四十多岁。

家乡田野上的高粱

此后，断断续续地听母亲讲，面换也去世了，大表姐的两个女儿和一个儿子，都先后成了家，住在山里，日子过得很一般却很努力。

那时候，我们的家境已日渐殷实。按理说，仅只这一门亲戚，大表姐的孩子们有什么要求，都会想办法帮助的。可多少年过去，捎话捎了很多次，没有等来丝毫音信。

那天，我和表弟聊起了九仙表姐，忽然，我们从大表姐九仙这个名字里，意识到了姥姥赋予的寓意。贫穷人家的孩子，尽管艰难困苦，却有九条命护着，历经无数磨难，百折不屈，百折不挠。草有草的活法，不羡树高、不慕花红，不嫌沟浅、不弃土低，坚守着自己的夏绿秋黄。迎来朝阳，送走晚霞，迎风轻吟，遂雨低唱，任凭寒侵暑袭，哪怕万人踏踩失去形状，可根扎在土里，春暖时节，哪怕没有一滴甘露落下，依然会顽强地破土，茁壮成长。

"九仙"，一个老百姓的名字，竟是生命顽强坚持的密码，让我和我的兄弟姐妹们永久地记住了她。

（作于2009年8月）

清明时节

　　"清明时节雨纷纷，路上行人欲断魂，借问酒家何处有，牧童遥指杏花村。"我最早知晓清明是从唐代诗人杜牧的这首《清明》而来的。不知其中含义，仅从字面上获取了两点知识：一是清明节时肯下雨，二是杏花村里有汾酒。知识之浅薄可见一斑。直到二十六岁，我才明白了清明这个节日的来历。

　　"清明"，寒冬已过，万木逢春，河水解冻，嫩草抽芽，新的生命即将以清新的姿态茁壮成长之际，人们怎能忘记那些为了这些新生已逝去的先辈。山孤烟雾薄，树小雨声稀。伫立逝者墓地，拔净乱草，洒下几杯冷酒，烧上一把纸钱，杯中带土，杂草含愁，千里孤坟无处话凄凉。

　　我的故乡在深山老林里，家乡的习俗烧香祭祖、上坟扫墓均在除夕的晚上。年三十那天，父亲早早起了床，把院子打扫干净，指挥三个哥哥倒垃圾、贴对联。午饭后，父亲便开始在院子中间垒旺火，二哥做帮手，大哥带我和三哥去上坟。上坟是要准备些物品的，纸钱早已剪好，祭祀用的馍馍、香、麻炮均装在一个箩筐里，另一个箩筐则装秸秆、碎柴和炭，用来在坟上垒个小旺火。大哥挑担领着我们去上坟，路上不时碰到村里挑同样的箩筐装同样物品的人，也到村外上坟。人们的感觉是相同的，马上就要过年了，明天新的一年即将开始，上坟祭拜早逝的亲人，给他们送些冥币、食品，也给他们垒个旺火过年，安慰安慰，以平衡一下活着的人除夕夜热闹狂欢时的心理。到了坟上，把祭奠的物品摆好，将小旺火垒好点燃，便开始烧纸叩头。每个坟头都烧些纸做的冥币，都叩叩头，大哥一个个指点，这下面是爷爷奶奶，这下面是大爷（父亲的哥哥），叩头叩四下，人三鬼四，大哥引领着我们。仪式结束，大哥将祭祀供品掰下一些扔到坟的四周，说是打发那些孤魂野鬼的。站在坟头看村外的山头上，到处火光点点，就像天上的星星。这也成了家乡除夕夜的一道独特风景。

　　每年的除夕，就在这约定俗成的上坟祭祖后迎来一年的更替。只是几年后大哥因病早逝，还未成家就追随爷爷奶奶而去，这上坟的领头人换成了二哥，我家的坟地里增添了一个令我们心痛的坟堆。

　　在我的记忆中，盼望每年过大年时也挂记着早逝的大哥，不知他在那边过得怎样，病好了没有？有爷爷奶奶做伴不会一个人孤苦

伶仃吧。而真正到了清明节时，我们的家乡却没怎么有人留意，只
是见几家在外地工作的人清明时回来上坟，我理解他们过除夕没空
回来，起码是不方便回来才在清明时补补。这怎么能跟除夕的拜祭
相比呢？

这些年，我的家人都搬到了城市居住。尽管清明时别人家都黎
明即起烧香祭祖，可我们依然守着家乡的习俗，只等到除夕时了却
心愿。

我以为我们这代人这辈子是难以入乡随俗了。清明节标记在日
历上，当寒冬走远，春雨临近，衣服穿多了有些热，穿少了又凉飕
飕的时候，是城里人"假惺惺"的祭日。

2007年的一场噩梦，将我与这年复一年的清明节紧紧系在一
起。我的三哥当年考上了大学，让家族、让村里人倍感骄傲，这些
年已是市里鼎鼎大名的医学专家。他和我朝夕相伴却突患胃癌，不
到半年的时间，匆匆告别人世离我们而去，年仅四十七岁。三哥
的去世，在我心灵上造成的伤痛是毁灭性的。过去数年三哥经常出
现在我的梦里，仿佛一刻也没有分开。但梦醒时分，我仍无法面对
三哥工作过的那所医院，以及三哥的照片和使用过的物件。三哥去
世在他工作的医院里，火化后骨灰寄放在殡仪馆。原来我也想在除
夕夜去陪陪他，可殡仪馆年前就放了假，工作人员都回家过年。有
个看门下夜的，偏偏没有殡仪馆的钥匙，那看门人说："清明节来
吧，过大年不接待。"无奈，抱着大堆祭奠的物品，虽近在咫尺不
得而入，面对面无表情的殡仪馆和那个不耐烦的看门人又能怎样，
只能在焦急中等候来年的清明节了。就这样，我成了每年清明节虔

诚的期盼者。

三哥在殡仪馆静静地待了三年。去年春节刚过，二哥和我商量老三放在殡仪馆总不是个办法，还是得入土为安。这些年关于三哥安葬的事颇令我为难。本来我想就在市郊陵园找块地立个碑，侄儿小不懂事，长大了祭奠方便些。可难题是三嫂先三哥去世十几年，当年埋回老家的祖坟，这夫妻已作古不会怪怨，但侄儿长大能不怪怨吗？可合葬之事确实很复杂。尽管我不信神不怕鬼，也不嫌麻烦，但这事牵扯许多人，大家七嘴八舌难以统一。去年眼看三年已到，凡事不过三，何去何从总该有个定论了。兄弟们商量再三，决定还是把三哥葬回老家祖坟，夫妻合葬的日子只能是清明节。

又是一年的清明节，天空晴朗，竟没有丝毫下雨的征兆。依旧是我的二哥领头，我、表弟明子领着侄儿护送三哥的骨灰回到故乡。下葬的那天人特别多，三哥儿时的伙伴们都早早地等候着了却最后的心愿。安葬结束时，许是大家悲切的抽泣感染了老天，临时飘来的一片云雨，洗刷了我们满脸的泪痕，给三哥坟头新添的土中注入了甘露。我们心中都有个愿望：三哥，安息吧。清明这个注定与你有缘的日子，年年我们都会记着来看你。

（作于2010年清明后）

哥，你别走

当山川抖去尘埃

大地揉着惺忪的睡眼

刚刚醒来

春已暖，花正开

哥，你却悄悄地

选择了离开……

一阵阵呻吟

一声声呼喊

你承受着怎样的折磨

弟能体会

因为弟的心

从来没有这么痛……

你躺在病床

骨瘦如柴

失神的眼光

寻找着你的弟弟

同时也在

寻找希望和安慰……

那张发黄久远的照片

是两个衣服褴褛的小孩

你面容祥和

目光睿智

用你的小手

拽紧弟弟的手……

弟弟收到的第一个邮包里

是一件稀罕的夹克衫

那少得可怜的零花钱

在一分分积攒

那浓浓的兄长情

在一滴滴凝结

弟弟泪如长丝

落满衣衫

弟常喊：

哥你别走，等等我

你前行的脚印

是弟弟的标杆

你的行为举止

三哥遗照

让弟弟模仿不完

超越哥哥

是弟弟心里最高的目标

也是弟弟终身的遗憾

居庸关下

留下最珍贵的一张合影

兄弟仨把手紧紧相握

心在一起跳动

血在一起融合

长城在身后逶迤

咱们心里都明白着

谁也舍不得和谁离别

北京的亮光把希望点燃

我和三哥、二哥

弟贴身藏着的病检单

那是残忍的真相

魔鬼要把你拉走

它们欺你善良

欺你脆弱

弟不服呀

哥你别走

我不让你走

我要从死神手里把你拽住

哥呀，别松开弟弟的手

离开弟弟你多无助

在黑黑的长夜里

我们互相依赖

在漫漫的征途上

我们互相搀扶

在冰天雪地中

我们紧紧依偎相拥

哥你心里很苦

情感上的霜寒

生活中的重担

把你瘦弱的身躯压弯

你是医者，对医术精益求精

为患者救死扶伤

那是职责

你也是弱者

对自己节俭吝啬

为生活负重奔波

那是品格

也是为了妻儿

你端起酒杯

一口口吞下去的

不是醇酒

那是一杯杯苦水

在你的心中

岁月这般蹉跎

生活诸多苦味

你长长的一声叹息

包含了多少辛酸和苦泪

"弟弟、弟弟"你的呼喊

喊走了弟弟的魂

一声声呻吟

摧残着弟弟的心

哥，你走吧

我想让你走

别在无尽的痛苦中挣扎了

如果死亡能解脱

你的苦痛

弟弟宁愿让你走

或许走开能让你轻松……

哥，你看到了什么

是儿时玩过的冰车

还是活蹦乱跳的白兔

噢，一定是太阳爬上了棋盘山

家乡的胡麻花

开遍山野

小伙伴们都来了

是他们在向你招手

你别跑那么快

别走那么远

哥，你别走

别走……

（作于2007年6月）

当上帝对我们的生命吝啬时

　　一年前一次体检普查时，妻子被告知左乳外侧有一阴影，我带她到省城做影像复查，结果被确诊为乳腺癌。每次由我牵头应对一些突发事件，总有一种不良预感，这次也如是。在做影像前我告诉大夫，如为恶性，请出一张虚假诊断。当妻子忐忑不安地做完检查，兴高采烈地拿到那份专门为她设计的报告单时，我的心像注了铅似的异常沉重。尽管脸上努力装出一副妻子期盼的色彩，可那一刻，我真正读懂并学会驾驭了一个成语"咽泪装欢"。

　　从省城回来的路上，我琢磨着怎样向妻子说

妻子在做手术前

明这一切，该选择什么时候告诉她病情真相，我想回家后一定不能让她再干活了。这么多年里，家里的一切重担全被她扛在肩头，因为我的病，也因为能让我全身心地投入到工作中，她默默地为我、为子女、为家超载着……想到这些，我心生诸多愧疚，眼眶发热，有想哭的冲动。抬头望望妻子，她安详地坐在我身边，尽管羸弱瘦小，可脸上显出的刚毅是那般自然、真实。我及时收回了将要出眶的泪水，咬咬嘴唇，学着妻子的安详冷静了下来。

明天就是五一长假，长假里医院的大夫们大多都外出旅游、度假，不管到哪里就医，都不是最佳时机。这个长假对我来说简直就是"灾难"。整整七天时间如此漫长，人是可以度假休息的，可病魔却不管你什么五一、国庆。熬过这令人揪心的七天，我一定要带妻子到北京最好的医院去救治，花钱再多，只要能治好她，拆房卖地我也心甘。

复查后的第二天，我拿定主意，活儿还得交给妻子去做，如果我一反常态去帮她，定然会引起她的警觉，联想到去省城的复查，等于告诉了她真相。我不想在她做手术前就压上沉重的心理负担，最起码手术前我想让她心情愉悦地度过。

我是不能待在家里了，心里的伤悲时时袭扰着我的情绪，从确知妻子病情的那一刻起，我的心就没有平静过。我特别伤悲痛苦，强迫自己努力地装出一副平常、乐观的样子来，陪伴妻子度过这个难挨的长假。可演技再高的演员也有卸妆的时候，为了这份善意的谎言，我不得不做出更为残忍的选择。

我和妻子说："过长假有朋友想让我出去玩几天。"妻子说：

"去吧，出去注意休息，别太累了。"出发前，妻子一如既往地给我带好了药品、钱、常用衣服物品，左叮咛，右嘱咐，我背着包袱几乎是落荒似的离开了家。

这是我一生中最痛苦的一次出游。从家出来，我一个人开车向北京进发。在这个长假里，我要考察好北京哪家大医院最适合治疗妻子的病。在北京的几天里，我先后到过多家医院，经过比较，选择了中国医科院肿瘤医院。于是，我找关系和肿瘤医院乳腺病区取得联系，凝视肿瘤医院新建并刚刚投入使用的病房大楼，我心里才有了稍许的安慰。病床预定好了，假期过后一上班就可以办理住院手续。

把这些准备妥当，离长假结束仍有三四天时间。怎么办，回家等待？在巨大的痛苦中艰难地熬过这令人窒息的几天？可我真的不敢面对妻子那乐观平静的神态，她像一只装满鲜花、水草的玻璃缸，又像一只色彩斑斓的气球，或者更像一个稚嫩的小女孩在编织着自己的梦。我害怕不小心打碎这一切，将她从甜美的梦境中惊醒。

妻子是爱我的，这么多年里，她用心、用生命从点点滴滴的细微处，随时都传递着爱的温情。

我是一个大意的男人，一个被宠坏了的大男孩，享受妻子无微不至的关爱时，没有丝毫愧疚，理直气壮甚至有点漫不经心。常因一些小事给妻子难堪，妻子总能及时猜出我心中的不快，给我以安慰。

在家里我是绝对的老大，不做家务，不带孩子，因为这些事妻子全包揽了，我几乎插不上手。

午休时，妻子怕儿子吵，影响我，她总是带着儿子在院子里玩耍。在妻子的教导下，儿子也学着妈妈的样子，渐渐养成了孝敬父亲的习惯。

尽管在工作中常有心烦不快，可回到家总能感受到温馨。我曾在一首诗里这样描写过："我是一只大海上漂泊的小船，激奋时出征，疲惫时收帆，任凭风吹雨打，我有我宁静的港湾。"

可几天前的噩讯，像一场惨痛的悲剧，将我宁静的生活撕得粉碎，世界在我的脑海中一瞬间陷入混乱。

我是决计不能提前回家了，因为我的心里没有做好准备，让谎言继续它的努力吧，尽管它是邪恶的化身，可我只希望它扮演最多一周的天使。

离开北京，漫无目的地驭车南行，石家庄、安阳、濮阳，我像一个匆匆的过客，有点心不在焉，有时又像一个逃犯，慌不择路。最后一天到达洛阳，也不知是季节未到还是错过了季节，洛阳牡丹始终没能进入我的视野。上午驭车到了黄河边，从永济过来几个朋友，要陪我游览闻名世界的龙门石窟，虽心无聊赖，然也盛情难却，勉强走了一段，我竟对石窟里那一尊尊"道貌岸然"的神像厌烦起来。扭头向黄河对岸远眺，一所雅静的建筑凝固了我的眼球，扔下兴致盎然的几个朋友，我坐船径直所至"白园"。踏上弯弯曲曲的石阶小径，穿过茂密的松林，耳边流水潺潺，一句诗句像石涧山泉似自然涌出：曲径通幽处，禅房花木深。拾级而上，一曲古典悠扬的古筝曲《十面埋伏》收入耳际，给人以一种清醒、欢快的感觉。追随乐曲发出的方向，拨开花草枝叶的掩饰，眼前出现了一处依山修建的亭台，亭台中央一位素妆淡抹的女孩，正专注地弹奏那曲悦耳的古筝曲。我找了一处雅静的角落坐了下来，在乐曲中陶醉了……

我在洛阳白园

不知何时，乐曲停了。我凝神周围，小桥流水，树木花草，奇山异石，感觉心中一下子跳过了几个坎，大自然如此美好，我有什么理由还在自私中苦苦挣扎。忽然之间，我发现原来自己那么渺小，是呀，很多时候悲剧的力量是无法想象的，它可以改变一种现象的缺失，也可以弥补一些遗憾。更为重要的是可以折射出我们灵魂中的无知和丑恶，让人感悟出生命的价值和真谛。

忽然，我笑了，站起来大伸了一个懒腰，浑身轻松自在。我知道，这个痛苦的长假终于有了满意的结局。

假期结束的前一天，我扑打去满身的尘土回到家中，把妻子拥入怀中，轻轻地拍了拍妻子的后背，坚定地说了声："明天咱们去北京做手术，一切有我。"

按照先前的预约，长假后的第二天，妻子住进了北京肿瘤医院。复诊、穿刺、取病检、B超检查，一切安排得极其紧凑，仅用了两天时间术前准备就绪。

手术的那天，我故意迟去了医院几分钟，我不想让她从我眼中看到丝毫恐慌，希望她坚强地一个人走进手术室。手术进行了一个半小时，非常顺利。病房里，我从手术车将妻子挪到病床上，看到妻子上身缠满纱布，一阵心痛，眼泪差点夺眶而出。

住院时，我没让她和我的亲属来，不愿让别人分担什么。"一切有我"，这是我和妻子说过的话，两人走到一起这么多年，难得有机会侍奉她。年轻时，不懂得珍惜；中年时，为了生活，不停地奔波。上帝让两个人停下来好好相处，却选择了这种令人痛苦的方式，看来上帝也有无奈的时候。

麻醉醒了的时候，妻子睁开眼，看到坐在床边一直焦急等待她苏醒的我，浅浅地笑了，轻声地问道："累坏了吧？"

我无言以对，没想到妻子在病痛中，在经历了一场生死较量的手术后，毫不关注自己身体的伤痛和疲惫，甚至想都没想自己身患的是怎样的疾病，苏醒后下意识地想到的，依然是她的丈夫——一个大意的男人。

我的心态是经过充分准备后调整好了的，在表情上，我已能控制住不再慌乱，可心里却在流泪……

术后第二天，妻子坚持要下地活动，我搀扶着她，在病区的走廊里转了两圈，担心妻子术后身体太过虚弱受不了，建议妻子回病房休息。妻子握紧我的手，摇了摇头，坚强地说道："这么大的困难我们已挺了过来，我能坚持。"接着又平静地说："我想现在该告诉你真相了，我患的是乳腺癌，去省城复查时我就有了预感，怕你受不了我一直隐瞒着。做影像检查前我告诉大夫做一份假的诊断出来，那是专门给你看的，真实的报告我没要，害怕不小心被你看到。你肩上的担子很重，我倒下了，有你。你倒下了，怎么办？"

　　我凝视着妻子那张小巧精致的脸庞，尽管脸色苍白，极度憔悴，可我一直熟视的这张面孔，竟是这般美丽。感觉站在我身旁的不是一位刚刚术后的重症患者，而是一位顶天立地的强者，共同生活了十几年，我第一次读懂了妻子。在她面前自己变成了一个弱者，或者说一直就是在妻子呵护下生活的弱者。这些天里自己的所有英雄壮举和妻子相比竟是那样软弱，那样羞于启齿。

　　人生是短暂的，人生是坎坷的，在我们短暂和坎坷的一生中，会经历诸多的风雨。面对坎途，退缩是对生命的亵渎，顶着风霜前行才能体味生命的价值。病魔和所有魔鬼一样，对弱者肆意欺凌，却给强者让路壮行。

妻子化疗后

　　上帝给了我们生命的同时，也给了我们责任，我们要在任何困难和险阻面前勇于站立。

　　当上帝对我们的生命吝啬时，我们要牢记自己身上的责任，用博大的胸襟包容周围的一切，用坚

妻子与女儿

妻子病愈十年后
和我的合影

韧不拔的毅力去完成造福他人的事业，哪怕仅剩最后一刻也应为活
着的人树立一种标杆，创造一种精神。

我紧紧握住妻子的手，我们相视了许久，会心地笑了，然后紧
紧地靠在一起，继续向前走去……

（作于2005年秋）

生活的滋味

儿子要结婚了，妻子说要好好打扮打扮，免得给儿子丢面子。趁着过节放假去了北京王府井，听说王府井老字号瑞蚨祥专做旗袍，价格优惠，且主要是做的得体合身。

走进瑞蚨祥，各种花色的面料琳琅满目，货架上立的、柜台上摆的、售货员穿的、顾客手里拎的，绘成花花绿绿、色彩斑斓的七彩世界。

妻子不知是被哪个明星吸引或受哪个名模感染，第一次拿定主意要做旗袍。走进商铺略显激动，左顾右盼浏览间，店里的工作人员上来热情地介绍、引导着我们进入主题。先看成品样式，看好样式试衣体会款式，找好款式再选花色面料，之后选内衬，这一套工序反反复复下来，竟耗掉大半个上午的时间。工作人员开始用尺子仔细盘量，盘量好尺寸，填了表，很熟练地从面料上剪了一小块粘在表单上，算好账，交了钱，3000多一点，果然比商店里看过的同款同面料的少了大几百元。约好下午过来试内衬、调整尺寸，过四五天再来试半成品，然后等十天左右取衣服。

好漫长、好烦琐的手工制作，做一件衣服不仅需要时间，还需要耐心，这一切在现代人看来，是多么的不可思议。现代人眼里，时间就是金钱，金钱就是生命，一切讲效率，体现一个"快"字。购物买东西，不用进商店，网购全部搞定。吃饭也可以足不出户，不

穿旗袍的妻子

动灶火，一键搞定，送饭上门。现在，谁家还在蒸馒头、擀面条？满街小贩移动商铺全给做好备着，下班路过一拎就好。扫家洗衣这些传统家务也不用人浪费时间，家政服务的名片贴的满门满墙满楼梯，商家绞尽脑汁服务上门、服务入户，甚至服务上身。智能扫地机器人、e袋洗，恨不得让人躺在床上动都不动，把你从头到脚、从里到外需要干的事全部承包，将你包里的钱想尽办法全掏完。把方便给了你，把时间给了你，等到了你满是时间尽是方便时，我不知道你还算不算人？

时间的加快，过程的缩短，牵动和引发了另一种形式的快节奏。一年四季春夏秋冬，春耕夏种秋收冬贮，原本是规律，可现在

冬天吃着夏天的水果，夏天捧着冬天的梅花，袋装的食品永不变质，一棵白菜今天吃一半，明天又长出新的。过去一只母鸡一天下一颗蛋是劳模，今天一天下十颗蛋也当不上先进。在这个所有植物动物都搞移植、嫁接的时代，转基因食品习以为常。你看满大街的车辆、人流争先恐后，有缝即钻，有空即插，大家都在争时间抢速度，心潮澎湃，浮动急躁，谁也不肯让谁。有个老古董人，嘴里啐啐地骂道："一个个着急地扑死哩。"

我多想借着这位"古董人"喊一声："大家停一停，慢慢来，明天世界不会毁灭，即使毁灭，这样急匆匆地也只能快速投入毁灭中呀！"

是啊，慢点吧，那种着魔似的"快"中，已然没有了生活的节奏，更别说滋味了。

我陪妻子走出北京王府井瑞蚨祥商铺时，感觉忽然找到了似曾

北京瑞蚨祥

相识的生活节奏，我想起小时候我们不正是过着这么一种生活吗？当街有个裁缝铺，我远房表姐、表姐夫，都是裁缝铺里的好裁缝。一个人几尺布票，积攒到过年，过大年穿新衣，垒上旺火放鞭炮，是孩子们心中最美最神圣的期盼。一样的工序，量衣、裁剪、试衣、更改、等待，临近过年时，几乎天天去问缝好了没。家境好一些的，家里都有缝纫机，从裁缝铺裁剪好，用张报纸包好，拿回家里自己缝，速度要快一些。缝好后母亲们还要手工撩裤边、缀扣门子。我小时候，不管母亲给谁缝好的衣服，我都要试着穿，怎么揪扯就是不往下脱，心里那个乐，无以言表。

一年四季，依着自然规律种粮食、种蔬菜，浇水、施肥、除草，认真耕种，耐心护养，到了秋收季节，收获回家。一道道工序，规整刻板，精心加工容不得半点敷衍，生怕对不起老天的眷顾和一年的劳作。等磨成面、蒸成馍时，那种传神的面香从每户人家的笼屉里钻出，直扑人们的鼻窍，那不仅仅是生活的味道，而是生命的真性。

还有人常说的"好吃不过饺子"，饺子的好吃之于糊糊、拌汤、面条，不正是多了若干道工序，耗了好多时间，费了许多人工，处理了很多细节的慢功吗？不能说饺子了，一说便流口水，一提起就有做饺子的激情和冲动。

忽然耳边又想起了发小海亮去年讲的话："咱们家乡节奏慢、空气好，生活的滋味浓，我们住惯了，不习惯外面的快。"

是呀，外面奔波"快"了那么些年，我们究竟收获了些什么呢？许多人难有答案，可要问我们失去些什么呢？答案是唯一的，离开家乡失去了生活的滋味。

所以我想，这也是游人回乡、落叶归根的真谛吧。

东寨汾河公园一景

（作于2017年仲夏）

我的老父亲

（一）

那天，您像个小孩

躲在被窝，赖着不起床

儿女来看您

您眼含泪水

不停地点着头

像个学语的孩子

一会儿叫爸爸

一会儿叫姑妈

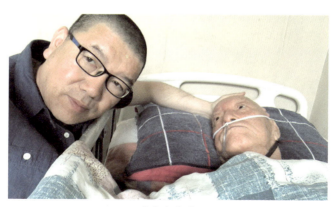

我和老父亲

不知何时

颠倒了辈分

把您当孩子逗

您高兴得乐开了花

医生说您九十四岁高龄

频繁脑梗

瘫痪在床已认不得人

可我们知道

您该明白时明白

不想明白时装成了糊涂的人

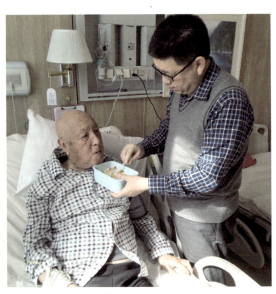

我喂父亲吃饭

（二）

那天，您真是个小孩

恋着甜食——

糖果、罐头、点心

吃完这种要吃那种

怕您吃多了

痰多、咳嗽、闹病

可您顽皮任性

每次总要吃多

代谢不能自禁

把自己搞得狼藉一身

您干净了一生

从没有降低卫生标准

于是，时光倒流回

小时候的场景

您做了小孩

我们再做一回大人

一样的呵护

一样的不嫌弃

认真清洗

再还您一个干净

轻轻涂上爽身粉

屋里飘散着香气

阳光和温暖包围着您

（三）

那天，您是威严的父亲

办公室挂着的毛巾

是公家的不能动

要用自己买

不就一块毛巾嘛

不行，那是原则

您掷地有声

让儿心有余悸

缩回了伸出的手

从此儿远离自私

成为知羞耻、懂荣辱的人

妈妈说，用您手中的权

给儿女安排个工作

您面无表情、斩钉截铁

该考学考学，该打工打工

父亲和母亲

儿眼含泪水

暗暗发誓

这辈子绝不靠您

一切要自己拼搏

于是儿从艰难中崛起

在波涛里撑起风帆

怨恨误解了您多少年

直到儿也成了您

才读懂您的良苦用心

（四）

那天，您是俭朴的父亲

一件毛衣二十年陪伴

脏了洗，晒干了再穿

破了旧了拆成线

自己动手重新编织完

一件衬衫洗得发了白

领子打上了补丁

您依然精心熨烫

仿佛一件新春款

在您身上

一块手表

一双皮鞋

一只手电筒

多的数不胜数

哪样不是一甲子的历程

以为您出身农家

习惯了小气抠门

却不知

您始终保持

勤劳俭朴的本性

坚持着中华民族

传统和美德的传承

（五）

那天，您是慈祥的父亲

儿子小时候

您是专用理发师

您用温润的大手

抚摸儿的头

一边理发将儿美容

一边将父爱温情传送

儿子上学时

您专程来看儿

挂包里装满馋人的扭丝饼

挂包外的小口袋

露出大白兔奶糖的笑容

儿参加工作了

您用不多的文化

吃力地写成信

字里行间只有两个词

——正直，勤奋

父亲93岁生日

儿有了点小成就

您没有褒奖激励

也不教诲嘱咐

您的品行就是一面镜

不用多言照做就行

您和善待人

满目慈祥

不管走到哪

就把阳光喜气带到哪

（六）

父亲啊慈父

九十多的高龄

您依然坚守着阵地

为儿女为子孙

用尽全力

做着挡风的墙

书写着大写的人

同时也在享受着欢乐的人生！

（作于2020年11月）

小学老师

1999年夏季的一天，晴空万里、艳阳高照。一早，我乘坐太原发往大同的火车，准备回趟阔别10多年的家乡，去接回在老家度假的母亲。

一个多小时后，我在宁武车站下了车，车站上有许多公交大巴，挡风玻璃上贴着：宁武—东寨往返。看到"东寨"字样，有种久违的亲切感。少小离家那一年，是20世纪70年代的最后一年，交通不是很方便，来往于县城间，多靠搭乘林区的拉木材卡车。10多年过去，开往家乡的客车竟有这么多。听到熟悉得不能再熟悉的地道的乡音吆喝："回东寨的上车啦。"我抬脚踏上靠近站台的那辆，找了座位坐下来。一会儿的工夫，旅客坐满，车向东寨驶去。

从县城到东寨30公里，沿途经过熟悉的村寨、道桥，我心潮涌动，有点按捺不住。正在左顾右盼间，身后几位妇女的交谈声引起我的注意。

"前面那位小伙子，我看得眼熟，极像我教过的学生。"嗓音故意压得很低，害怕别人听到似的。

另一位也把声音压低问道："不会认错人吧？"

　　旁边一位搭茬："你是不是发高烧烧糊涂了，你一个种地的哪来的学生！"

　　开始说话的那位叹了口气，沉默了。

　　"学生"，这两个字眼跃入耳际的那一刻，我环视周围就我一个年轻人，显然她们交谈的话题与我有关。我在脑海里着意搜寻一个曾经给自己当过老师的女性，好像没什么记忆。

　　忍不住扭回头，偷偷瞥了一眼身后坐着的几位妇女，一律农村妇女的打扮。靠中间坐着胖胖的那位有些面熟，四十多岁的年纪已满头苍发，苹果形的脸盘，脸庞紫红紫红的，那是家乡海拔高，紫外线强，在庄户人脸上留下的特有的印记。她眼睛有些浮肿，带一副度数较深的眼镜。

　　胖胖的身材，戴一副高度近视镜，脑后梳两条长长的大辫子，一直垂到衣襟边，站在地上立着的大黑板边，有些怯懦和羞涩，怯生生而又略显激动地说道："同学们，从今天起我就是你们的老师了。"

　　我嘴角泛出笑意，想起来了，孙老师，我一年级的班主任。也就一年的时间，以后再没有见到她，同学们也未再提起过她。听几个人的交谈，看她的衣着打扮，显然是一个地道的农村妇女，我有点纳闷，怎么会是这样呢？

　　"买票了，到东寨的买票。"售票员吆喝着走到我的座位前，我掏出钱向后努努嘴："还有后边戴眼镜的女的，一块买了。"

　　身后其他旅客买票时，只见她从衣襟里的口袋中，掏出一个粉白相间的手绢包，放在腿上，小心翼翼地将手绢一层一层地打开，里边包着一沓皱巴巴的零钱。售票员说道："不用了，前面那位已经买过了。"

她抬眼看时正对着我的目光，我忙欠欠身子笑笑说道："孙老师，我是你的学生。"她的眼睛里瞬时露出了惊讶、歉意和惊喜的神色，略显慌乱却又快速地将手绢包塞进衣襟里，挣扎着想要站起来，我边说边示意："孙老师，您坐，您坐。"她显得异常激动："好，好，你一上车，我就觉得面熟，你是小冰吧？"

"是的，是的，这么多年了，孙老师您还能记这么准？"我好奇地问道。

"忘不了，怎能忘得了，我就教过你们这二十几个学生！"她拉住我的手望着我深情地说道。

接着又显伤感地说道："唉，二十多年了，经常做梦梦见你们一个个活蹦乱跳的样子，现在你们都长大了，有出息了，可就是这么多年见不着你们，进了县城，见政府大门口进进出出的年轻人，心想这会不会有我教过的学生。"

说话时，她的脸上堆满了惬意的笑，眼泪似泉水般涌出，我忙掏出口袋里的纸巾递给她，她不好意思地接过去擦拭着泪水。

受她情绪的感染，我第一次深切地感受到了学生在老师心中的位置。

谈笑间车已开始爬坡，这是家乡境内著名的分水岭，回家必经的制高点。分水岭将恢河和汾河分开，恢河向东汇入滹沱河，汾河向西流入主河道，一路向南去滋润和哺育三晋儿女。

车艰难地在岭坡上爬行，车厢内沉寂了下来，半小时后车终于爬上坡顶开始下行，大家紧张的心放了下来，不约而同地舒了口气。

车上坡时，她就陷入沉思，这会儿表情变得严肃起来，理了理衣衫，仿佛下了很大决心似的，很凝重地问我："你的拼音怎么样？"

"什么？拼音？"我不解地问道。

"是的，我想知道。"她的语气很坚定。

我很诧异，她怎么会迸出这样一个奇怪的问题，看她那股认真劲，我依稀地记起了上小学一年级时的情景。

一座庙宇改造的教室，有两间房那么大，一盘大炕占去了大半个地，炕上摆着九张小课桌，一张坐两三个人不等。地下靠墙立一块用木板做成的黑板，放在木头支架上。黑板前靠近大炕边的地下，有一个很大的灰窑，上面用木板盖着。我的家乡在晋西北海拔

乡村教室

最高的管涔山脚下，气候严寒。我们开学在秋季，气温已很低，教室里不生火是坐不住的。老师每天从自己家拿柴火来，早早地把灶火点燃，等我们进教室时，火炕已暖烘烘的了。过两三天灰窑就需要掏一次，老师挑两个大箩筐，得挑三四担才能掏尽。她对同学们很严，作业做不好，一遍又一遍地返工。那时我因为字写不好，在她那严厉的目光注视下，没少下过功夫。

这是曾经多么熟悉的面容和目光，从中我感受到了一种执着。可二十多年过去了，拼音怎样没有丝毫印象，此时老师提出这个问题，我除了惊讶，别无计较。

"孙老师，您的意思是？"我仍不解地问道。

她的泪又流了下来，摘下眼镜，边用衣袖擦泪，边喃喃地说道："你们的拼音基础肯定不好，唉，都怨我，没教好你们。你们上小学时，原来学校派了老师的，可那个老师病了，不能上课，临时凑数，把我拉去顶几天。当时，我初中毕业在村里务农，从小就梦想长大后一定要当教师，教你们是我第一次登上讲台，特别想把你们用心地教好。小学一年级是学拼音的基础阶段，我原来也不会拼音的，所以一边学一边教，本来想到了二年级再给你们好好补，可原来的老师回来了，我舍不得离开你们，也舍不得离开那个讲台，好说歹说，才一直留到你们升二年级。这件事像一块石头重重地压在心上，我心不安呐。"说到这儿，她已泣不成声。我无言地拍着她的肩头，心里极度震撼，一个十六七岁的农村姑娘，只当了一年顶班的教师，却因为无法确定的所谓失误一直铭记在心，自责、悔恨了这么多年。其实学生们压根就没有留意，就像未曾留意过给自己当过老师的她那样。小学时光在记忆中，全是贪玩的印记，可在老师心里却这么沉重。此时，我的心里重新泛起了对老师的崇敬，老师的含义就是责任，哪怕只讲过一节课。眼前的她，在我眼里变得高大、神圣，陈旧不堪的衣着，包裹不住她身上的光辉，风吹日晒下并不美丽的肌肤，掩饰不了她灵魂的伟大。她是老师却更像母亲，我们可能经常忽视她们的存在，但这毫不影响她们执着无私地付出。

　　"嘟、嘟、嘟，"汽车喇叭的鸣叫声，唤醒了我的思绪。家乡，生我养我的故土，已在眼前，我知道这里不是终点，却是我踏上人生旅程的始发地，明天我还将从这里启程。

东寨村外的公路

（作于1999年秋）

一位伟大的母亲

　　我读过无数篇感人至深、催人泪下的描写母亲的文章，我的眼帘里脑海中，闪现过许多现实中含辛茹苦、坚韧不拔的可敬的母亲形象，随着时间的流逝，那些感人的故事像烟云飘过，渐渐地从记忆中消失。可唯有一位斑斑白发的老母亲，那张布满沧桑的面孔，常常在我的眼前浮现，成为我思想感情中刻骨铭心的一段见证。

　　多年来，我多次试图把这位老母亲的经历和她所做的一切写出来，告诉每个做过儿女的人们。但我深知自己浅薄的文字表达能力难以反映出这位母亲的全部，甚至会因为自己粗鄙的文笔，把老母亲的伟大不慎亵渎。带着这般无奈和遗憾，不知不觉中已虚度多年。当我将这段往事，不住地讲给亲朋好友和周围的同事时，我发现了灵魂的净化和人性的升华。于是我忽然感悟到，将老母亲的往事如实地记载下来是一种神圣的责任。

（一）

1959年秋季的一个黄昏，电闪雷鸣，大雨倾盆，山洪滚滚如摧枯拉朽般地咆哮而下，带领村民抗洪修堤忙碌了一天的赵三仁，来不及回家，就被这场突如其来的大暴雨阻隔在了村外。好不容易找到一个可避雨的破砖窑钻进去，未及喘气，忽然"轰隆"一声巨响，砖窑坍塌了，赵三仁被深深地埋在了里面，再没有睁开眼……

王桂花从小失去爹娘，叔叔婶婶将她拉扯大，十八岁嫁到黄土坡村。丈夫赵三仁出事的那年，她才刚刚二十二岁，儿子赵伟仅有两岁。丈夫的突然倒下不啻晴天霹雳，从小孤身一人，少有温暖，嫁给赵三仁这位忠厚老实的农家汉子，总算有了依靠，谁知命运竟这样捉弄人。看着嗷嗷待哺的儿子，王桂花欲哭无泪，今后这日子该怎么过？

（二）

安葬了丈夫的第二年，在一些好心人的帮助下，王桂花带着儿子赵伟改嫁到了刘家沟。丈夫刘正男在大同煤矿当工人，年前妻子因病去世，留下一个三岁半的女儿。王桂花嫁过来后一边务农，一边照料公婆和儿女，丈夫常年不在家，一年中仅能回家休两次探亲假。王桂花到了刘家先后生下了刘刚、刘梅梅和刘强。五个孩子年龄相差不大，尽管生活很艰难，但靠丈夫每月寄回的三四十元钱和自己辛辛苦苦耕种的那点自留地，倒也能勉强维持生活，还不至于衣不遮体，食不果腹。

转眼已到1966年，"文化大革命"开展得轰轰烈烈，如火如荼。刘家沟村虽然是晋西北一个微不足道的偏远小山村，但也很快被卷入了这股大潮中。这个不足两百户人家的小村子，有李姓和刘姓两族。"文化大革命"前，村里掌权的主要是刘姓宗族，"文化大革命"开始后，李姓人开始造反夺权。刘姓村支书被打成了现行反革命，被抓了起来，查反革命株连，竟牵连到了王桂花远在大同煤矿当工人的丈夫刘正男。因村支书和丈夫刘正男是远房叔侄关系，有人检举村支书搞反革命活动，刘正男提供过活动经费。其实是王桂花丈夫回家休假时，村支书向他借过五元柴米钱，一直穷得无法还上。谁知就是这五元钱，却给刘正男带来了灭顶之灾。

又是深秋的一个黄昏，还是电闪雷鸣、大雨倾盆。王桂花刚刚哄着孩子们入睡，忽然一阵急促的敲门声把她惊醒，冥冥中王桂花有一种不祥之感。门外来人气喘吁吁地喊道："婶子，快开门，出事了！"王桂花忙打开门，来人正是刘正男在县城里工作的侄儿，他上气不接下气，语无伦次地告诉王桂花："我叔叔在大同煤矿被打成反革命，昨晚自杀了。"王桂花脑子"轰"地一下，晕倒在地上……

因为是反革命分子畏罪自杀，煤矿拒绝接待家属。王桂花不相信，自己的丈夫，一个老实巴交的采煤工人，会是反革命，当然刘正男临死也不明白自己怎就成了反革命。当不幸再次降临到王桂花身上时，她已不知道什么叫作悲伤和苦难，她的心里只有一个信念，为了五个孩子，为了死去的丈夫，哪怕只剩下最后一口气，她也要坚强地活下去!

那一年王桂花年仅31岁，刘玲玲12岁，赵伟11岁，刘刚8岁，刘梅梅5岁，小刘强刚满周岁。

（三）

如果说眼前发生的一切已够凄惨的话，丈夫刘正男死后，王桂花所遭遇的令人目不忍视的悲剧才刚刚开始……

丈夫去世后的第二年，早已疾患缠身的公婆，终于承受不了巨大的悲痛先后含愤离开了人世。王桂花将家里仅有的四孔土窑洞卖了三孔，换了两百元钱买了棺材，自己动手挖了墓坑将两位老人埋葬。她和五个孩子挤在了仅有的那一间破窑洞里栖身。

冬天来临，凛冽的寒风裹着雪花，飘洒在山野田间。刘家沟村周围没有一块煤炭，送炭上门叫卖的，她们买不起。为了取暖，王桂花借上小平车，到邻县的山里去拉煤，一趟来回需要走五十多公里的崎岖山路。能帮忙的只有十一二岁的儿子赵伟，孤儿寡母两个人到了煤矿上，人们看着可怜，交半车煤的钱就可以拉满满的一车。娘儿俩拉一趟煤，清早出发直至掌灯时分才能够挣扎回来。一年一度，她们就是这样熬过来的。

随着时间的推移，孩子们一个接着一个，陆陆续续都到了上学读书的年龄。王桂花心里明白，不要说供孩子上学，就是维持孩子们不饿肚子，有件破衣服穿也成为奢望。上不起学，王桂花自己教，再怎么艰苦，也不能荒了孩子们的学业。王桂花五个孩子的鞋没买过一双，全是她从垃圾堆里捡回来的旧鞋，剪了鞋帮留下底子，把家里的破衣服剪成鞋帮，用浆子一层一层粘起来，然后再一针一针缝起来做成的。孩子们身上的衣服，全凭丈夫生前留下的几套劳动布工作衣和几件雨衣，她把雨衣从两层中间破开，给孩子们做成衣服穿。刘刚和梅梅刚刚懂事，穿上"粘胶布"做的衣服，衣服和肉粘在一起怪难受的，不时地用手揪扯，怎么揪也无济于事。可刘刚和梅梅幼小的心灵里，清楚地知道妈妈、姐姐、哥哥连这样的衣服也没有。

1976年的夏季，是王桂花一家最难熬的日子，已经整整一周没有粮食下锅了，仅有的一箩筐土豆，也只能就着野菜按人按顿分着吃。刘刚和玲玲偏偏这个时候患上了重感冒，身上烫得像火炉似的，一天一夜水米不进。王桂花心急如焚，看着面黄肌瘦的孩子们，一咬牙转身出去了，傍晚时分她提回了一篮子玉米棒子。看见这久违的粮食，孩子们甭提有多高兴了。只有赵伟不安地问妈妈："哪来的？"王桂花平静地应了声："这你不用管，快给你姐和弟弟喂一碗玉米糊糊吧。"

第二天下午王桂花又出去了，傍晚时分她一瘸一拐地提着空篮子回来了，与昨晚不同的是，后面跟着两个凶神恶煞似的村干部，赵伟担心的事发生了。两个村干部进门后一言未发，眼睛像猎犬似的恶狠狠地从窑洞的每个角落里扫过，忽然眼睛一亮，发现了堆在墙角昨晚剥去了玉米的棒子。他们嗓子里使劲哼了一声，把玉米棒塞进了王桂花提着的篮子里，不由分说粗暴地推着王桂花往外走。

王桂花完全像木雕似的任其摆布着，就在转身出门的一刹那，她歇斯底里地喊了声："妈妈不是贼！""妈妈真的不是贼！"那声音响彻夜空，震撼了山野……

清晨，太阳还未出山，刘家沟村的村民们，就被一阵阵从广播喇叭中传来的震耳欲聋的喊声惊醒："全体社员同志们请注意，反革命家属王桂花，公开破坏集体庄稼被当场抓获，请大家听到广播后，立即到街上开批斗大会……"

一夜惊魂未定，还没能完全醒过神来的赵伟，听到广播，跌跌撞撞地随着社员拥到了大街上。从大人们拥挤的空隙里，他看见了妈妈，浑身血迹斑斑，头发被剪去了一大半，身体被麻绳五花大绑，捆在当街的那棵大槐树上。脚下放着那篮被当作赃物的玉米棒

刘家沟村一角

子，脖子上挂着一个纸牌，上面歪歪扭扭写着"反革命盗窃犯王桂花"，名字上打了个大大的红"×"。

赵伟的眼睛被泪水模糊了，隐隐约约可以看见，几个村干部装作一副义愤填膺的样子，喊叫着什么。还有几个人围着妈妈一边用手指划，一这向妈妈身上吐口水。赵伟的心在颤抖，他发疯似地从人群中冲了出去，不停地喊着："我妈妈不是贼，我妈妈是好人！"

王桂花听到儿子的喊声，一直低垂着的头，坚强地抬了起来，看着儿子，她的眼睛湿润了。无论怎样的侮辱她都能承受，可孩子们心中如果把她当成贼，才是她最致命的打击。当眼前儿子发疯地为自己辩解时，她的心里得到了安慰，她甚至忘却了身体的伤痛和自己所处的环境。

（四）

1977年是中国历史上意义深远的年份，这一年国家发生了巨大变化。刘家沟村的造反派也先后下了台，刘玲玲和赵伟虽然没能在学校念完书，但在王桂花的督促下，姐弟俩该学的课程没有耽搁。姐弟俩得知国家恢复了高考，抑制不住内心的喜悦，私下悄悄地商量了好多次，玲玲说："姐姐嫁人供你念书吧，咱家以后得靠你。"赵伟说："我有力气能干活赚钱，姐姐你去考吧。"

王桂花知道儿女们的心愿，也明白自己的家境，但她更清楚自己和儿女们受尽了种种苦辱为的是什么，这么多年都能熬过来，面对今天的选择还能退却吗？为了心中得以支撑自己生存的愿望，她

刘家沟村大槐树

毅然决定姐弟俩都去参加高考!

　　1978年的春光是无比明媚的,王桂花十多年来第一次感受到春天原来这么美好。刘玲玲被师范学校录取,儿子赵伟捧回了大学的录取通知书,这是刘家沟祖祖辈辈出现的第一个大学生。

　　刘玲玲和赵伟捧着沉甸甸的通知书,心里的感觉比这通知书更加沉重。他俩知道不仅学杂生活费没有着落,而且他俩一走,所有负担全部压在了可怜的妈妈身上,他们难受得不知如何是好。此时的王桂花却表现得异常平静,一切像早已胸有成竹。她一心一意地为玲玲和赵伟准备着开学前的衣服被褥,尽管家里没有一件囫囵衣物,可她还是洗得干干净净,补得齐齐整整。开学的前几天,王桂花连续进了两趟城。临行前她把包着学费的两个红布包,郑重地放在了玲玲和赵伟手上，用力地按了按，嘱咐到："去了学校一定要好好学习，学费妈妈问人借上了，等以后日子好过了，咱们再慢慢还！"姐弟俩眼里噙着泪水，说不出一句话。

赵伟和玲玲上学离家后，王桂花娘几个很难确保一日三餐，家里能卖的东西已全部变卖，她们真到了山穷水尽的地步。王桂花再三找人托人，谋到了一份乡卫生院清洗病人衣物、打扫病房的差事。这是一份令人退避三舍的脏活累活，一天到晚需要清洗的东西堆起来像座小山，床单被褥上沾满血渍、粪便以及各种各样的病菌，未等动手就会令人作呕。做这项工作不仅要担被病菌感染的风险，而且这么多的活一天干完，不知要付出多大的体力，好在报酬还可以，王桂花咬咬牙接受了。

谁知好景不长，仅仅过了一年多，乡卫生院购置了自动洗衣设备，不再用人工清洗了，王桂花失去了这份差事。她万般无奈背起背篓，开始走上漫漫近似行乞的拾破烂之路。天不亮出门，夜静收工，她的足迹，涉遍方圆十几里的村寨，大街小巷。不管是破衣破被、旧物旧件，还是玻璃瓶子、废纸片子，只要收购站要的，她通通收集。背上一大背东西压得她直不起腰来，可到了收购站仅能换取少得可怜的几毛钱，但王桂花捏在手里却感觉无比欣慰。

只是每到给玲玲、赵伟寄钱的时候，她又不得不准时进城走一趟。

在刘玲玲和赵伟的记忆中，他们从没穿过一件新衣服，吃过一顿饱饭。在学校食堂，姐弟俩从没买过菜，每到开饭的时候，她们都是匆匆地跑去买个玉米面窝头或馒头，就碗水了事。每当有人把吃剩下的窝头扔在地上时，他们从没有在意过别人惊讶或者不屑的目光，从容地从地上捡起来，小心翼翼地吹去上面黏附的泥土，揣在怀里带回宿舍，这样可以使他们节约不少伙食开支。

刘刚以全县第一名的优异成绩考取重点中学的当年，刘玲玲师范毕业分配在乡中学当了老师。这一增一减，本应该给王桂花这个家带来一丝轻松，但这样难得的喘息机会，没等出现就提前夭折了。刘玲玲因重度营养不良引发了脑神经衰弱症，上讲台连站立的力气也没有，几次晕倒在讲台上。给女儿治病虽然有公费医疗支撑了大部分的费用，可王桂花的生活也将近崩溃的边缘。

（五）

赵伟连续几个假期没能回过家，妈妈寄来的那点微薄的血汗钱，他实在不忍心去花。他知道姐姐玲玲的那点钱和自己一样，除了交学费所剩无几，姐姐体弱多病比他更需要钱。于是赵伟把自己的那点钱挤出一半偷偷地寄给了姐姐，自己的吃饭、买书、交学费，必须得利用假期打工来赚。每到假期来临，他几乎天天到火车站当临时装卸工，这部分收入，差不多够他多半年的费用。临近毕业的时候，他利用实习机会决定回家看看妈妈，他已经两年没有见过家里人的面了，走得匆忙没有来得及给妈妈写信告知。

坐火车到了县城时，天色已经很晚，只好在县城的同学家住了一晚。第二天一早，赵伟和同学告别了一声，便急匆匆地往家赶。从同学家住的胡同出来，经过县医院门前的大街，拐个弯便是汽车站。赵伟路过县医院门前的时候，一幅特别的情景印入他的眼帘，使他不由自主地停下了脚步。一位满头白发、骨瘦如柴、衣服褴褛的农村妇女，沿着县医院的围墙，步履蹒跚地向前挣扎着，走出没几步，脚下一软跌倒在地上。她接着又吃力地伸出手指，颤抖着去抠围墙的砖缝，试图站起来，可浑身没有丝毫力气，挣扎了一会儿都没有成功。这个背影让赵伟感觉是那么熟悉，他快步赶过去想帮一把。就在他快要走到老妇身边的时候，老人终因未能抠住墙缝，重新摔倒在地上，脑袋重重地磕碰在围墙下沿长出来的砖角上，血倏地从额角上流出，浸在了砖墙上。赵伟赶上一步迅速把伤者扶起来，就在老人抬起头的一刹那，一张令他魂牵梦萦最熟悉不过的面孔呈现在眼前。他一下子惊呆了："妈妈！"是他的妈妈，这张本该属于四十多岁母亲的脸，像经历了百年的沧桑，布满了数不清的皱纹，脸上没有一点血色，只有那双刚毅的眼睛里，闪烁着令人心灵震颤的目光。捧看着妈妈的脸，赵伟哭了，他放声大哭，不，这已经不能叫作哭，这是在嚎叫，是悲痛至极的宣泄！

这次在县医院门前与妈妈的意外碰面，使赵伟揭开了妈妈几年来深深地埋藏在心底鲜为人知的秘密。

这是一叠厚厚的保存在县医院采血站档案里的化验血的单子和收据条。上面清晰地记载着，王桂花从1978年春天开始，直至昨日昏倒在医院门前，十多次卖血的记载。看着这些资料，看着妈妈胳膊上密密麻麻的针眼和片片乌斑，赵伟感到撕心裂肺般的痛楚。他不敢想象，这些年，妈妈过的是怎样令人难以置信的生活，这下他明白了，他彻底明白了。

王桂花在做出送儿女上学决定的同时，也做出了另一项惊人的抉择。当第一次走进县医院采血站，用殷红的鲜血，换来儿女上学的费用时，她就再也没有犹豫和退却过，她知道为了儿女今后不再过苦难的日子她已别无选择。每次去县医院卖血，她都提心吊胆，生怕碰到熟人，因为她要为自己的儿女，保留最后一点尊严。而每当抽完血从医院出来，她都感觉浑身无力天旋地转，她咬紧牙关努力支撑着不让自己倒下。她的额头已不知在晕倒后碰撞下多少口子，她身上更多的伤疤却是收破烂时被狗咬过、被石头划过的见证。王桂花已不只是用精神、用毅力、用艰辛、用苦难、用身体的全部来哺育自己的儿女，而是用尽了自己的全部生命，哪怕最后一滴血……

赵伟大学毕业后分派在省城工作，找了一个有过婚史的女子成了家，他的全部收入全部用来供弟弟、妹妹上学。这是他和妻子结婚时达成的默契。

刘玲玲找到了一位称心如意的丈夫，在丈夫的精心照料下，身体恢复健康，妈妈以及弟弟妹妹们的生活费由她包揽。这也是她结婚前向丈夫提出的唯一要求。

刘刚在哥哥赵伟的资助下，以优异的成绩考取哈工大，攻读完硕士学位，分配在国家航天工业部工作。妹妹大学毕业后，刘刚赴美国攻读博士学位，后学成归国参与国家载人航天工程。

刘梅梅由二哥刘刚资助，考取山东大学电子计算机系，毕业后分配在省邮政管理局工作。

刘强在姐姐刘梅梅和哥哥赵伟的共同资助下，考取太原理工大学，毕业后留在省城工作。

王桂花这位伟大的母亲，可敬的妈妈，以其超人的坚强毅力，一直生活到现在。尽管全身伤痕累累，但在子女的悉心照料下，身体状况大为改善。这些年，她不仅去过北京、太原，还在美国居住了半年。尽管儿女们条件都不错，都想把她留在身边好好孝敬她，可她过不惯那些不属于自己的生活，仍旧住在刘家沟村属于自己的院子里。

丈夫平反昭雪后，骨灰埋回了村里，她了却了自己的所有心愿，她愿意陪伴在丈夫身边，愿意永远生活在用自己生命挣扎过的土地上……

（成稿于1997年秋）

王桂花晚年居住的房子

我认识的程伟栋师父

　　我是一个我执我见很重的人，凡事固执己见，很难接受别人的意见和建议。其实我深知这是自己人性的缺点，也想学着虚怀若谷平易近人，可事到临头话到嘴边总也约束不住自己。年轻时心高气盛以为是本事，年纪大了知道那是缺乏修养。就在我对人对己有所认识有所改进，但又明知故犯屈服于任性，事后常常纠结痛苦时，我有幸结识了今生唯一可称作师父的程伟栋先生，正是因为程师父，我开始改变自己对人对事以及对外界的认知。

我和程师父

（一）

　　程师父出生在兰州大学的校园里，他的父亲是兰大后勤处的领导，母亲是兰大的教师。1975年2月16日，程师父这个男孩降临到这个已经有三个女儿的家庭，可以想象程师父的父母当时该有多么开心。这样开心激动的日子持续了刚好一个月，就在这个男孩满月的那一天，从青海循化来了几个藏教喇嘛，在有关人士的陪同下，来到程师父的家。他们与程师父的父母见了面，言称路过此地，碰巧遇到孩子过满月，顺便进来祝个福，送个吉祥。程师父的父母当时正沉浸在快乐与幸福中，不疑有它，自然而然地当成了孩子的造化。藏教喇嘛念了经，给予了美好的祝愿，走前留下信物，并留了一份书信，嘱咐等孩子一周岁时开启书信。

　　程师父一周岁时，青海循化的藏教寺院派专人送来了一封书信。程师父的父亲打开书信，信中所称，程师父是青海循化木洪寺活佛的转世灵童。程师父的父母对此既不相信也不认可，不仅将书信撕得粉碎，并将贺礼与之前留下的所有物件全部付之一炬。之后，尽管青海循化寺院里一而再、再而三试图与程师父接近，或者与程师父的父母建立一种联系，表达共同关爱孩子成长的善意，都被程师父的父母拒之千里之外。

　　程师父十三岁那年，他的父亲忽然得了重病，之前并未有任何征兆，来不及医治竟告别人世。对于刚刚懂事，且开始进入少年叛逆阶段的程师父，无疑是十分痛苦的。程师父从记事起就感觉到了父母感情不和，大人间的冷漠给孩子幼小的心灵蒙上了阴影。于是，程师父在心理上将父亲的早逝迁怒于母亲而心生怨恨。我猜想程师父的性格，可能更像他的母亲，同类性格容易碰撞冲突。而程师父的母亲则因为程师父出生后发生的种种离奇之事，也将丈夫的忽然离世联系到一起，对儿子的叛逆没有很好地判断包容，而是采取了极端的办法，于是母子间的冲突成为常态。

据说父亲去世后，程师父小学还没毕业就离开了家，住进了学校宿舍。姥姥为了照顾他，也陪同住了校。除了父亲去世后领的微薄的抚养费，程师父靠在学校摆地摊儿赚取零钱，补贴他和姥姥的生活费用。是母亲狠心断绝了程师父的生活费用，还是程师父拒绝了母亲的给予，尚不得而知。母亲狠心的本意，可能是在逼程师父就范，没想到事与愿违，倔强的程师父竟然毫不妥协而形成了僵局。

程师父十四岁那年，冥冥之中，他的脑海里经常浮现出远在青海循化寺院喇嘛们的身影。暑假里的一天，程师父竟萌生出去青海循化的念头。按照整理父亲遗物时，不经意间发现的一封书信里所留的地址，程师父孑身一人向青海循化出发了，时间是1988年的6月。

从兰州乘坐火车到青海西宁，又由西宁坐公共汽车到循化县城，再由循化县城搭顺车到道帷乡，最后从道帷乡步行爬山三十余里到达寺院。这是交通还很落后的1988年的中国西部青海，至今依然是欠发达的藏区。一个十四岁的孩子，长途跋涉几百公里，靠着心里的希望之光来到了寺院的山脚下。站在山下他已认定，山顶上那颗最亮的星星就是自己的目标。他一直爬上去靠近才看清楚，原来那是半山腰一座寺院里唯一亮着灯光的小屋。程师父小心翼翼地推门进屋，看到屋里土炕上盘坐着一位面目慈祥的老人，正在微笑着赞许地望着他，那神色似乎在说：你终于来了，我一直给你留着灯等着你啊。程师父望着小木桌上那盏一闪一闪的煤油灯，一刹那放声大哭了起来，仿佛见到了今生今世最亲近的人，将一肚子的委屈倾泻而出。

当晚程师父在老佛爷的怀抱里安然地睡着了，这是许久没有感受到的温暖和爱护，程师父幼小的心里得到了难得的安慰。在接下来的日子里，程师父认识了寺院里的其他喇嘛，以及同龄的几个师兄弟。他们大多是附近村子里藏民的孩子，唯有程师父来自几百公里之外遥远的兰州。虽然语言不通，可大家质朴善良，程师父很快融入其中，适应了寺院的生活。

一个月后，程师父向老佛爷提出要回兰州办点事，办完即返回寺院。老佛爷抚摸着程师父的头，欣然应允。程师父从寺院出来一路小跑，到了山下回头眺望寺院，发现老佛爷竟然一直站在寺院门

道帷乡加色村外寺院白

外向他招手，程师父使劲地挥动手臂，鼓足气大声喊道："师父，我很快就会回来的。"那稚嫩嘹亮的声音回响在山坳里经久不息。

回到兰州的当晚，程师父见到了姥姥，郑重地告诉姥姥，他要皈依佛门正式出家。姥姥从他出生就一直守护在旁，这些年和他相依为命，也知道他不凡的身世。这次远离家门去青海虽路途遥远，但姥姥以为沿途有寺院喇嘛暗中照应，去了寺院玩个新鲜，新鲜过后，寺院里的苦行生活，一定难以适应，到时候他自然会回归的。没想到这孩子意志竟如此坚定，看来万事自有定，一切皆有缘，劝也无济于事，只能顺其自然了。

程师父这次返回兰州，其实是一件重大的事情牵挂于心。在寺院的这段时间，程师父发现寺院的几个师兄弟手足皮肤多处皮疹，奇痒难耐，一抓挠就溃烂感染。之后程师父发现，寺院里几乎所有的人都有这种情况，他细心观察后发现，寺院周围村里的藏民，也有这些病患。

程师父生在兰州长在兰大，虽然年幼，可毕竟见多识广，这次回来就是要弄清楚原因，带药品去帮助大家解决病痛。兰州大学附属医院的医生们听了程师父对病患的描述，很快确诊这是一种典型的水中稀有元素缺乏引起的皮肤病症。程师父将自己的全部积蓄拿出来买了中药、西药，满满装了一大包。本来说好在家里陪陪姥姥过几天再走，可他牵挂山上的师兄弟和藏民们的伤病，一天也等不及了。

第三天的清晨，他匆匆忙忙地踏上返往青海的路。下午到了道帷乡，开始爬坡上山时，原本晴朗的天，忽然乌云密布下起雨来。程师父担心背包里的药被雨淋湿，就把背包抱在胸前，用衣服紧紧裹住。崎岖陡峭的山路，犹如蜿蜒曲折的羊肠，程师父在这泥泞弯曲的小路上，艰难吃力地挪行着，不住地滑倒在泥水中。程师父紧紧抱着怀里的药包，站起来继续前进。三十多里的山路，程师父在泥水中摸爬了近三个多小时，终于看到寺

我和程师父的两个弟子

院的白塔了。寺院里的喇嘛们也看到了他，从寺院里涌了出来，将他团团围住。看到这个满身泥泞面目全非的孩子，大家脸上哗哗流着的不知是雨水还是泪水。老佛爷从他手里接过保护完好的药包，一向平静的脸上也浮现出了少有的感动。

（二）

青海省循化撒赫拉族自治县道帷乡，位于青海循化县的东南

部，与甘肃省临夏市隔山相邻。因为河滩里有一形如帐篷的巨石取名道帷，藏语音译为石头帐篷，道帷成了他们居住地的名号也成了他们的圣物。对于普通人来说，这是个极其生疏的地名，连说三遍也难以留下印象，可就是这么一个穷乡僻壤，在中国佛教界却大有名头。十世班禅出生在这片土地上，中国佛教协会第二任会长、被誉为穿着藏袍最有学问的喜饶加措大师也诞生于此，而且出家就在道帷乡的古雷寺。国家1950年代出土的明代大铜钟，被周总理赠予古雷寺，以纪念喜饶加措大师的功绩。

道帷藏乡共有藏民一万多人，分布在27个自然村，以古雷寺居首，共有十三座寺院。程师父的恩师老佛爷2015年圆寂时115岁，由此推断老佛爷应出生于1900年前后，比喜饶加措大师要小十几岁。从何时起老佛爷开始主持管理古雷寺以及所属的13座寺院，我们不得而知，只是从程师父的介绍中，得知了关于老佛爷的点滴故事，而且老佛爷在藏乡的威望和影响之大，也超乎我们的想象。

藏民们居住在山上，常因为土地或者畜牧发生纠纷，冲突大了引发械斗会有伤亡。人一死事就会更大，往往几个村的藏民会都参与进来，形成大规模冲突。藏民们不习惯去找政府寻求法律支持，他们只信老佛爷。于是，都找老佛爷评理。老佛爷到了地头手持念珠，口中念念有词，从纠纷的地里走过。不用深明大义地讲道理讲政策，也不用苦口婆心于情于理地说教，在藏民心里，老佛爷的脚印就是规矩。沿着老佛爷走过的脚印，后面有藏民放置石块，这地界就重新确定下来了，双方绝对信服。死了的藏民怎么办？老佛爷开口问，你们各自死了几个人？这边说一个，那边说两个，老佛爷宣布，带死去的亡灵回寺院，超度到西方极乐世界。死了两个的这边兴高采烈，他们有两个人洪福齐天，跟着老佛爷去超度亡灵即可升天，这是藏民一生最大的愿望和最神圣的归宿。于是，死了一个的那一边，觉得吃了大亏痛苦不堪，直到老佛爷将一众藏民挨个念经持咒灌顶后，藏民都皆大欢喜满意而去，老佛爷的威望由此可见一斑。

当年老佛爷为何千里迢迢派人到兰州去寻访程师父，这里面究竟是怎样的一个机缘呢？

藏传佛教活佛归天，确定转世灵童方式起源于公元12世纪，葛玛葛举派黑帽系首领圆寂后，门徒推举一名幼童为转世继承人，从而创立了活佛转世的办法，之后各派先后效法。公元14、15世纪之交，格鲁派创立并形成了达赖喇嘛和班禅两大活佛系统，并设立"金瓶掣签制度"。程师父介绍说，这个金瓶是清朝皇帝特赐的，活佛圆寂时经两大系统确定。寻认转世灵童时，首先要派出喇嘛，按照四大护法在金刚台上确认的时辰方位范围寻找灵童。然后将灵童的名字及出生年月，用马汉藏三种文字写于签牌上放进瓶里，选派真正有学问的活佛，祈祷七日，再然后由各呼图克图和驻藏大臣，在大昭寺释迦牟尼佛像前正式掣签。我问程师父，呼图克图是什么意思？程师父解释说，呼图克图就是清王朝授予的藏教大活佛的称号，这几个大活佛是要经中央承认和加封的。清朝共册封过达赖、班禅、哲布尊丹巴和章嘉四位高僧，称为藏教四圣。

据说程师父就是当年一位大活佛圆寂后被选中的转世灵童，究竟是哪一位活佛，我们不得而知。推断应当是与古雷寺及所属十三寺院的活佛有关，老佛爷作为古雷寺及所属寺院的大护法，自然领受了寻找确定、培养教育，以及传承的使命。

我曾问过程师父一个非常幼稚的问题，若是选下的灵童不灵，或者选定的虽然合适，但灵童本人或者家里不愿意怎么办？程师父说，现代社会有别于旧社会的做法，藏传佛教也在随着时代的变化而与时俱进，所以，这个方式也是一个你情我愿的选择。转世灵童在选择时一般要选择多个，在灵童成长过程中，负有培养责任的活佛及寺院要考察筛选，灵童也要自我选择。就像程师父这样，以藏传佛教的观点，真正的活佛转世灵童，不是偶然的碰巧，而是缘起的结果，是必然的选择。

程师父的际遇在藏传佛教看来有着许多的巧合，当初出生后过满月时的初遇；十三岁父亲忽然离世，仿佛就如给他做了十二年护法；母亲冷漠怪异的做法又促使程师父离家自立；更为巧合的是，离家出走为何哪里也不选择，既不去北上广深，也不去孔庙道观，偏要踏入佛门；且不就近去兰州市区或周围的佛教寺院，非要千里迢迢地去一个偏远的青海循化道帷藏乡寺院；而且见到老佛爷时，又仿佛见到了久别的亲人。

程师父拜了老佛爷为师后，过去似乎桀骜不驯的性格，瞬间变得安分乖巧，所有的戾气矫情犹如泥牛入海不见踪影。

或许真是天生与佛有缘，程师父从跟随老佛爷接触佛学开始，就表现出对佛学的莫大兴趣，对佛教以及寺院里的清规戒律，没有丝毫的反感不适，从此，程师父成了一个真正的藏传佛教格鲁派的信徒。

（三）

　　我认识程师父是在2010年，在董事长的办公室里见到三位穿着袈裟的师父，董事长介绍我认识程师父和他的两位徒弟，我礼貌地合掌致礼打了个招呼。晚上董事长召集我们一起陪师父们吃饭，我找了个借口没有参加。晚饭后，师父们被安排在十四楼公司自备的客房里休息。我那时也住在十四层，回客房时发现程师父在客房里休息，而他的几个徒弟竟在客房外盘腿席地而坐。我悄悄地问负责接待的人怎么回事？他说这是藏传佛教的规矩，师父休息时徒弟们要在外面打坐守夜。里面的程师父是青海塔尔寺的轮值法台，管理着青海很多个佛教寺院。这是我第一次见程师父，对程师父的了解也仅限于此。

　　再次见到程师父，是跟随董事长到兰州办事，我们从北京乘飞机到达兰州，程师父派了两辆车去接我们，一辆辉腾一辆途锐。这是两辆典型的低调奢华座驾，一辆长得像帕萨特，一辆长得像途观，但价格都在八九十万以上。坐在车上我还暗自揣测今天要见的这位老总，应该是个低调而有品位的儒商。

　　程师父的万生玉公司，位于靠近火车站的和平饭店里，楼上三层是程师父的办公室，这个办公室很大足有200多平方米。进门左手边几个工匠正在加工唐卡，门正对着几排是展柜，共有三四层，上面放置着大大小小的玉佛和佛珠等工艺品，数量很多品相极好，我活这么大，还是第一次近距离看到这么多这么美的精品。

里面的展台是一个个独立的直立式台子，上面扣着玻璃罩，里面陈列的是晶莹剔透、碧绿如水的翡翠件。有摆件，有挂件，还有各色的玉手镯，形状有观音、如来佛、如意、竹节、平安扣、福豆、貔貅等，种类极多。以前见过的玉店里哪怕放上其中一件，足以成为镇店重器，提升玉店的档次。现在集中放置在这里，让人看得眼花缭乱、啧啧称奇、叹为观止，仿佛走进了一个无数珍宝玉器的琉璃世界中。

而展台靠近窗户的那一圈，则用玻璃墙做了隔断，里面全部是金光闪亮的大型佛像，一尊挨着一尊，形象各异、工艺精湛、非常美观。佛像上挂满了珠宝项链，有绿松石、红珊瑚和蜜蜡，黑色天珠、琥珀翡翠，应有尽有。

走廊右边是一间密室，经过密室再往右边拐是程总的待客区，一套金丝楠木的办公桌，围放着六只同一色的金丝楠木圈椅。桌上放置着两件大型翡翠摆件，雕刻成山水风景石雕，非常好看，这真

程师父办公室里的展台

是我一生中一次见到的最多最美的珠宝极品。

我不断地质疑自己是否在梦中？所有的这些物件，以前大多没有见到过，更不知其名称价值。从走进程总的办公室开始，我就不停地向董事长讨教。董事长显然见多识广，耐心地给我一一介绍，我如饥似渴地增加着自己的见识。想到自己的身份，第一次跟董事长出来见朋友，不敢过分显得少见多怪，趁着程总未回来的空档，我将一屋子的宝物快速地浏览了个大概。

刚坐在椅子上喘息了一会儿，程总就回来了。他脸盘圆圆，身材微胖，穿着一身精干的西装，提一个精美的手提包，一进办公室就招呼我们几个，热情而质朴，给人感觉很好。

程总看上去很面熟，感觉在哪里见过？眼前这位西装革履的程总和那个穿着袈裟，就如弥勒佛似的程师父长得真像。兰州项目公司的同事，陪我和董事长围坐在办公桌前，他俩之前和老总多次见面已很熟悉，我悄悄地向他们提出自己的疑惑，他们都笑了，说程总就是程师父。

程师父一边给我们倒水沏茶，一边开始交流项目。一个是真如博物馆投资建设项目，一个是南山书院地产项目，这是两个以公益文化投资为招商条件的房地产项目。地理位置优越，是市区仅有的一块好地，给的地价较低但附加条件是修一条街道。程师父是市政协的常委，还是兰大的教授、博士生导师，方方面面的关系都比较到位，这两个项目他已跟踪跟进了几年，前期已做了大量的工作。我们这次来就是和程师父谈投资合作的。

我们的意见是同政府商议，我们有雄厚的市政建设与管理经验，以划定的这块区域为中心，授权我们一并将城市供热供气供水以及道路建设做捆绑投资建设，这样我们的投资建设成本会降低，而政府也一劳永逸便于管理。程师父说这肯定好呀，这是政府求之不得的好事。很快他就打电话和有关领导做了沟通。往往正儿八经的大事，用不了多少口舌，也就喝茶聊天的工夫就把项目的事情谈妥敲定了。

之后因为项目投资，去兰州同程师父见面增多，在太原、北京也经常接待程师父，相处得多了和程师父也更加熟悉。我对程师父又是喇嘛又是商人的身份多有不解。程师父告诉我，他有着两个身份，他是藏教的喇嘛同时又在为藏教做企业经营，用经营所得来维持寺院以及喇嘛的生存。我好奇地问程师父，寺院靠信徒们的供养还不够吗？程师父说，以后你就会慢慢知道的。

每次到兰州见程师父，他都要将自己最好的宝贝拿出来，让我们尽情欣赏大饱眼福。程师父有许多价值连城的宝物，其中最令人难忘的三件宝物，一件是雕工精致栩栩如生的翡翠马拉车；另一件是从香港拍卖会上拍下的，据传是宋美龄与蒋介石结婚时戴过的翡翠挂件、耳坠、戒指、手链一套；此外还有一串碧绿如水透亮圆润的108颗翡翠串珠，那是罕见的水头十足的阳绿玻璃种。我和程师父开玩笑问他，这串珠子值三千万吗，程师父笑着说仅够个零头，十年前在香港拍卖会上拍到了九千多万未出手，现在怎么也翻了两倍了吧。

我把程师父的宝贝，一串海南黄花梨大佛珠戴在了头上，一件翡翠玉牌挂在了脖子上，两手腕上挂满了玉器，让同事给拍了照。

通过微信发给好友，可把好友们吓坏了，说你珠光宝气价值连城，小心被人抢了，搞得自己非常开心。

跟随董事长去过程师父的另外一处场所，是在一栋楼的第十六层。占据了整整一层，应该是程师父秘不对外的总部。那里才是真正的宝物总汇。走廊两侧挂满了名人字画，当代书法大家舒同、启功、沈鹏、欧阳中石的书法都算平常，李苦禅、李可染、潘天寿、关山月等大师的名画，以及齐白石、张大千等人的画作也应有尽有。走廊两侧墙壁上每隔一段一个小橱窗，里面镶嵌一尊玉佛，玉佛形象各异有

程师父收藏的部分宝物

八十八种之多，玉佛周围供养着翡翠挂件和手镯。还有许多房间，每个房间设计摆设风格各异，全部是红木家私，其上陈列着诸多种类的艺术品。

其中有一个房间里，摆满了一屋子的青花瓷器，有碗有碟有宝瓶有瓷盆，大大小小不下千件。程师父告诉我说，这些瓷器原来是一个省博物馆里的藏品，十多年前因为博物馆要改造就作价一次性处理，他出钱购买了回来。他说这是清朝乾隆年间景德镇官窑生产的，它既与清幽的康熙青花有别，又与淡雅的雍正青花不同，以其纹饰繁密、染画工整、造型新奇取胜。听程师父的介绍，就知道他在这方面的功底，是个懂行识货的专家，否则十几年前谁肯花大价钱买这么一堆坛坛罐罐呢？现在玩古董的人多了，央视鉴宝节目给大家普及了不少这方面的知识，我也知道这批青花瓷现在已经价值不菲。程师父说，等真如博物馆建成之后，他要将这些青花瓷捐献给国家，陈列于世，让世人来赏析。

最里面的房间是一个大佛堂，佛堂外面的花架上摆放着数量庞大的佛学书籍，书桌上纸墨笔砚，文房四宝齐全，显然这里是程师父学习看书写字的场所。这里最为显眼的是围着茶几有四个白玉石墩，加上佛堂里的那四个共有八个。每个有四十厘米见方那么大，我试着搬起来，可连挪也没挪动。程师父笑着说，那是让大家坐的石墩子，很重的。我们几个试着坐在上面，有种暴殄天物的感觉，大家说这待遇也有点太奢侈了。

走进程师父的空间，仿佛走进了一座满眼宝物的世界。就如同初次看到几个苹果以为不得了，当走进一座结满硕果的苹果园时，

程师父收藏的青花瓷

才知道之前的所见稀疏平常。人真正见多识广时，反倒觉得自己变得渺小了，欣赏很满足占有无所欲。

我以为程师父是一个藏教信徒兼商人，信仰佛教很正常，许多商人都信仰佛教，家里公司都设佛堂供佛像。我惊奇的是程师父对于佛教，绝不是简单的信仰，而是对佛教佛学佛法有着很深的造诣，而且精通佛教艺术设计和佛教佛法僧三宝的有关礼仪。从佛像、佛堂、佛殿大到博物馆，特别是青海西藏许多大寺院，我都看到过很多程师父设计的作品真迹，绝对是佛学大家的手笔。程师父的知识面很广，国儒道学、书画艺术、古董玉器、天文地理、外文历史等诸多方面颇有研究且造诣很深，兰大敦煌研究院的博导真是名副其实。

我也是个喜欢学习积累的人，各方面的知识，只要是自己不懂的都要学习补充。天文地理、文学历史、军事艺术、音乐体育也都有涉猎，自以为书气满身不逊于人。可在和程师父的相处中，自己经常处于无知状态，这在过去是绝无仅有的。一个人对另一个人的尊重和崇拜，一定是从被对方征服得心服口服开始的，尤其是在自己自以为是的领域，见识了山外有山、天外有天、人外有人之后。

因为对程师父的了解熟悉，一个西装革履的商人和一个身披袈裟的喇嘛，一个徜徉商海游刃有余的老总和一个才高八斗满腹经纶的师者，在我的心里已重合为一人。

（四）

我很好奇，程师父对于玉石翡翠有一种与生俱来的天赋，他识别玉石有着一看即明、一点就通的天分。我曾多次有意无意地探求过其中的奥秘。程师父说，最早有朋友从云南买回玉石原石来，他也是无意中看到后，感觉那块原石里面半紫半蓝很好看，就说了自己看到的情形。起初他这位

程师父收藏的白玉石墩

朋友不以为然，因为当初并没有花多少钱，认为这是不可能的。出于好奇找人开石后竟然和程师父说的分毫不差，当场就有人开出大价钱买走了。这件事立即在朋友的那个圈子里传开了，许多人拿出以前赌石买回来的原石，托朋友找到程师父辨别。程师父本着玩的心态来者不拒一一辨别判断，全部准确、无一偏差，这下程师父的名声在赌石朋友圈里名声大振，而且越传越神。

于是有人请程师父出山，去云南边境瑞丽、腾冲等地指导他们赌石。他们按照程师父指导的价格收玉石，竟然都有成倍的收获，就拿出重金酬谢程师父。也有人将程师父指导下购买的原石，切开后的翡翠分给程师父，程师父说这也是他最初经营玉石的基础。

私下有人传言，说程师父是开了天眼的，我问程师父是真是假？他笑着说，许多人看玉石心里总被一个贪字所迷，其实不管是玉石还是其他艺术品，都有其自身的规律。时刻以一种学习和鉴赏的心态去观察这些，就容易发现各自的特点和规律。人以一种占有的心态去看待事物，往往会被表面的假象所迷惑，或者被自己内心世界的一些期盼所左右。师父这样讲，我很信服，师父不贪不占，念头不多，想法很少，心静则智生，能够掌握判断事物的基本方法，就是智慧者的表现，绝不是庸人们所传的所谓"神通""天眼"。程师父看石是石，专注于石。别人看石非石、心如乱麻，专注于发财赌运，赌对了就发，赌不对就砸。

在兰州市区，我发现有一个玉石店，店里经营的物品和程师父万生玉店里的有相似的感觉，只不过品质要差很多，且摆放得也比较杂乱，感觉商业气氛浓厚，艺术氛围不足。一次问起这个店，程

一块玉石开出的翡翠手镯

师父给我讲了一段令人震撼的往事。

　　师父说这个店就是他当初开办的第一个玉石珠宝店。起初程师父从缅甸云南进货回来，有原石也有成品，在有了一定规模后，专门请了工匠开始加工，形成了采购加工销售一条龙。程师父受寺院的委托，在经营玉石的同时，经常到尼泊尔请一些佛像、唐卡等寺院用品回来放在店里，以方便西藏、青海以及周围寺院。

　　程师父从小跟随老佛爷，学习了设计绘制唐卡的工艺，在开办玉石店之前，他就有自己设计绘制唐卡的团队，在提供给寺院的同时，也给一些居士预定制作。他的一位至亲一直跟随他学习绘制唐卡，当初玉店里人手短缺，需要人来帮忙管理照看，程师父就手把手地教他学习管理，之后就把店交给自己的这位至亲来协助管理。这样不仅可以保证玉店正常经营，而且也可以使程师父有足够的时间学佛修行。

玉店开了两年，生意兴隆，在兰州市的影响首屈一指。就在这时，意想不到的事发生了，一天这位至亲忽然提出来，咱们把玉店的资产和股份分了吧。师父告诉我说，这是他做梦都没有想过的事，他一手创办起来的产业，所有的投入全是他一个人完成的，不论员工还是这位至亲，他都给予了较高的待遇，现在这位至亲突然提出分家，他顿时呆若木鸡一片茫然。这位至亲明显胸有成竹，提出的理由似乎十分中肯，说你一个早已皈依佛门的教徒无家无后，这些年来赚下的钱，全部投到了西藏、青海大大小小的寺院里。你有你的信仰我们不干涉，可那些人与你素昧平生，你都这么慷慨，以后这份产业终归要留给他人的，我们好歹也是你的亲人，你给我们留下一部分，我们老了也有个养家糊口的地方。

程师父顺着这位至亲的思路一想，这位至亲跟随他这么多年，经营这个店也很辛苦，是应该分给一部分股份，让这位至亲一家安心生活。程师父大概估了一下店里的货物，加上三四套房子，资产应该有一个多亿元。于是问这位至亲怎么分？这位至亲支支吾吾了半天说，一人一半吧。听这位至亲说出这话，他完全明白了这位至亲的真实心事和目的。玉店的法人是这位至亲，所有资产库房账簿和现金存折全在这位至亲手里，看来这位至亲是谋定而动的，他说怎么分就怎么分吧。

仅仅过了一天，这位至亲又提出来，反正你也没有婚姻没有后代，把你那份再给我的孩子分一半吧。事情已经彻底明白，这已经不是他和这位至亲之间的股权分割，而是一场要么对簿公堂仇人似的较量，要么保持面子做出彻底退让，程师父坦然选择了后者。

两天后，这位至亲叫他到店里去做一个法律文书，签字画押做分家的确认。等他到了店里时，看到这位至亲叫了许多人来，还叫了律师。一看那阵势，这位至亲一家早已做了充分的准备，程师父和大家打了招呼，这伙人个个脸色僵硬，面无表情，如临大敌。程师父淡然地问在哪里签字？律师拿出早已备好的文书铺在他的面前，程师父一眼未看文本内容，拿起笔签下了自己的名字。

当这一切完成，律师收起文书，这位至亲紧绷着的脸终于露出了会心的笑容。程师父从容地走到这位至亲面前，从口袋里掏出一个信封，抽出里面一份文书，递到这位至亲手里说道，这是剩下的那二十五的股份，一并交给你了，要好好经营这份产业，一切好自为之。说完程师父头也没回，离开了那个店。

程师父和我讲这件事的时候，正值月色阑珊的静夜，我听得心如止水。我问程师父，您做出这样的选择心痛过吗？程师父说，这也是他修行时碰到的最大的一道坎儿。跟随老佛爷以及诸多大德高僧学佛，道理早已明白，但是真正面对的，并不是钱财名利本身，而是自己内心的佛性和修养。程师父说事情来得突然，让自己有些手足无措，但真正面对取舍时，反倒放下了内心的纠结。自己前世欠下的债现时当还则还，当了则了，是你的跑不了，不是你的留不住。程师父说经过这件事以后，他对佛法的理解感悟忽然间有了突飞猛进的收获，对人生也有了不一般的认识。

之后，程师父从零开始，创办了万生玉店并形成了连锁，继续尊崇着自己的信仰，坚定地用自己特有的方式为寺院和僧众做着供养。这位至亲经营的玉店，他依然一如既往地予以帮助着，一切如同什么都没有发生过一样。

这件事是程师父的家事，本属于不可外扬的绝对隐私。可程师父却毫无保留地、如此平静地讲出来，绝不是还牵挂于心，而恰恰是程师父于此经历，到达了不生不灭、不垢不净、不增不减的境地，作为修行的例证呈现给我们，是在实实在在地度化我们。若我们只当作听了一个故事，或者以此作为崇拜吹捧程师父的素材，那真是与佛无缘，枉费了程师父的一片苦心。

（五）

程师父除了万生玉连锁店，还有一处梵音妙韵餐厅，这是个素食餐厅，在兰州市里相当有名，每次到兰州没有特别的应酬，我们都爱在这里吃饭。兰州以及整个西北地区的饭，都离不开牛羊肉，大名鼎鼎的兰州牛肉面，我是吃不了的。即使是吃素的兰州拉面，汤的味道、餐厅的味道都充斥着一股浓郁的牛羊膻气，只有在程师父的梵音妙韵餐厅，才可吃到正宗的素食。

梵音妙韵餐厅位于兰州老和平饭店的三楼，饭店外墙及窗户的装饰，都极具文化特色与个性。窗户周围用凹凸有序的古篆字字盘镶嵌，门面则用佛学文化相点缀，让人远远望去，像一座佛教禅学的文化殿堂，走近却是一处静雅的素食餐厅。

乘电梯上三楼进入餐厅，仿佛走进了传说中的佛国，走廊两侧隔一段墙壁上一处佛龛，里面一尊白玉佛像，若坐若卧形态各异，佛像周围全是上好的翡翠手镯和挂件。地面是用玻璃做成的水面式的地板，脚踩上去是一朵朵莲花，让人有踩着莲花在水上漂的感觉。餐厅中央有几排佛事用品和翡翠珍珠玛瑙的专柜，可供人们参观选购。还有一处金丝楠木的台案，上面放置了文房四宝，供客人们使用。

　　两边的雅间均按传说中佛国里的图案设计，非常新颖别致。餐桌、座椅也与各自的房间设计相匹配，营造出来的氛围，给人以特别的亲和与舒适感，还未吃饭便已陶醉其中。这里里外外的设计布局全是程师父的杰作。

　　这里的素食饭菜与往常吃过的素食相比，有非常明显的不同。那些素食馆，给人的感觉就是刻意营造或者过度渲染，商业氛围非常浓郁，许多素菜被做成肉的模样或者鱼的形象，是那种肉食者心里想象中的素食。其实吃素的人，看到肉食唯恐避之不及，哪有可能吃着素食还想着肉样闻着荤膻气呢？

　　梵音妙韵餐厅则是用心地将素食以一种虔诚的态度来对待，既没有把素食者另眼相待消极应付，也没有过度抬高曲意逢迎。离开对人的偏见，单纯地将每一道素食，以其本来的属性呈现出来。哪怕一碗家常

程师父收藏的翡翠摆件

的手擀面，土豆茄丁臊子，都做得让我们在家常做这个饭的人，感叹自己太敷衍、太不认真，太没有功夫和火候了。

这个素食餐厅不仅我们几个喜欢，许多政商两界的朋友们也都喜欢，大家喜欢这里的素食，更喜欢这里的环境氛围。大家有事谈事，没事把心放在这里，清一清净一净，因而这里自然地也成为程师父的一个主要活动场所。

记得当年北京医疗集团筹备上市时，公司聘请了香港、新加坡的一批法律资本方面的专业人士，我们陪同这些专家到兰州来，评估兰州合作的项目以及未来投资走向。程师父在梵音妙韵餐厅接待了大家，给每人一份礼物，男的沉香手串，女的水晶手串，大家得到礼物都很开心。晚餐后聚在梵音妙韵喝茶聊天，听程师父讲故事，大家都听得心情舒畅无比放松。忽然有一位先生放声大哭了起来，说自己以前碰到的一些事情，在心里纠结已久，今天听了程师父讲的故事忽然大彻大悟。说罢便俯身倒地，向程师父磕头拜谢，临别前还请了一幅唐卡。

我当时也很纳闷，程师父讲的都是些生活中常碰到的事，如同拉家常，他讲自己如何解决这些矛盾，也讲一些非常浅显的道理。我之前也常有些问题纠结于胸，但每次见到程师父，还没等向程师父提起，往往吃一顿饭，或者就像这样大家坐在一起，听程师父讲讲故事，就如服了一剂对症的药，心里的问题随风而化、迎刃而解。虽没有那位先生反应如此强烈，可内心对程师父充满感激。

和程师父相处，从他的行为谈吐以及对人的关爱帮助，已经得知他是个学识渊博、平易近人、乐善好施、极具人格魅力的人。尽管他表现得平易如常，比如他本来是兰大藏传佛学的博士生导师，可他在我们面前，从不讲佛家的这规矩那讲究，更不会讲这很神那很灵之类的神话。认识程师父之前，我也曾接触过不少自称信奉佛教之人，捻珠把串、烧香拜佛、念经吃素很是讲究，对周围的人也要求很高，这不能做那不能说。我问程师父这些现象，他告诉我说，佛有三不度，无缘之人不可度、他人之业不可度、自己之业不可度。他说，佛当年放生鱼时，在鱼的脑袋上用木槌敲三下，然后念一个咒语放生，由此结的业，使佛祖在成佛之后，每年还要有三天头痛不止，无人可替无人可解。

程师父的这句话让我豁然大悟，原来佛学不是神话，也不是无原则地谁求保佑谁，而是一门无神论的哲学。也正是从那时起，我内心对于佛学不再本能地反感抵触，而是以一种平静的心去接触去学习。由此也明白了，和程师父相处那么久，从来没有听他讲过信佛修佛的劝诫，而每当遇到什么问题有什么不解时，总想问问程师父，程师父都会用非常浅显的道理予以解答，让人时常心情舒畅。直到后来才明白，程师父一直在用自己的行为引导着我们，在不知不觉中，让我们接近了佛学，并用佛学认识世界，掌握改造世界的方法，将我们的内心加以引导，以一种理性的态度，去面对我们生活中碰到的诸多困惑。

（六）

程师父和我都属兔，按年龄我比程师父年长十二岁。我不是那种见了有权有势的，就把自己龟缩成团甘当孙子的性格。尽管一生事无大成，可也自以为是身正影不斜的人。可和程师父相处中，却始终感觉程师父是当然的长者前辈，自己就是晚辈后生，不知不觉中成了程师父忠实的追随者。那种内心深处的心悦诚服是任何金钱物质引诱不来的，只要是程师父招呼，任何时候都是一呼即应、一招即来，不管程师父走到哪都愿意跟随到哪。

第一次跟随程师父走进他的佛教生活中，是2001年的农历七月十四，隔一天就是七月十五了，程师父的授业恩师老佛爷在这一天圆寂了。一个月前老佛爷的管家扎西东芝到兰州来向程师父汇报老佛爷的身体状况，同时传达老佛爷的口信向程师父交代后事。当时我刚好去了兰州程师父的万生玉店见证了这些。

农历七月十三，程师父接到电话说老佛爷病危，他在广州同我们分手即去了青海循化。第二天程师父传来信息，说老佛爷已于当日凌晨圆寂，享年115岁。我们随即从广州出发，去参加老佛爷的葬礼。

青海循化撒赫拉自治县道纬乡加仓村，是程师父恩师老佛爷圆寂前居住的地方。我们赶到时，程师父早已全部安排妥当。鲜花瓜果点心酥油灯，喇嘛们念经做法事，居士来客们磕头敬香，一切都有序进行着。晚上大家围坐在天井里打坐诵经，唱诵六字真言超度老佛爷亡灵。

藏族风俗，村里德高望重的长者去世，村子方圆几十里的藏民都要来参与祭祀，藏传佛教的一切活动，都围绕着圆寂大师的亡灵做超度，做得非常虔诚。

　　这次到青海，我们一起亲眼见证了传说中佛教大师圆寂后取舍利的全过程。之前以为这些是佛教的刻意渲染，都是虚假信息，真是不见不知道，一见真奇妙。

　　按照藏地的习俗，人死之后，一般的要做天葬，若天葬不成功（秃鹫不来或者来了不理睬，就认为死者活着时做了坏事天不收），才会被土葬的。而德高望重的长者，佛教大喇嘛去世后，才有资格做火葬，所以在藏地火葬是最高规格的安葬。

　　火葬要选择一块风水宝地，用砖头石灰修砌一个炉子。老佛爷的遗体被安放在这个炉子中，炉子里面堆放柴火，点燃后倒入酥油助燃。寺院里的喇嘛，围坐在炉子周围，念经做法事，送葬的人们，全都围坐在喇嘛的后面祈祷送行。

　　时辰一到开始点火，大约火化半个小时，火化结束后从炉灰里寻找舍利。老佛爷火化之后，我们都参与了寻找舍利的过程，从灰

居士们诵经中

烬里寻找到了270多个大大小小的舍利。有蓝色的、绿色的，还有红色的，晶莹剔透，有的像珍珠大小，也有的比较大，现场看到真的非常神奇。

有人在网络上说，佛教师父常年吃素，去世之后，烧出来的舍利是结石。可藏教的喇嘛，是吃牛羊肉的，骨头已化为了灰烬，偏偏有大大小小的舍利，有的在颅骨部位，有的是舌头舍利，还有眼睛舍利，那种所谓结石的解释，显然是站不住脚的。正是因为亲眼所见取舍利的过程，我也有点相信那就是人的精神聚合物的说法。

老佛爷去世后，老佛爷原来所管理的青海多座寺院，自然地由程师父来传承。我们跟随程师父去了古雷寺、木洪寺等几个主要寺院，原以为程师父做了老佛爷，就要享受各方面的供养。但去了这些寺院，我们才发现，这些寺院大多都分布在山上，不仅交通不方便，生活条件也非常艰苦。

在这里的寺院出家修行一定是苦行僧，依靠周围藏民的供养，想要保证丰衣足食绝无可能。人们见到的大多是那些香火不断、财源滚滚的寺院，和尚喇嘛迎来送往堪比职业接待。不是亲眼所见，我们也绝难相信有如此艰苦的寺院存在，还有一群无怨无悔的信仰者和守护者。这些年来，程师父为寺院修了路通了电送了水，为寺院配备了摩托车，以方便他们购买生活必需品，还修了篮球场，供寺院喇嘛们锻炼身体。

我们跟随程师父走过的寺院基本都修缮一新，供奉的各尊佛像护养得完好如新，寺院喇嘛住的房子，都是程师父给大家修建的。等看到这一切，我们才知道原来程师父这些年所有的收入，全是用来养护这些寺庙供养这些喇嘛的。

程师父的行为，彻底颠覆了我们过去对藏传佛教的认知。原来程师父所有的信仰，全是无私彻底的付出，而不是索取占有享用。

这次去青海，程师父在我们的心里变得更加和善可亲，与藏教的大德高僧形象完美地结合在了一起。

此后不久，我们跟随程师父多次进西藏到拉萨，参加有关佛事活动。还跟着程师父沾了一个大光，被拉萨组委会特别邀请，作为特别贵宾参加了哲蚌寺的雪顿节。每次进藏，都和程师父一起拖着大大小小的拉杆箱，箱子里全是黄金珠宝，都是用来在大昭寺做大威德金刚坛城用的材料。

每次到了拉萨，我们无一例外地跟随程师父，到大昭寺、哲蚌寺、色拉寺、扎基寺等寺院参与佛事活动。程师父在藏教格鲁派影响很大，地位也非常尊贵，不管到哪个寺院，都是大管家全程陪同服务，各寺院的大德高僧，对程师父敬重有加，我们在受到特殊的礼遇的同时，所到之处所见所闻，对自己的认知也在经历一次次的洗礼。

青海循化道帷乡的丹霞地貌

之后，我们每年都在程师父担任塔尔寺轮值法台期间，跟随他们去青海湖，去做放生佛事活动。因为对程师父的信服，对佛学也产生了极大的兴趣，在不自觉中开始了对佛经的学习，同时开始有意识地运用佛学的戒律，来规范自己的行为，还真是应了那句话，师父领进门修行在个人。

如果说，父母是人生最早的启蒙老师，那么程师父就是我这一生最重要的心灵导师。在跟随程师父的这些年里，我向他请教过许多重大问题，诸如一个人做成了一些事情之后，应如何面对名利钱财？在潜意识当中，如何对待分配不公？程师父说，人一生需要的钱财一定是要有目的性的，这个目的性必须是为了社会为了大众的。为了个人生活的钱财是极其有限的，一个人不抽烟，不喝酒，不吃肉，消费很少，要钱干什么？他说每个人的福禄不同，十分福禄的七分留下三分给后人。所谓分配不公是自己动了贪心，是贪心在干扰你，少做比较就快乐。

我问程师父，若有人把本应属于你的财富，或拿走或因故不能给你，该怎么解决？师父说，如果你觉得应得的少了，你就当是上辈子欠下的债，这辈子还了。如果你觉得吃了亏了，把亏吃下去就是福，吃不下去就真亏了。

程师父说老天很公平，该你的终归是你的，不该你的，终究也不是你的。

我和程师父辩解，对于上辈子欠下这么多的债，我有点不认可，怎么可能欠下那么多的债呢，明明是别人贪婪算计，这样理解我不服。

用黄金铸造的坛城

程师父笑着说，还有欠江山的呢，钱财不管放到谁手里，那都是累赘负担，惦记你的人多着呢。假如把这些认为该是自己的钱，反正也没得到，就当是布施出去了，保后人三代平安，干不干？

程师父这么一说，我也笑了。

程师父说，人做成了一些事儿，若不计较得失就会积累了公德，人做一些大事所以能成功，初心一定是善良美好的公益愿望。当事情做成后，人就容易忘记初心动起贪心，纠结于自己的得失，有那么多的人都受益了，积累下那么大的功德呢，还纠结什么？

是啊，人的一生，如果一切都是为了自己的名利活着，是多么的渺小。做一些有益于大众有益于社会的事情，自己又没少了吃少了喝，何乐而不为呢？程师父的话，让我的内心彻底释然了。

从那时起每当看到佛像，就好像看到了慈祥的程师父，尽管没有行过什么拜师的礼，但是从骨子里已认定了程师父，就是我今生最好的老师。

人生得一知己难，得一能点化自己的导师更难。从某种意义上讲，能碰到程师父也是行善积德所结的佛缘。

（七）

2018年，对于程师父是一个特殊的年份。大昭寺正殿大堂里的大威德金刚坛城建成开光，我随同程师父去拉萨参加开光仪式。

大威德金刚坛城，始建于1732年，是大昭寺供奉的三大圣物之一（胜乐金刚、大威德金刚、密集金刚三大坛城），"文化大革命"期间被红卫兵破坏，之后多年都没有恢复。

金刚坛城在佛教里也叫曼陀罗，是传说中的佛国，也可理解为西方极乐世界的实物模型。由黄金翡翠玛瑙琉璃珠宝等大千世界七宝组成。藏教格鲁派寺院共有十三尊金刚坛城，国家故宫博物院保存有一尊清代的金刚坛城，高50厘米，底盘直径75厘米，是铜胎掐丝珐琅质地。北京雍和宫2013年建成开光的坛城，规模和体积都较小，和大昭寺的坛城相比，无论体积规模质地都不在一个层次上，尤其是设计上差距更是无法比拟。

大昭寺的金刚坛城之所以这么多年迟迟没有修复，其原因之一是投资巨大没有合适的机缘人，另一个重要的原因，是没有人能设计了大威德金刚坛城。当年的设计者塔波格西是一位藏教的大成者，后世几乎没有这位大师的任何信息。

四年前，一个偶然的机会，程师父和大昭寺大管家洛桑喇嘛，与哲蚌寺阿旺喇嘛的师兄碰到了一起，阿旺师兄是一个大成就者，本已授予哲蚌寺上密院的首座，可这位阿旺师兄坚持不受，一直活动在民间，致使上密院首座之位一直空缺至今。此次碰面，他们惊奇地得知，阿旺师兄这些年在民间调查走访收集，刻苦钻研修炼，转山转水转佛塔，为的就是有朝一日可以重新设计、修复这三座金刚坛城，现在已经完全具备这一能力。程师父这么多年的积累，也是为实现这一心愿做着准备，三个格鲁派的高僧一拍即合，由程师父出资，阿旺师兄设计，大管家洛桑喇嘛具体组织实施，就这样大昭寺大威德金刚坛城的修复工作悄然启动。

这些年里，程师父把积累下的四吨小叶紫檀，100多公斤黄金，以及诸多的翡翠琉璃玛瑙珍珠，总价近七个多亿的材料，陆陆续续运送到大昭寺。阿旺师兄开始了夜以继日的精心设计，历经四年多时间，在工匠们的努力下，这座高3.5米、底座直径2.5米的大威德金刚坛城，终于修复完成。

在大威德金刚坛城开光的那几天里，大昭寺外的八廓街人山人海，十余万人围着大昭寺磕大头做供养。中午我们在大昭寺旁边的素食馆吃饭时，程师父问藏族女服务员昨天磕了多少个大头？女服务员说1080个，程师父感慨道我们修行人都自叹不如。

我和洛桑、阿旺两大管家

程师父与洛桑、阿旺喇嘛商议佛事

　　大昭寺里全部戒严清场，我们在寺内观看做火供，两侧各有四名消防武警守在火堆旁。围着这座金碧辉煌的巨大坛城，我从各个角度拍照，尽己所能留下更多的影像。我特别留意坛城建成说明的牌匾上，无论是设计者还是出资者，竟然都没有留下自己的名字，他们默默无闻地完成了一个伟大的创举。这不仅仅是对藏传佛教的贡献，而且是对国家以及全人类的贡献。这样的功德真是三生三世都修不来的，但程师父他们做到了。

　　还有一件大事也在今年顺利完成。多年前，程师父在兰州市区靠近黄河的南山，从别人手里买到了一处房产，两栋小二楼，院子占地十多亩。当时南山还比较荒凉，所以价格也非常低，当时程师父的想法，是要在这块地上面修一座佛堂寺院。这两年，随着兰州

大威德金刚坛城

兰州南山山庄一景

市城市建设的推进，南山也被建设成了休闲公园。去年开始，程师父将原来的两栋二层小楼，做了简单的装修改造成了客房，并且按照学佛修行、休闲静养的需要，对山庄进行了整体的规划改造，今年所有的工程全部完工，佛堂寺院也已完成了殿堂主体的建设，只待各尊佛像就位了。

按照程师父的愿望，这座佛堂寺院及休闲山庄建成之后，可方便其他寺院的佛教人士来此修行，也方便居士们上山学佛交流。今年我到兰州市，程师父让我在这里住了两次，参观了所有的设施。这个山庄及其配套设施已基本齐备，环境幽雅肃静，已经具备运营条件。程师父带我参观了他为自己修的闭关洞，洞穴不大，有十多平方米，一个小炕一张小桌，周围放满经书，真是一所修行闭关的好去处。整个山庄绝对是个世外桃源。

程师父说今年好运连连，这两

件大事刚刚完成，就赶上大昭寺释迦牟尼十二岁等身像重修，这也是百年难得一遇的机会。释迦牟尼十二岁等身纯金像，是唐贞观十六年（642年）随文成公主一同从长安迎请进藏的。据说是先有释迦牟尼十二岁等身像，再有大昭寺，后有拉萨市的。由此可见释迦牟尼十二岁等身像所承载的宗教和政治的重大意义。

释迦牟尼十二岁等身像，日常小的维护保养需要专门的日子时辰，由专门的工匠完成。而大的重修维护则更有诸多的讲究，赶上这样的时候，藏教大德们又一致确定由程师父担此重任，的确是百年不遇的机缘。程师父立即准备好材料，准备好工匠，用了不到十天时间，将释迦牟尼十二岁等身像修复得完好如初。修复过程中我一直陪伴着程师父，亲眼见证了这一过程。程师父很激动，他不止一次地说，这是多少辈子也修不来的功德。

2018年之于我，也是意义非凡的一年。这一年，在程师父的指导下，放下了多年来看似放下却难以割舍的许多东西。也就在这一年，忽然产生了想学习了解一些佛学的念头，在这之前还没有正儿八经地接触过佛学的经典。程师父对我说，中华国学博大精深，人不仅要学习孔孟儒家学说、老庄道家理论，也要学点佛学经典，儒释道才是国学的全部。学佛学可以从学习《心经》开始，但必须得同时修学《金刚经》，《金刚经》是解释《心经》的。师父嘱咐不管学什么，就要一直坚持下去，不要三日打鱼两日晒网，更不要今天学这部经，明天学那部经，那就成了走马观花了。

程师父指导之后，我开始了认认真真地学习《心经》《金刚经》。坚持早晚做功课，听南怀瑾、星云大师的讲座。在学习的同时，我开始用毛笔抄《金刚经》。以前我是个心急火燎的性格，并不适合用毛笔写字。写毛笔字需要心静，从抄经开始心竟然能静下来了，毛笔也能听话了。

说起来真的是一切皆有缘，前些年到南京出差，跟随董事长到栖霞寺，那时候对佛学还一窍不通。到了栖霞寺，董事长和方丈隆相法师交流佛学，我们几个无所事事，交头接耳四下观看，发现有栖霞寺编印的《金刚经》字帖，是隆相法师书写的楷书体。随手请了（不能叫拿了）两本带了回来，这两本书竟然成了我用毛笔抄写《金刚经》的范本。

之后每次和程师父见面，他都像预知我碰到什么问题一般，看似轻描淡写的一两句话，就直指我的问题所在。程师父的指点犹如甘露，在修正我的诸多不良心态和行为方面，起到了画龙点睛的作用。就在年后不久再见到程师父时，程师父对我的进步给予的评价是两个字："精进。"他还给了我一个天珠。我说师父以前已给过一枚老天珠了，不好意思再要师父这么贵重的礼物，师父说一切皆是缘

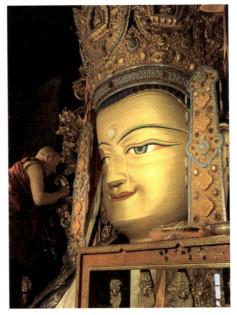

释迦牟尼十二岁等身像

分，非让收下并再三嘱咐一定要戴在身上。

这一年过得非常快，不知不觉已经到了2019年的元旦。下午一点多董事长打电话，说他正在赶往兰州的路上，我问出什么事了？他说程师父那里出了点事儿，我下意识地觉得是不是出车祸了？我正要问是什么事儿？董事长那边电话已经没了信号，过了一会儿，他又打过来，说是程师父出事了，可能是人已经没了。我问具体什么情况，他说他也不清楚，到了以后再联系。

这消息就如同晴天霹雳，我怎么也不敢相信，程师父好端端的一个人，怎么说没就没了？于是我又着急地给兰州的同事打电话，想了解究竟是怎么回事儿，一连打几个人的电话都说不知道。最后联系到了程师父公司的李总，李总告诉我说，就在昨天的晚上，程师父出去应酬吃晚饭，仅仅喝了一小杯酒，坐电梯下楼时在电梯里忽然失去了知觉，被人发现后立即送医院抢救，到医院时人就没了。我知道程师父平时是不喝酒的，但喝一小杯酒没什么事儿的，没想到就这一杯酒，程师父就匆匆忙忙地走了。

时间刚过2019年元旦，程师父刚满45岁，竟然走得这么匆忙，走得这么着急，让所有人不知所措。确认了程师父已经圆寂的消息后，我也立马赶赴兰州。

程师父的灵柩就停放在南山已经修建好的山庄里。平时和程师父相处的许多好朋友都来了，青海程师父管辖的寺院的喇嘛们来了，兰州市藏、汉佛教的教友们来了，所有得到程师父圆寂消息的人们都来了。几乎所有的人看到程师父遗像的刹那，都痛苦异常，失声痛哭，不能控制自己。我的心情和大家的心情完全一样，想想这些年和程师父的相处，全是他给予再给予，而我们则是一味地得到再得到，对程师父哪怕是点点滴滴的一丝回报都没有。

我和程师父的缘，也就短短的这么几年，人生真的是不容易，人和人之间的缘分，若不珍惜，刹那之间一闪而过。

人生是那么短暂，在程师父短暂的一生里，他一直在孜孜不倦地求学。从十三岁进入寺院皈依佛门，之后在寺院的安排下，上中学、读大学、读研、攻取藏教格西，一直就没有停下求学的脚步。拜师南怀瑾、季羡林、郑铁林以及藏教多位高僧大德，在学习钻研佛学的同时，致力于国学、禅学、医学、园林工艺、建筑设计等诸多学科的学习研究。尽管在兰大、在拉萨色拉寺佛学院任教授，桃李如云弟子众多，可他从不满足，还在孜孜不倦地学习补充着。

他一直在用自己的方式努力经营产业，尽自己最大的能力募集资金，为佛教发扬光大默默地做着奉献。他经常说一生很短，要做的事情很多，总觉得时间不够用。

人生又是那么漫长，程师父所做下的功德，用多么长的人生都是难以实现的。他留给我们物质世界的东西很多，有大昭寺的大威德金刚坛城、有许多他供养修建的各个寺庙、各尊佛像、喇嘛徒弟们的衣食住行，以及为格鲁派各大寺院多年送去的供养不计其数，还有我们这些追随他的人，获得的许多物质性的信物，随着时间的推移，也许会被遗忘。但他留给我们的精神食粮，学佛修佛、做人做事、行善积德，所有的这一切，却永远不会磨灭。随着时间的推移，会让更多的人从中受益，我想这也是程师父最大的愿望。

程师父的遗体火化后，取出了不少的舍利，连同程师父的灵

兰州南山山庄佛塔

骨，一并送往大昭寺。大昭寺及格鲁派的几大主要寺院都举行了隆重的悼念活动。程师父的灵骨做成了佛像，供奉在大昭寺和格鲁派的主要寺院，以及青海程师父管理的十几座寺院。

程师父在藏传佛教格鲁派地位尊贵，贡献巨大影响深远，他圆寂后，按照藏传佛教历代大德高僧同等的规格做了供奉。

人们不愿接受程师父因突发心梗而逝世的事实，总想添加些神话的色彩，说程师父功德圆满，对自己即将圆寂早已心知肚明。人们列举了诸多征兆，比如年前将青海的寺院指定了传承人，并将寺院的一切事务，都移交给了老佛爷原来的管家扎西东孜；比如就在他圆寂之前，兰州南山的寺院、太原的四合院佛堂也都修建完成，尤其是大昭寺大威德金刚坛城和释迦牟尼十二岁等身像的重修完成，这是多大的巧合呀！

可我知道那是人们对程师父的一种怀念方式，其实程师父一直就保持着对人的宽容和善待，那是他高尚的人品所在。程师父不是一个人们想象中具有神通的大师，他就是一个憨厚实在浑身充满正能量的人，是一个兢兢业业忠于事业忠于信仰的人，是一个对朋友够意思讲义气的人，是一个大家遇到事都能想到帮助的好人。我想有这些就足够了。

程师父的圆寂，在我的心中形成了一个巨大的精神空缺，这是短时间里难以弥补的。我的电话通讯录里依然保存着程师父熟悉的号码，我的微信里依然保留着程师父慈祥的头像，里面的对话和照片图像还历历在目。我想许许多多和我一样思念程师父的人，在相当长的时间里，都会将与程师父短暂的相处，作为最美好的回忆留在心灵的深处。

作为今生最难忘的一段记忆，我从自身角度以及对程师父的一点片面了解写成此文，远远不能准确全面地覆盖程师父平凡而传奇的一生。谨以此文作为对程师父的一点念想，若有不妥之处敬请谅解！

（作于2019年1月1日）

程师父徒弟制作的沙画坛城

生活编

SHENGHUOBIAN

当一回厨师的感觉

因为工作性质的缘故，一年三百六十余日大部分时间吃喝在外，偶有闲余回家吃顿饭，也是贤妻做好的现成饭，自己真成了衣来伸手、饭来张口的懒汉。

一日夜里做梦当了厨师，头戴高高的厨师帽，肩上搭一块毛巾，左手持炒锅，右手拿炒勺，上下翻腾，时不时还来两下杂耍，乐乎了一夜，以为人生在世当厨师俨然皇帝般的感觉。梦醒时分，天色微亮，梦里那当厨师的兴致犹在，按捺不住激动兴奋的心绪决定立马尝试一下。

清晨早早起了床，直奔菜市场，精心选购了一大筐各种各样的新鲜蔬菜，平时从不买菜，看到大冬天还有新鲜蔬菜，心里那股新鲜劲比蔬菜还要新鲜许多。

匆匆赶回家把菜洗好，打电话把平时几个相处的好的哥们一邀，心里琢磨着还有什么事未办，噢，得抓紧时间逛一趟超市。

虽是周末，可超市里早已人头攒动，无暇浏

览琳琅满目的各色物品，碰到熟人也只心不在焉地打声招呼，注意力全部集中在午餐所需的食材和作料上。马不停蹄地在矗立得像阅兵队伍般整齐的货架间穿梭，时间一分一秒地度过，终于提着大包小包满意而归。进门未及喘气，抬头望一眼墙上的钟表："嗯，时间正好。"

换好衣服，把妻子天天外挂的围裙往脖子上一套，就差一顶厨师帽了。你说逛超市时怎么就把这么重要的东西给忘记了，怎么办？再去趟超市显然时间已来不及，算了，用报纸粘一个临时凑合吧。

先搞好凉菜还是热菜？想了想平时下饭馆总是先上凉菜的嘛，凉菜好搞，都是超市里买的现成的，把几小袋菜往盘子里一倒，七八盘凉菜几分钟就搞定。

热菜搞什么呢？鱼香肉丝好吃不好做，算啦。先搞个容易的，西红柿炒鸡蛋，是先炒西红柿还是先炒蛋，或者一起炒呢？妻子经常炒，为什么就不留心看一下，你说咱这么聪明的脑袋，看一眼还不够吗？妻子今天干啥去了，怎么偏偏在这节骨眼上脱岗呢？

离了姜太公，还怕没渔翁，自己干就自己干。那油烟呛得人嗓子特痒痒，忍不住要咳嗽。调料、调料哪去了？噢，在这里，自己心里忍不住好笑，手里拿着调料盒竟到处寻找，真是骑着毛驴找毛驴……

门铃"丁零"一声响，食友们蜂拥而至。

"怎么，都准备好啦？"一进门哥几个就吆喝起来，"老兄你亲自下厨房，手艺怎么样？"我应到："你们也真是门缝里瞧人，真把我瞧扁了。"

凉菜、热菜满满地摆了一桌，大伙围着桌子一坐，两瓶老白汾酒平均分配人人有份，主人一吆喝，开席了……

看着大伙兴高采烈地往自己盘子里夹菜，心里那个乐简直无法形容。"味道怎么样？""好吃吧？"大家龇牙咧嘴地应和着"不错，不错。""可以，可以。"与往日不同的是大伙的表情都有点不自在。

酒过三巡，食客们的表现有些邪门，平时这几个食客，吃饭个个争先恐后，从不讲究文明礼貌，今天这是怎么啦？筷子就只在几个凉菜间巡回，几大盘热菜几乎原封不动地放在那儿，我催促了几次，大伙嘴里应承着自己来、自己来，可就是不动筷子。

我左右瞧瞧食客们脸上那虚于应付、装模作样的神态，再瞧瞧妻子嘴角时不时闪过一丝令人不易察觉的偷乐，我的心凉了半截。

我亲手烹饪的一桌菜

忙乎了一上午，光知道招呼人，自己竟然连筷子也没动，瞧那几位的脸色，敢情饭菜不可口，要不怎么光喝酒不吃菜呢？我又不是职业厨师，搞不出大饭店的美味佳肴，你们不吃我吃。

就在我拿起筷子伸向热菜的一刹那，妻子喊了声："别！"我抬眼一瞧，几个人目光紧紧盯在我那双筷子上，那份关切让我真受不了，好像我触在了地雷上。

"哇！"刚送进口的菜，快速吐到了手里，那菜又苦又咸，真是难以下咽……

哥几个嘻嘻哈哈地走了，妻子开始收拾饭桌，我的心里五味杂陈。当厨师难呀！且不说手艺如何，只众口难调这一条，就是一道很难逾越的坎儿。当一回厨师体味一下难堪，多少能激发出自己长期当食客的一点良知。当厨师难，如同在一个小家、一个单位、一个国家当家长，把自己全部的才智、心血投入其中，为的就是服务大伙后，能落一声好，那就是厨师们所有劳动的最终追求。

大伙若能经常换位思考，就能多份理解多份包容，进而营造出和谐的小家、和谐的单位、和谐的社会。

家乡的秋收

家乡山峦秋累

　　家乡秋季的到来是明显的。几场雨水过后天气有些凉爽起来，一阵子清风吹过，杨柳残叶纷纷落下，满院子的花儿开始凋零。前些天还一抹绿色的山谷忽然变成了五颜六色，枫叶红了柳叶黄了楸叶紫了，村子周围的山麓像一块块刻意竖起的画板，被涂抹得色彩斑斓。

　　秋季和收获是一对孪生兄弟，人们把一年里最美好的愿望，化作种子、勤劳和汗水植入脚下的土地，期待秋季到来时满载着丰硕的收获。

家乡棋盘山下的胡麻花

　　棋盘山下种植着大片胡麻，胡麻开出一串串小喇叭状的兰花，向上开口迎风颤抖，就像舞台上杂技演员手里玩着的一把细棍子上顶着的许多小盘子，让人不自觉地从心底泛起一丝丝担心和亲近。当一朵朵小兰花落去时，一颗颗圆圆的灯笼似的小脑袋顶替了它们的位置。秋季到来时这些小灯笼从绿色变成金黄，随风摇曳好不悠闲自在，我猜想正月十五挂灯笼的灵感一定源于胡麻果实。

　　胡麻紧挨着的是一片莜麦田，莜麦和小麦颗粒形状有些相似，麦穗像一串串金色的"铃铛"挂在秸秆上，体形瘦长倒像一个个挂在树上的金丝猴，给人以无限遐想。麦田一片金黄，秋风吹来金浪滚滚，仿佛整个原野被黄金覆盖一般，刺得人睁不开眼睛。

　　秋收最能牵动人心扉的是刨土豆。每年收土豆的时分在中秋节前后，与收割其他庄稼待遇不同的是，刨土豆时要给一块月饼做干粮，由此可以想象刨土豆的隆重程度。家家户户扶老携幼倾巢出动，大人们排成一行在前面用镢头刨，一群小孩子拿着小锄头，跟在大人们后面，装模作样地学着大人们的动作比画。其实多数时间是在地里玩耍打闹，但捡到几颗土豆也蛮有成就感的。

最熟悉也最能勾起兴致的活动，是在刨过土豆的地里烧土豆。从刚刚刨出来的土豆堆里，选些大小匀称的土豆，在箩筐里颠簸掉上面附着的泥土，倒在地上备用。众人动手从周围捡些干柴堆积起来，把备好的土豆倒上去，然后架一层干柴，干柴上再架上刚收割过的土豆蔓子。这一切准备好后，大人们俯下身子挡住风向把火点燃，倏然，火借风势熊熊燃烧起来，冲天的火光是最好的信号，看到远处不同方向烟雾升起，大家内心升腾起共享丰收的喜悦。

大火燃过，干柴变成了红红的火木灰，人们拿一根长长的木棍把火木灰聚拢起来将土豆覆盖住。不到一刻钟，土豆烧好了，用木棍从灰里将土豆拨拉出来，黄黄的土豆个个变得灰头土脸。

吃土豆是个极有讲究的过程，大家把烧好的土豆在地边石头上蹭掉外面烧焦的黑皮，黑黑的土豆恢复了金黄的外表，让人垂涎欲滴。硬硬的壳子里包裹着绵软的土豆，外焦里嫩，土豆的香味、泥土的香味和烧烤的焦煳味混合起来，构成了一道无比诱人的美味佳肴。从在石头上蹭皮到蹭出色彩，再到捧在手里观赏，直到开始品尝，整个过程就是一个完整的艺术品加工和欣赏的场景。参与其中的人们就像扮演了一次大师的角色，尽管一张张脸一双双手全变成了黑色，可欢声笑语贯穿始终，幸福愉悦挂满容颜，让所有参与者流连忘返。

莜麦的收获要经过两道工序，一道是收割，一道是打场。莜麦打场是用莲节打的，人们把莜麦穗头相对均匀地铺在打麦场地上，打麦的人们，两两一对，面对面分站两边，组成若干对，每人一副莲节。打麦开始后，大家挥舞手中的莲节，用柳条扎的莲节叶片绕着其与莲节杆连接的小轴旋转，一边人的莲节落下时，另一边人的莲节扬起，此起彼伏，步调一致。从莜麦场的一头开始，打到麦场的另一头，然后返回。一排打好后移到下一排，如此循序渐进，直到打好为止。莲节落下时，莲节叶片有力而均匀地落在莜麦的穗头上，麦粒和秸秆就脱离了。打麦场上发出有节奏的"噼啪"声，像是美好的乐章十分动听。大人们打场，我们一大圈孩子，就像足球场边的啦啦队，大人们的刻意表演就是为了讨好孩子，那种喜悦发自每个人的内心，把家乡的秋收装点得十分饱满。

（作于2000年秋）

两只小麻雀

夏日的一天中午，我下班回来，发现门口站着一只小麻雀，我一开门它就一蹦一跳地进了院子，我仔细一看，哈，原来是一只雏鸟。小脑袋上长着黄绒绒的细毛，嘴角也是黄黄的还没有褪尽，它还不会飞。

就在我观察它的时候，院子西北角又掉下来一只，我抬头眺望，小院上空只有一些纵横交错的电线，没有鸟窝，估计小鸟是从电线上站不稳掉下来的。走近一瞧竟然也是一只雏鸟，不过这只可以低低地飞一段距离。

小麻雀在院子里觅食

看着两只可爱的小家伙，我大声朝屋里喊道："快来看哪，有两只小麻雀。"女儿闻声从屋里冲出，嘴里嚷着："在哪儿？在哪儿？"这个成天埋头在文山题海里搏击的初中生，一听说有小动物，高兴得一蹦三跳忘乎所以。

小麻雀被这突如其来的响动，惊吓得钻到院子里的花丛中一动不动。女儿急得在牡丹花旁左转转、右转转，两只小鸟只是不理不睬。女儿从家里拿出小米，蹑手蹑脚、小心翼翼地放在花丛旁边，小鸟看都不看一眼。女儿又从家里端出清水放在旁边，小鸟依然把尖尖的小嘴撅得高高的，仿佛受了极大的委屈似的，不依不饶。看着小麻雀的神情，女儿束手无策，我们只好回到屋里从阳台上隔着玻璃观察。

小院不大，种了一丛牡丹、一丛月季、几株海娜花，还种了几株辣椒、西红柿、菜花。小鸟在这株花下停停，又在那苗菜下站站，有时又啄啄泥土。两只小鸟形影不离，偶尔我们在阳台上发出些响动，小鸟便偏过小脑袋望望。大一点的麻雀一会儿飞到院里的扫帚上，一会又飞到小房子的窗台上，一会又飞回来跟另一只小鸟磨磨蹭蹭、亲亲热热地卧在一起。

突然，两只小鸟兴奋得大叫起来，我们正不知所以的时候，看到一只大一点的麻雀飞了下来，嘴里不知叼着什么，两只小麻雀争相追逐，伸长脖子不停地叫着。看那股兴奋劲我猜想定是见到妈妈了，这个到鸟妈妈嘴边啄啄，那个又到鸟妈妈嘴边啄啄，鸟妈妈在前，两只小鸟在后，欢快地跑来跑去。

院子里有了食物引来了许多小鸟，为安静的小院增添了不少

院子里的鸽子和两只小麻雀

生气。每天早上天一亮，我们就被叽叽喳喳的鸟叫声吵醒，白天上班心里也有了牵挂，下班回来第一件事情就是寻找小麻雀的踪迹。日子一天天过去，小麻雀渐渐地长大了，一只已经不满足小房子的窗台了，可以飞到我们住房的窗台上，甚至可以飞到院墙和电线上了。尽管每天喂它们食物，尽管长大了许多，但小麻雀还是很胆怯。只要有人开门进院，一只立刻躲到花丛里，另一只则飞到电线上警觉地站着，等到人回到屋子，它又立刻飞回到同伴身边，两个小家伙或追逐或嬉戏或并排卧着。看着它们可爱的样子，我想给它们照张合影，可它们十分警觉，稍一靠近便立刻躲了起来。

周日那天，我正在客厅看电视，突然传来喵、喵、喵的声音，一扭头，发现小麻雀在玻璃上斜着脑袋向里张望，不时用它那尖尖的小嘴啄着玻璃。我连忙跑过去，这次它没飞走，反而向着屋里扑

小麻雀长大了

棱着翅膀显得很高兴的样子。哈，小鸟啊小鸟，这下我可以给你照张漂亮的照片了，还是动态的呢。

周一早上醒来，院子里静悄悄的，我急忙穿了衣服来到院里，小麻雀已经飞得无影无踪了，没想到昨天的光临竟是告别的留念。

小麻雀啊小麻雀，怎么刚刚走近却又悄无声息地就走了呢，让人心里倍感失落，看来狭小的院子终究羁绊不住自由的小鸟。

小麻雀，愿你在蓝天上自由飞翔之余，不要忘记回到这个曾经的家来歇歇脚。

（作于2012年夏）

过大年

　　今年的大年是在太原过的。没有烟花爆竹，没有旺火冲天，没有走家串户，没有熬夜聊天，甚至没有换上新衣，在午夜零点做传统的包饺子、氽粉汤。

　　茶几上摆满了各式水果、干果和糖果，档次都不低，几种用牛皮纸加工的小纸袋里装着上好的茶，小袋外面盖有私人印章，不知是真实还是炒作，彰显的是私密、稀有和尊贵，卖的总是高价。电视也按时按点打开，锁定中央一台的春晚。一家人没有一个能安静遵规守时地坐在沙发

大年夜摆在茶几上的年货

上品尝甘味、欣赏春晚。妻子出出进进还在忙碌着，孩子们坐在各自的房间，像平时一样专注着手机，有好的祝福语、动画发过来，一键群发，听得见家里人的手机微信提醒音，嘀嗒声此起彼落，真是世界上最远的距离就是面对面坐着，相顾无言，唯有微信响。

我坐在书房里发呆，想写点过大年题材的文章，可上了年纪一拿起笔就是回忆，儿时过年的场景永远贮藏于心灵的制高点，神圣而激动。家乡物产丰富，山上有森林，地下有煤炭，过年时家家户户院子中间垒一个大大的火笼，外围用炭一块一块、一层一层垒起来，垒成下大上小的笼子形状，中间用干柴填充，下面铺上胡麻秸秆，易于引火。火笼垒好后盖个盖子，上面放一个小炭块，下面压一条写着"旺气冲天"的小春联。父亲领着哥哥们打扫院子、贴春联，家里贴完哥几个跑到舅舅家去贴。母亲把过年的新衣赶置好，开始忙碌着做年夜饭。其实，做新衣服，制作过年吃的东西已有一段时间，年三十时不管光景好坏全部准备停当。我领着表弟、妹妹，穿着袖口擦鼻涕擦得晶莹灿烂的棉衣，盼望新衣有望的同时，衣服口袋里一面装着水果糖，一面装着期盼了许久的浏阳产的小鞭炮，一小鞭一百个，和三哥平分了一小鞭分到五十个。抑制不住激动时，安在纸叠的手柄、筷子当枪杆的头子上，装一个鞭炮，点燃捻子，伸展胳膊，脸扭向一边，倾听"啪"的一声脆响后，掏出纸包再数一遍……那五十个小鞭炮还剩几个。那个年代在农村过年有新衣换、有小炮响的都是家境好的人家。

1982年开始有春晚时，我已中专毕业参加工作，家乡的过大年在原有习俗的基础上，增添了春晚，给过大年增添了更加喜庆的内容。每年，春晚一结束，发小黄老九便准时出现在我家大门口，问候语"过好年了吧"，问上一圈。我俩结伴去海亮家，然后三人结伴去俊杰家、大二栓家、永胜家、松青家、泽元家、旭珍家……挨家挨户拜访完，就集中在谁家熬年，说笑话、讲故事、喝烧酒、吹牛皮。到凌晨零点开始接"神"，我们一伙子就忙碌着挨家挨户点火笼、发旺火、响鞭炮、放麻雷、点花炮，折腾一个通宵。

又过了些年，爷爷奶奶早已过世，父母随我们搬离了村子。在外面过大年，总感觉没有村里过年的氛围，童年

女儿圆圆烤旺火放花炮

成了回忆，青少年也已成为过去，现实中的过大年，已变成为自己的孩子们准备着、张罗着一切。回想着自己儿时过大年的种种欠缺，努力给自己的孩子们补上。新衣服不能是简单的棉衣棉裤，从里到外、从头到脚焕然一新，一套不够要几套，把孩子打扮得花枝招展、鲜艳靓丽。各种食品琳琅满目、储备充裕，尤其是鞭炮、花炮，准备几大箱，过大年尽情燃放，把瘾过足，余味未尽，正月十五补上。

现在儿女都已长大，开始成家立业，村里儿时过大年的情景已消退殆尽，城市里的过大年也在发生着巨大变化。过年的食品、饭菜早已日常化，平时吃的用的、听的见的都远远超越过大年的情形。少了渲染，少了嘈杂，多了平静，归于平常。

春晚，这道过大年特有的不可或缺的大餐，已形如摆设、味如嚼蜡。听说本山爷爷们今年不再上春晚了，但冯巩爷爷还要上去说相声，尤其是李谷一奶奶还要出来唱《难忘今宵》。我看了三十几年春晚，已不好意思再看，就像我爷爷早已去世，我父亲也已年过九旬，住在养老院不知过年为何物。许许多多演春晚的名家已陆续退出舞台销声匿迹，取而代之的是一张张新鲜的面孔。

呆想了一会儿，问妻子有什么可以帮忙，妻子说没有，她也是找不到感觉满地乱窜。问姑娘电视上春晚演啥，姑娘惊奇道，竟然还有人看春晚？乖乖地打你的游戏斗地主去吧。

我站起来走到窗前向外眺望，院子里静悄悄的，比平时静谧安详，道路两旁，两排红灯笼一直伸向远方。对面楼上、窗户上各式各样的花灯闪烁，比平时的霓虹灯广告少了功利，多了花样，增添

小区里的大红灯笼

了喜庆祥和，看来过大年暂时就这个样子了。

　　早点睡吧，明日大年初一，早早起来，给微信圈里的人发个新春祝福拜个年，表示一下彼此的关心和关注，同时表示自己依然快乐安康。明天懒得在家做饭了，外面酒店订了餐，尽管比平时要贵许多，可过一回年，此时不花更待何时啊！

（作于2013年大年初三）

炉子与生活

忻州古城

　　我使用过很多炉子，每种炉子的使用都与当时的生活息息相关。

　　第一代炉子是个酒精炉子，一个很简单的不锈钢的小钵子，上面有个钢丝架子，能支个小饭盒。用这个炉子做饭显然不可能，仅能起个热饭的作用。用酒精炉子的年月，是自己单身上集体食堂的时候，有时候把饭打回来没有趁热吃掉，想吃时有些凉，就用酒精炉子稍微热一热。那个年代，没有注意到商店里有卖酒精的，敢用酒精炉子必须医院里有关系，去医院要个葡萄糖瓶子，用于装要来的酒精。上学时学的医，同学们当医生、护士的一大堆。吃药、输液、住院，有公费医疗作保障，分文不用自己掏腰包，纱布、胶布、棉棒、酒精、紫药水等常用物品均可要来。享受这一切时，心里只有行业的优势和自豪感，没有丝毫的愧疚。

我用的第二代炉子是煤油炉子。这种炉子从外形结构上看没有传统炉子的形状，可供生活要求不高、饭菜简单的两三个人做饭使用。比如做个鸡蛋汤，热几个馒头，做个汤面、拌汤之类。若吃顿饺子，就有赶不上趟的窘境出现。我第一次见到这种炉子，是舅舅单身住办公室时做饭用的灶具。我考上中专念书时，正是"半大小子吃塌老子"的年龄，常跑到舅舅那儿补充营养改善生活，揪面片、蒸饺子，爷儿俩吃得热情高涨、开心快乐。

当我自己使用煤油炉子的时候，正是刚刚成家立业之时，舅舅正县级干部做饭时的配置，我一出道一开张竟然也有此配置，那绝对属于"高配"。我调到市委工作，妻子调到师院当先生，分到了学生楼上的一间宿舍，在当时是"豪宅"级别的待遇了。因为忻州市委大部分的干部，包括一些县处级干部都没有房子住，多数在机关附近的村里、农家院子里租房住，且绝没有租房补贴一说，更何况我们这些小干部。

那是一间三十平方米大的屋子，放置了我自行设计、别人制造的，具有自主知识产权的五组高低组合柜子，一套一大两小的沙发、一张双人床、一台洗衣机、一张折叠式圆桌等全部家当。且一点也不显得拥挤，用这个看似高大上的煤油炉子开始了自己的幸福生活。

但往往事与愿违，这个煤油炉子特别不好操控，使用时需要自制棉麻捻子，十几条一头分别插入十几个灶头孔中，一头放入油箱中，浸不上油点不着，浸上油粗细不一火不均匀，调不好油烟滚滚，把饭、把家全都混弄成一股煤油味，把人熏成井下的"煤黑子"。油捻子点两天就结炭，三天两头需维修，油脂麻花的，搞得人像个修车师傅似的。

终于有一天，在积怨日久、无比愤怒之时，两手沾满油污，两眼布满血丝，一脚将那个始终无法驾驭的煤油炉子踢下了楼，让其彻底离开了我的生活。可直到十几年后，还能在个别饭店的菜里品到它的"煤油余香"。

取而代之的是我的第三代炉子——电炉子。简单、干净、无排放、无污染，绝对环保产品。一个楼道里住了十户人家，一家一个电炉子，若同时做饭，就顶保险，一次只能有两家同时使用。晚饭时间充裕，好协调，中午仅有不到两小时的空闲，若前面做饭的占用时间长了，后面的人家便没时间做饭。为此十户人家专门召开做饭用电联席会议，议定做饭用电规则，做了若干条规定。诸如按下班回来的迟早，自然排出用电次序；不准用电炉子烧开水，使用开水到学校开水房打水；为了缩短做饭时间，做饭准备期间不准用电炉，一切准备好后方可使用等。因为电炉子的使用，十户人家之间相互协同配合，互通有无，美食共享，形成了习惯。特别是学校放假，女主人们回老家度假，我们几个学校外工作的男士们就自觉地合并炉灶，过起"打平伙"的爷们儿生活，由此结成了兄弟般的情谊。孩子们同在一个楼道相处得像亲兄弟姐妹一样，这也是大家相处最和谐、最融洽的一段时光。直到现在，当年同楼道的这些邻居们，依然保持着最亲密的友好关系，日常互相照应着、来往着。

第四代炉子的使用，是在学生楼居住的后期和分到宿舍楼的初期，它的名字有点长叫蜂窝煤炉子。这是一个无论外形和功能都保持着炉子传统的炉子。这种炉子的出现，是城市禁用燃煤炉之后的替代品。蜂窝煤是用无烟煤与泥土混合后制成的蜂窝状型煤。烧这种炉子还需要点技术含量，用时上下煤块孔对正孔，炉火很快燃烧起来，做饭炒菜很顺手，请客聚会做些美食佳肴很能配得上套。不用时加一块新煤块，上下孔挪开不要正对，即可起到压火保温作用。上面放壶水，还可以烧水备用，省下了打水跑路的辛苦。只是每年需要雇个三轮车到市郊的煤厂拉煤，装车卸车都是个辛苦的活。但相比使用煤油炉、电炉子，有了家庭生活可操可控的稳定性。

第五代炉子应该算作液化气炉子了。把液化气灶称作炉子，对于现代人来说，以为我们老土了，说实在的，炉子变灶是一次现代与传统的界限，也是对做饭灶火的一次彻底革命。

在淘汰了蜂窝煤炉子使用液化气灶具前，我还使用过一段叫作"趺蛋"的炉子，实际上就是一种专门烧散煤的灶火。散煤拉回来堆在院子里，住在高高的四楼，每天煤桶子提上去，灰桶子提下来很辛苦。宿舍楼里一至四层共用一个烟囱，不管哪层做饭，烟雾总要在屋里乱窜，大冬天也需开窗跑烟。尽管使用时间也不短，可它与蜂窝煤炉子属于同一代产品，从先进性上讲，它远不如蜂窝煤炉子。

我家使用液化灶的那年，已到1992年。我从市委安排到煤气公司任职，到岗后的最大的礼遇莫过于更新换代了一套液化气灶具。公司下属液化气站的站长，借给一个钢瓶和一个台湾灶，换一罐气成本价24元。这套设备拿回家时，家里的灶台被一次性彻底革了命。

那个年代使用液化气做饭很是高大上，申领一套液化灶需要市长批条才能办一个户口本，搞得像公安局的户口似的。1992年的物价水平，一套带户的液化灶九百多元，相当于现在上万元的价值，现在的人难以想象到当时的奇葩。

用液化气做饭干净快捷，可换罐却是很麻烦的事，住在四层楼上，把空罐提下楼，用自行车带到液化站还算省劲，可带回装好气的实罐，扛上楼却很费力气。每个月用得快到期时，保不准做饭的当儿就断了气，煮一锅面条变成糨糊。摇摇钢瓶顶不了几下时，拿一个脸盆子，里面放些热水，将罐放进去，可勉强将一顿饭凑合完。

过了几年，液化气供应不那么紧俏，价格开始下跌，申办也有了松动，老有农村的亲戚找过来走后门买一套液化气，作为儿子结婚时的摆设安放在新房里，当作奢侈品显摆，几乎舍不得用其来做饭。

后来，各城市开始建设焦炉煤气项目，人工管道煤气进入家庭，煤气公司的主业也由液化气变为管道煤气。家家户户开始安装使用管道煤气，城市人的生活开始真正进入了现代化。与此同步进入家庭的是网络电视、通讯宽带、超市购物。液化气从家庭淘汰出来进入饭店和沿街的小吃摊点，从城市退入县城乡村。

再后来，也就是今天，天然气彻底替换煤气，更加高效环保优质。与之相配套的还有家用汽车、三网合一、网上银行、手机购物和网上订餐、送饭上门。除了老年人守着灶台吃着传统，年轻人还有几个留在厨房关注着灶具呢？

（作于1993年夏）

戒烟

2007年春节午夜零点钟声敲响时，我戒烟了……

我二十三岁前不吸烟、不喝酒。二十三岁那年在老干部局任职，周围的同事给我提出建议，作为一个搞老干部工作的，既不吸烟又不喝酒，怎么与离退休老干部交往？进组织部前我在公安局工作，那时是不需要与罪犯交往的，而今面对的是革命老干部，如不交往那便成了严重的政治问题。

喝酒是学不来的，当警察时就试图学会饮酒，以便推杯换盏广交朋友。可喝一次比一次糟糕，开始是晕头转向，以后是随地呕吐，再以后就是胡言乱语、胡说八道，更为甚者昏迷不醒、失去知觉。

那叫作酒的东西进口时火辣辣的感觉并不好，我见周围许多人喝酒喝得乐此不疲、乐不思蜀的样子，问是什么样的感受，他们说出来的感受与我雷同，进口不爽下肚难受。既然如此为何还要喝呢？他们说为了应酬。说起来此种应酬方式还颇有历史，那是中华传统文化的一项重要组成部分。也确有饮酒感觉良好者群体，而且还是社会的主流。好像大凡能饮善饮者均为英雄好汉，武松醉酒打老虎，李白斗酒诗百篇，英雄杨子荣打虎上山，靠豪饮海量，硬是将一伙土匪震住，打入土匪窟智取威虎山。许多文学作品中塑造的英雄，多是酒坛豪杰，煮酒论英雄，能饮敢饮者一定是最后的胜利者。

我喝了几次酒以后，也悟到了一些喝酒的道理或曰内涵，酒壮英雄胆，原先不敢想的敢想了，原先不敢说的敢说了，原先不敢做的敢做了。三杯酒下肚不知怎的，人特别想表现自己，内心世界中的很多欲望一齐从心头涌起。

说到坚强，视死如归，敢于上刀山、下火海；说到脆弱，磕头捣蒜、泪如雨下，痛不欲生。

三杯酒下肚，表现出来的糊涂那是装出来的，"酒醉心里明"是谁告诉你的？当然是喝酒的人。

为何英雄难过美人关？所谓英雄，但凡喝酒把他人喝醉，自己也差不多快喝醉了，他以饮酒过量为由装疯卖傻，平时见了美女虽爱却不敢放肆，现在胆子大了想说的敢说、想做的敢做，就把美女粘上了。

凡是男人谁不爱美人？那美人关谁也不愿过，能过不能过关键不在男人而在美人。俗话说"小子不赖，女子不爱"，你连酒都驾驭不了，你能耍的了"赖"？哪个女子爱个窝囊废。

可男人这饮酒理由多多，高兴时饮酒，悲伤时也饮酒。偏偏我怎么也爬不上这酒坛，挣扎一次失败一次，非但没有丝毫进步，反而每况愈下，最后一次饮酒，几乎告别人生。呜呼，看来今生今世我是与英雄无缘了，至于美人关什么的，也只能望关兴叹，"拜拜"了。

这样摆在我面前的路只有一条那就是吸烟。其实对于香烟，我原本是没有什么好感的，比之"酒"要厌恶许多，好歹酒还能与英雄扯上关系，这烟却什么壮举也没有，出身清贫，业绩平平。自己既然没有驾驭酒的本领，就只能与烟共呼吸了。

学吸烟是极其痛苦的，你想，让人爬到一只冒烟的烟囱上去悠闲自得地呼吸，确实需要毅力和本事。酒毕竟是粮食酿造成的，可烟却只是些不能食用只能冒烟的草而已。

为了工作需要，就是再苦再累也得上呀，酒坛已经爬不上去了，再从烟囱上摔下来就全完了。学吸烟时，几乎没有任何乐趣，完全是在一种迂腐的压力之下，以所谓的生存需要而为之。从那时起，我就下定决心学会吸烟，誓将吸烟与生命一起进行到底。

1985年底，我经过一段时间的实习锻炼，正式进入烟雾缭绕的世界。起

小卖店里的烟酒

步品牌是当时用号限供的牡丹、凤凰、上海牌高级香烟。那时，老干部局物资丰富，有专门用来接待老干部的这些高级香烟。陪老干部们吸香烟是工作，有时也和同事们一起吸几口自制的"水烟"，大伙儿蹲在院子里，围成一圈，嘴里念叨着："烟八锅、烟八锅，吸了八锅又八锅。"羊腿做的烟锅子，一个人吸完传递给下一个人，下一个人用手把烟嘴一抹接着吸，气氛极好。

过年的时候，要准备几条好烟招待朋友，同时也有炫耀的意思。那时候，人们一般吸张家口的"迎宾"烟，那白白的底衬上有一朵红红的牡丹花，看起来特有气派。那个年代刚有了过滤嘴香烟，可大家用得不习惯，都爱吸不带嘴的香烟。1988年我调到忻州市里工作，开始吸带嘴的香烟，起先总要偷偷地把烟嘴子掐掉，后来慢慢习惯了，就开始吸带嘴的。

1990年上党校时，是家里经济最拮据的时候，同学中不少人上学期间把烟戒了。也有人鼓动我戒烟，我心里很矛盾，吸烟的害处是不少，或者说几乎没有什么益处，当年虽误入此道，但入道已久已有烟瘾，现在遇到点困难就退缩有些于心不忍。况且入道时有过承诺，绝不可随意弃诺，放弃自己这唯一的嗜好呀。

从那时起，我便开始搜寻吸烟的好处，诸如提神呀、解闷呀什么的，尽管没有什么科学依据，尽管有强词夺理的嫌疑，但你愿吸就吸，别人能把你怎样。

后来，经济条件慢慢地好了起来，就开始固定香烟牌子。先是桂花、红梅、小熊猫，然后是阿斯玛、红塔山。多少年来我吸烟的量一直保持在一天一盒左右，没有大的起伏和波动。

周围常出现一些戒烟者，有些真还把烟给戒了，可不少人一年戒好多次，经常戒经常吸。我是从不参与戒烟行动的，一是不屑于经常戒烟者之无决心无恒心，经常发誓说了不算。二是没有找到一个能说服自己戒烟的理由。

也有人鼓励说，能戒烟者就是有恒心者，就是能成大器者。我心里明白，能不能成大器，与戒烟不戒烟毫无关系。成不成大器，决定于天时、地利、人和等诸多因素，不是说戒了烟人家就把大器交给你让你去成。

这吸烟对我来说究竟有没有留恋依赖呢？说没有是虚伪的，二十多年的亲密接触，感情还是蛮深厚的。每当心情郁闷一筹莫展时，是它的陪伴，使自己拨开云雾重见光明；每当形孤影单寂寞无聊时，是它的相随，使自己有了依靠，增添了些许生活的色彩；多少次夜深人静、伏案疾书，是它的刺激激发出了一点点灵感。

可也正是它，使我诸病缠身，咽炎、鼻炎、咳嗽、胸闷、气短，影响他人在其次，自身就深受其害。女儿说："爸爸，你咳嗽、气短，把烟戒了吧。"我瞪女儿一眼说："你姥爷七十多岁还抽，让你姥爷戒了我就戒。"妻子说："你身体不好把烟戒了吧。"我说："我不打麻将，不喝酒，仅此嗜好，戒了岂不可惜？"女儿和妻子只好说："少抽点，抽好的吧。"

其实，对于戒烟我内心里是有个期许的，一个人一生一事无成，就为了碌碌无为的健康长寿，我感到活得可怜。我并不是对吸烟难以割舍，而是缺少点戒烟的动力和理由。

为了一项事业奋斗，获得成功时应当有所表示，我不善饮酒，不能把酒言欢、豪饮尽兴，但把戒烟作为一种特别庆贺方式岂不更好！

春节前，我把吸了多少年"三五牌"香烟的习惯抛掉，改吸软中华香烟。有人说，吸软中华香烟者达官贵族、富豪贾商也。我找了近一个月的最后感觉，什么也没找到。我参与的热网项目已获得成功，尽管感觉没什么值得骄傲的地方，可毕竟为戒烟找到了一个恰当的理由，除夕夜鞭炮响起的那一刻起，我再没有吸烟。

（作于2007年正月初六）

梦回童年

一 春 一

太阳早早爬上了红沙峁，在太阳七彩光环的映衬下，红沙峁那特有的色彩变得明亮妩媚，周围的山峦一片雪白，冰雪覆盖下贪睡了一冬的满山青松随风起舞，抖抖身子露出了浅浅笑靥。

"咕咕鸣……" 红沙峁上的大公鸡，像站立在山岗上的哨兵，扬起脖子发出第一声信号，村子里便响起了此起彼伏的鸡鸣声。

屋顶陆续冒出炊烟，听到母亲的咳嗽声，我撩开窗帘眺望红沙峁那醉人的景色，知道春天到了，那幅绝美的图画是家乡早春特有的。

河床上依然是洁白透亮的冰，河中间开了一道裂缝，发出潺潺的流水声。早晚还是很冷，中午时分太阳极其柔和，照在脸上暖融融的。屋顶上的积雪有了松动，屋檐也滴答滴答不时有水滴坠下，到傍晚时分屋檐上挂满了冰柱，像一排排晶莹剔透的象牙，我和小伙伴们扛根棍子打"冰溜溜"，吃起来心情格外愉悦。

到了周末，我们约好去打麻雀，弹弓是必备的武器。伙伴们在一起从来不比穿着，弹弓是一定要比的。谁的弹弓做得好、射得远，小鼻子蹙起很是神气。不过最终神奇的是战果。其实用弹弓打麻雀收获极其低微，在我的记忆里几乎没吃过弹弓打住的麻雀肉，多是上树掏麻雀窝。看到羽毛未丰的小麻雀我是极有同情心的，小心翼翼地拿出来放在怀里。家里有爷爷给做的鸟笼子，拿两个小酒

我家院子里的杏花开满树枝头

盅放进去，一只放米一只放水。上学走时告诉妈妈给小麻雀喂水，妈妈忘记了，小麻雀死在笼子里，我伤心得又摔书包、又跺脚。

院子里有棵我种下的杏树。早春从杏树努出的嫩芽上展现出来，我以为春天到地球上第一站是我的家乡，而家乡的早春就从我的杏树上体现，等到粉嘟嘟的杏花开满枝头时，我把最要好的小伙伴叫到院子里来赏花，心里无限惬意满足。

天气渐渐暖和起来，有小伙伴叫："看河啦，冰化啦。" 我连忙冲向河滩，河滩上洁白的冰正一块一块融化漂入河水中，走不多远便失去形状，快乐地奔腾而去。我们站在河畔抛石头击打漂入水中的冰块，"打中了，打中啦"，每当那时小伙伴们都会高兴得手舞足蹈。

— 夏 —

家乡的春夏界限不很清晰，只是脱下厚厚的棉衣，换上夹袄、夹裤子时，我便意识到夏天到了。

夏天的景色是迷人的，村子周围的山峦变成了一抹绿色，轻风吹过可听到阵阵松涛声。汾河水哗啦、哗啦流动的声音很大，在村子里即可清晰地收入耳际。我们村子里的人讲话嗓门都蛮大，我想一定是汾河的浪涛声、管涔山的松涛声组成的交响乐混鸣的原因，人们交谈声音低了听不清楚，在这乐曲的殿堂里，我和我的小伙伴们自然养成了大嗓门。

夏天是孩子们的季节，饱受了一冬天的束缚，忍耐了一个春

家乡村子边的汾河

143

天的等待，迎来了期盼已久的自由奔放。穿单衣、穿裙子、穿凉鞋，爬山上树、下河玩水。

夏天是个性张扬的季节，村子里人们忙于耕作，女人们便抱着大包小包的衣物被褥到河滩里去洗。河水清澈见底，河畔一人坐一块冲刷得光滑洁净的石块，用石头在河水中围一处石栏，衣服放到水里浸泡，河水冲不走。大人们手里拿一根木槌，将衣服放在前面的石板上，一边用木槌"梆梆"地敲打，一边唠家长里短。清洗衣物不用肥皂、洗衣粉什么的，纯天然绿色洗涤，洗好的衣服穿起来特别舒服。

我跟着妈妈下河洗衣服，围着妈妈在河里摸鱼、溅水，把妈妈溅得满头水花，妈妈笑笑用手把头上的水抹一把。我疯玩一会儿，缠着妈妈讲故事，妈妈知道的东西真多，给我讲日军占领村子那会儿，我大舅抗日的事。还讲姥姥有家传的中医绝技，如何给乡亲们看病，讲到村里的谁谁谁生命垂危被姥姥妙手回春，妈妈特别自豪。

夏天的时候正值雨季，汾河常发大洪水，家里大人不让孩子们去玩水，可小伙伴们常常偷偷地瞒过大人，趁中午时分下河玩水。我们村子是汾河的发源地，河道被截流成好多干渠，干渠除了用于浇水灌溉外，还有一个重要的用途，就是给水磨引水提供动力。一道汾河川上，有大大小小的水磨房十几个，鳞次栉比摆开非常壮观。离村子最近的叫作三磨，水渠较宽，水流也比较平缓，最适合孩子们玩水。常听大人们说村里当年有人玩水从水渠掉入水磨被淹死了，也不知是真是假，反正我们每次下水，都互相告诫远离水磨的入水口。

说玩水真是玩水，玩憋气，玩打水仗，玩的就是个开心尽兴。没有一个会游泳的，有说会仰泳的也是一只脚踩在地，一条腿漂起来，两个手比画着冒充，于是小伙伴们嚷着谁不会？便一哄而起都比画起来，那情形永远刻在童年的记忆深处。

杏树上挂满黄澄澄的杏儿

— 秋 —

秋风来了，秋天的脚步近了，淅沥淅沥连续几场雨水过后，天气凉爽起来，妈妈自言自语道立秋了。我和小伙伴们忽然发现前些天还满眼绿色的山峦，倏然变成了五颜六色。院子圐圙子里的葵花颗粒已饱满，可以掰着吃了。

杏树上挂满了黄澄澄的杏儿，向阳的一面已泛起红晕，

孙儿图图和孙女肉肉

145

背阴的一面却还是绿的。妈妈说家乡气候冷果实成熟得晚，立了秋杏才会熟。惦记着立秋许久了，想吃杏的时候问大人还有几天就立秋了？忍不住偷偷爬上树摘几颗，咬一口酸得五官蹙成一团。

"二小子"说供销社拉回毛桃来了，还有西瓜。我们一伙小孩叠罗汉似的，爬到供销社卖水果的篓子前，看着人们来来往往地买水果。售货员娴熟地用手将鲜艳的毛桃从篓子里抓起放到秤盘里，秤杆一平，一收秤砣，秤盘一立，倒入买水果人们的篮子里。羡慕嫉妒恨呐，守了三天，望眼欲穿，任由口水流下湿透衣衫却只闻到个桃味。也曾在供销社的柜子缝隙里试图捡到几个钢镚儿，不记得是谁真捡到一个一分的钢镚儿，小伙伴们高兴得叫了起来，围成一圈欣赏这难得的"战利品"。

可一分钱买不来水果，只能买两个上有"螺丝纹"的糖蛋蛋。终于有一天，我们几个强忍着口水，趴在水果篓子边，一双双小眼睛直勾勾地盯着售货员，两个"瘦猴"从我们的腿缝间爬到篓子边，悄悄地把篓子撬了个洞，偷偷从篓子里拨拉出几个桃来，然后一起离开供销社，聚到一起分着吃，感觉比西天王母娘娘的蟠桃要美味许多。

秋天是收获的季节，收割后的莜麦秸秆从麦田里拉回来，堆放在村里饲养院草房里，于是草房便成了我们玩耍的主要场所。电影《地雷战》《地道战》看多了，我们小孩子爬到饲养院的草堆里，学着钻地道打日军，玩得灰头土脸，废寝忘食。帽子上让妈妈缀两颗扣子，就可当八路军，俏皮的孩子在上嘴唇上用锅底的黑摁个黑点，帽子两边夹两个纸条，冒充日本兵。饲养院的大人们怕孩子们捂到草里出事，常会把孩子们撵出草房。于是玩耍的场地便到了饲养院外面打场的"场面"里，收割后的大豆秸架成高高的豆秸堆，像一座座山丘。围着这些山丘和"场面"的土坯围墙玩打仗、"藏猫儿"。玩得空闲时，也忍不住偷偷地从秸秆里拨出些大豆装回家，让大人给炒着吃。

"嘀嘀嘀"，街上响起了汽车的喇叭声，缠了好长时间，今天开车的四叔答应带我们进山里去玩。驾驶室里挤了我们三四个小孩，进到山里跟在四叔后面，看到漫山遍野全是惊奇，醋柳柳、油瓶瓶、还有沙窝窝、迷果果、刺玲子等好多山果都是可以吃的。叔叔耐心地指点着、回答着我们的提问，满足着我们的好奇心。家乡的山里森林茂密，珍禽异兽，奇花异果，应有尽有。在秋天走进这

家乡的山果子

倒挂着的油瓶瓶

林海世界里，比现在大型超市里的物种丰富得多，构筑了我们童年美丽的童话世界。

带着森林大世界满目的神奇，回到村子里时，瓜果、月饼的混合香味直扑鼻窍而来。临近八月十五中秋节时，家家户户支起月饼鏊子开始"炉月饼"。刚刚收获的麦子用石磨磨成面粉，水磨坊里的油坊现榨的胡麻油，一切用料全是秋的收获。打好月饼先走村串户给亲戚家送月饼，同时换回亲戚家打的月饼。

说话间已是中秋节了，家乡的月亮像磨盘那么大，像月饼那么圆，清澈明亮，仿佛把山上的树、村边的河一并画入了月亮里，让人感到亲切而温馨。赏着天上的月亮，数着天边的星星，怀里抱着小瓷罐，里面放着分到的三个月饼、四个槟果，仿佛装满了秋收的硕果，能香甜幸福整个童年。

— 冬 —

我不喜欢热而喜欢冷，是因为我喜欢冬的场景和味道，比之其他季节，冬的性格更符合梦中童话世界的色彩。

清晨，当阳光洒满屋子爬上大半个炕时，我揉着惺忪的睡眼坐了起来，在被子滑落的瞬间，一股寒气拥抱肌肤，不由得瑟瑟发抖，打了几个颤，手忙脚乱地穿衣服时，发现衣服变成了棉衣棉裤，还有棉袄子。窗户的玻璃上镶嵌了各式各样的冰花，好看极了，我用指头贪婪地触摸着那些花儿样的花瓣，仿佛进入了神话的世界。

家乡的雪景

玻璃上好看的冰花

透过冰花的缝隙往院子里瞧，大雪纷纷扬扬如柳絮般从空中飘洒下来，杏树枝头白了，南房屋顶上也白了，满眼白茫茫的一片，有些刺眼，好像昨夜我们睡着的时候，有人悄悄地给大地盖上了一层雪白的毯子。我忽然意识到，家乡的冬天在昨夜呼啸的北风伴奏下，夹着漫天飞舞的雪花已来到我家的院子。

人们说春天好比羞涩的少女，夏天就是奔放的舞者，可我觉得秋天象征着成熟朴实的母亲，冬天的临近恰如当家的父亲踏入家门般威严霸气。

"下雪啦！扫雪啦！"院子里孩子们欢叫着忙活起来，有的拿小扫帚，有的拿小铲子，也有的学着大人的样子试图拿大扫帚、大木锹，可人没有扫把高，拿不动、用不了。大人们刚把雪扫得聚拢起来，小孩们就开始滚雪团，打开雪仗，你来我往，满院你追我

女儿圆圆和我打雪仗

搓，雪团飞舞，笑语欢声，好不开心。忽然，小妹妹哇地哭了起来，不知谁把雪团砸在了妹妹头上，刚才还高兴地晃着扎着两条小辫子的脑袋，手舞足蹈，这下哇地一哭，众人围上来安慰，这一招很灵，心想看你们还敢不敢忽视我了。

雪已经停了，扫雪也接近尾声，小雪丘堆成了大雪堆。在哥哥的指挥下，小伙伴们开始制作雪人。大雪堆铲成圆球形是雪人的身体，上面放一个小圆球是脑袋。基本形状做好后，开始精细加工，用小煤块在脑袋上镶嵌眼耳鼻口，身上的纽扣也用小煤块装饰，将对联上的红纸扯下来把嘴唇涂抹成红色，基本成型时，再把拾来的红纱条围在雪人脖子上，系个红领巾。做雪人的过程是小伙伴们最用心的时刻，个个仿佛天生的雕塑家。白雪是上天给孩子们提供的材料，雕雪人就是孩子们的神圣职责。扫雪是准备，打雪仗是热身，雕塑各式各样雪人，完成孩子们想象空间的各种造型，实现自己的梦想就是孩子们的全部。我每次欣赏着我们的作品时，都幻想着长大后一定要当一名雕塑家。

当呼啸的北风吹过村子周围的树林，松涛的声音变得低沉浑厚、铿锵有力，咆哮吼喊了许久的汾河，此时变得悄无声息。河床上结了厚厚的冰，洁白无瑕，像一条雪白的哈达铺洒在地上，恣意弯曲，绵延不断，一直伸向远方。

爷爷当过木匠，从院子里的柴堆里，挑选材料给我们做冰车。那冰车就像现在街头上残疾乞丐坐的滑板，区别是去掉轮子，在木轴上装上两根细钢筋，便于在冰上滑动。冰车不大，只能容一个人，或跪或坐在上面滑行。同时，还需要使用钢筋做两根"闸锥"，握到手里，前进时将"闸锥"戳到冰面上，两臂一发力，冰车就向前滑动。若要停止时，则用"闸锥"在冰车前做摩擦。每到冬天来临，河床结冰，村子里的小伙伴们几乎每天都要集中在汾河的冰面上玩冰车。吃过早饭，太阳出山，气温稍有回升，小伙伴们便不约而同地用绳子背着冰车向河滩进发。到了河滩将冰车摆开，或比谁滑得快，或赛谁弯转得溜。有时候玩得疯了，一路顺着河道往下滑，竟滑出几十里地，直到夜幕降临时才滑了回来。急得大人们满村子叫着我们的小名，见人就问："看见我们家三小子、四小子了没？"

回到家里时，已到掌灯时分，免不了受妈妈一顿责骂。土炕上放着炭火盆，炭火盆里的焦炭块已烧得通红，冒出蓝色的小火焰。妈妈催促着"快去烤炉子，以后不敢再野跑了"，尽管戴着棉帽棉手套，可两只小手依然被冻得红肿，嘴唇上也冻住了两道鼻涕痂子。火炉子边上烤着玉米窝头，炉膛里的烤土豆也差不多快熟了，已散发着诱人的香味，边嗅着饭香烤着炉子，边搓着红肿的双手，心里无比温暖。

家乡进山的路

新年过后，气温开始骤降，感觉小时候家乡的天气特别冷。家里烧着火炕，地下烧着"洋炉子"，土炕上还要放个"炕炉子"。爷爷除了到院里劈柴、打炭外，几乎整天都坐在炕上守着炕炉子取暖。我们穿着厚厚的棉衣棉裤，裤脚用绳子扎紧，防止冷风从裤腿窜进裤子，否则会冷得像没穿衣服似的。棉衣外还要套个小皮袄，狗皮帽子戴在头上，把耳朵盖得严严实实，在下巴下拉紧，把带子扎个活结，仅剩一双眼睛留在外面。尽管如此武装，可出街上跑一圈回来，立马就抱住炉筒子取暖。晚上睡觉时，妈妈把我们穿的衣服放在炕头上，压在褥子下面，等第二天起床时，衣服被捂得热烘烘得很好穿。

进山的路已被大雪封堵，满山的青松上覆盖上了厚厚的雪，远远望去像是精心雕琢的蜡画。那些天还有飞流直下的瀑布，不知何时被人摁了停止键，戛然静止下来，也成了一幅雕塑。忽然有几只麻雀飞过来，落在树枝上，左右观察了一会儿又飞走了。寒食节妈妈婶婶们捏面人时，捏了好多小面鸟，用柳枝插了起来，别在墙上的缝隙里，看到那些麻雀，我想起了家里插在柳枝上的小面鸟，活灵活现，多像那些飞起来的小鸟。

冬天用它的冷漠和霸气，将大自然的一切都静了下来，外面的蚂蚁、松鼠、小猫、小狗都被撵回了窝，龟缩回巢穴之中。小孩子们也和小动物们一样，贪睡在暖暖的被窝里，不愿起床，天天睡懒觉多好呀。

"快起床，不能睡懒觉了，起来剪窗花了。"终于从贴窗花开始，大人小孩抖擞精神，又重新忙活起来，开始做迎接新春的各项准备。我在三周岁那年也试图积极参与其中，尽点绵薄之力，站在我大姑家的窗台上，用舌头将刚刚贴上窗花的窗户纸全部舔开了窟窿，成为大人们夸奖了数年的"英雄壮举"。

（作于1988年春节）

朝鲜游记

（一）

2000年的春天，我到辽宁丹东市参加一个
厂家的产品推广会，厂家组织所有参会者朝鲜三
日游活动，真是一个难得的机会。以前常听去过
朝鲜的人回来说，朝鲜依然保持着中国改革开放
前的集体公有经济模式，公费医疗、公费住房、
公费上学，人民朴实无华。也有人说朝鲜如何落
后，人民如何穷困，和咱们相比差很多，勾起了我
的好奇心，早想有机会见证一下，自己做个判断。

办护照很简单，丹东市就有朝鲜的领事馆，
咱们的公安或者外交部门也设有代办处，身份证
交上去两天就办好，我们一行四十多个人都来自
煤气协会，大家都是熟人也好组织。出发前丹东
这边派出的导游给我们讲注意事项：手机传呼机不
可以带入朝鲜境内；进入朝鲜不要乱说乱跑乱画；
不允许照相的地方不要随便照。此外，建议大家多
带些小学生用具，去了朝鲜参观学校时，作为礼品

我在鸭绿江断桥的留影

送给小学生。另外带些食品，吃不了时可以留下，千万不要浪费，等等。

从丹东市到朝鲜仅鸭绿江一江之隔，江上有著名的鸭绿江大桥。电影《上甘岭》有一组美军飞机轰炸鸭绿江大桥的镜头。从丹东车站坐火车过鸭绿江大桥，走到大桥中间，列车停下来，游客可以下车照相。当年美军飞机炸断的那半截桥，还留在鸭绿江新大桥的旁边，炸弹伤痕永久地留在铁桥的断面。

下车照相的工夫，朝鲜的列车从大桥对面开了过来，下车交接，然后我国的列车退回去，我们随朝鲜导游登上了朝鲜的列车。说实话，朝鲜列车的里面比我们的列车里面高档干净，座位也是两人一组，比较宽敞。列车启动缓缓行驶，到了鸭绿江对岸停下来，做安检，收起护照去办入境登记。导游送来了水和面包、火腿肠，说需要等待一会儿，结果一等就是半天的时间。列车上没有餐车，也不让离开列车，这些水和食物真派上了用场。在人们等得心急火燎时，导游上车说办妥了，所有人员下车，领上护照，对照照片再重新检查上车。

真是烦琐，以前从没有出过国，真不知这出国有这么烦琐。重新上车后，列车终于开动了，慢慢腾腾像老牛爬坡似的走得很慢，还没走出30公里，列车又停了。问原因，导游才讲了真情，原来整个朝鲜电力供应严重不足，列车在入境时等了大半天，就是因为没电不能走，电来了不一会儿，列车因缺电再次趴在了铁路上。

鸭绿江对岸是中国丹东市，朝鲜这边是新义州市，我们停车的地方还在新义州。新义州距离平壤220公里，若按照火车每小时60~80公里慢车速度，应有4个小时就到平壤了。我们这一折腾，足有5个小时浪费在这里。这时陪同的中方导游解释说，因为电力机车经常遇到停电的情况，所以提前预约了平壤国家旅游中心的豪华大巴，正在来的路上，应该快到了。

果然，这次没等多长时间，三辆大巴就开到了铁路下面的公路上，每辆车近30个座位，有两辆车就够了，为何要三辆？导游说，路途较远，以防有的车在路上出了故障备用。

我们将行李物品倒在大巴上向平壤出发。坐在车窗旁边，借着夕阳西下的余晖，新义州的景色尽可收入眼底。从新义州到平壤是沿海平原，也应是朝鲜的产粮区，路两边的田野很开阔，一望无际。田间水稻、玉米和大豆纵横交错，田里劳作的农民不多，偶尔可看到少则两三个多则十来个农民在田间打药、除草。田间地头可看到标语和红旗，其间曾看到一组农民举着旗帜，扛着工具，排着整齐的队伍行走在田边的路上。看这里庄稼的长势，明显和丹东那边有差异。丹东那边庄稼郁郁葱葱，长势喜人；这边庄稼稀稀拉拉，低矮萧条。导游介绍庄稼生长不良主要是缺少化肥，是美帝国主义限制造成的。真是令人愤慨，美帝国主义这是只许"州官放火不许百姓点灯"，朝鲜老百姓吃点粮食，你都限制化肥不让生长。

新义州是朝鲜的第四大城市，但城市的建筑规模并不大，如同中国西部的一个小县城。看惯了国内高楼林立，新义州的建筑多以平房为主，几幢四五层高的楼房，星星点点如鹤立鸡群。

大巴车摇摇晃晃地行走在高低不平的路上，随着夜幕的降临，路旁能看到的灯光越来越稀少。大约走了四个多小时后，导游告诉大家，离平壤已不远了，大约不到三十公里的路程了，话音刚落，大巴突然抛锚熄火了。导游胸有成竹，不慌不忙地指挥大家下车，跟着上了后面的一辆车，很快倒腾完毕，这辆大巴启动上路。

到达平壤已是午夜十二点多，我们入住的是平壤最好的国宾馆之一的羊角岛酒店，是五星级标准。位于大同江畔羊角岛上，三面环水，因地得名。酒店大堂高端大气上档次，比国内的五星级酒店还要气派。进入房间里面的配置却很简单，除了一块毛巾和香皂，其他洗漱用品都没有配备，拖鞋也是薄薄的纸拖鞋，刚套到脚上便撕开了口了。一台十二吋的老式黑白电视机，打开搜索了半天，只有一个频道——平壤国家电视台。播音员正慷慨激昂地播报着社会主义的伟大建设成果。因为是朝鲜语，我

我在朝鲜平壤大街的留影

们都听不懂，好在行李里备了全套洗漱用品，洗洗睡吧。第一次躺在异国他乡的床上，"激动"得好一阵子都无法入眠。

（二）

第二天早上七点多被叫醒，提示七点半吃早饭。昨天一天没吃上一顿正餐，到了酒店也因为太晚无饭，吃了点面包火腿肠就水，勉强充了充饥。早上七点半在楼下餐厅吃早饭，大米粥，小馒头，就朝鲜泡菜，种类有四五种，量不多，放在小盘子里，大家许是饿慌了一般，吃起来风卷残云，一扫而光。

上午参观的第一处是金日成小学。早晨的平壤大街，第一次真实地出现在我们的眼前，大街很宽但车辆很少，路上的行人来来往往，多以步行为主，也可以见到摩托车，是那种最早跑邮政的老式幸福250，数量很少。有几辆卡车驶过去，是中国人最熟悉不过的且早已淘汰的老式解放汽车，车上拉着货物，货物上坐着人。街上行人大多穿着军装，行走起来步履稳健有力，一看就知道长期走路锻炼有素，让人不自觉地联想到20世纪六十年代末七十年代初的国内。偶尔看到小轿车，却是国内也不常见到的宝马、奔驰，听大家谈论说，这些车都是平壤劳动党中央的领导或外国使领馆官员乘坐的。

浏览间，一道亮丽的风景进入眼界，只见十字路口，指挥交通的竟是手持指挥棒、穿着整洁制服的朝鲜美女，个个端庄美丽，明眸皓齿，婀娜多姿。每一个十字路口都站立一位，成了平壤市区里最耀眼最靓丽的美好景色，简称"美色"。

这边美色还未欣赏完毕，金日成小学就到了。车门打开，在导游的指引下我们陆续下车，校门的路两旁小学生们站成两排，穿着统一的蓝白相间的校服，系着红领巾，手捧鲜花，齐声欢呼："欢迎欢迎，热烈欢迎！"活了这么大，在国内从来都是自己站在街头排着队，敲锣打鼓欢送新兵、迎接领导，也如小学生们一般喊着欢迎欢迎、热烈欢迎的口号。第一次，自己也被作为贵宾受到如此高的礼遇。多好的孩子们，真后悔学生用具买得太少了，对不起孩子们呀。走下车脚也不会迈了，跟着孩子们的节奏，嘴里念叨着："谢谢谢谢，特别谢谢！"

走进学校，学校的女老师边走边介绍这所学校和伟大领袖金日成的渊源。女老师端庄美丽，且普通话讲得非常流利，和一路陪着过来的女导游一样美丽大方、口齿伶俐（忘了夸女导游了，怕女导游计较，这里补上）。走进教室参观，小学生整齐地坐在单人课桌前，课桌上放着统一的长城台式电脑，屏幕上显示着"中朝和睦"四个字。我们进入教室时，孩子们起立敬少先队礼，然后，我们拿出带着的部分文具、学习用品送给了孩子们，孩子们报以热烈的掌声，以示感谢。

从教室出来，进入学校礼堂。小礼堂舞台上挂着"欢迎中国客人，中朝友谊万岁"的横幅，一群化着彩妆、穿着民族服饰、像花朵一样的小学生上来迎接我们，夹在我们中间坐在台下的座位上。刚刚坐定，台上的幕布拉开，一男一女两个小演员报幕，代表学校代表朝鲜人民，对友好的中国人民的到来表示热烈的欢迎，我们立即报以热烈的鼓掌，表示热烈的感谢。演出正式开始。有合唱《英雄儿女》主题曲《我的祖国》，有儿童小合唱《让我们荡起双桨》《南泥湾》等。小演员们很专业，演唱得非常好。演出结束，我们和小学生们一起联欢，大家手拉着手一起唱"叨拉基"，一起跳舞，将活动推向了高潮，充分表现出中朝人民鱼水相依的深情。

然后，我们将所有的小学生用具送给了孩子们。孩子们含着热泪，再三感谢中国叔叔阿姨们的礼物和友情，依依不舍地将我们送上车，直到车走很远了，还能隐隐约约地看到孩子们挥手惜别的身影。多么熟悉的情景，多么感人的场面，一切仿佛精心排练好一般，肯定是精心排练好的，问题是我们这一群大人并没有排练过呀。只是配合着孩子们的表演，不自觉地被带入戏中，竟如真实一般被感染被感动。有时候人进入一个规范好的套路中，并没有想象

我在平壤地铁复兴站外的留影

得那么痛苦难受，反而会感到非常适应并愉快着。

从学校出来，去参观平壤地铁，不怕大家笑话，在北京我也只是参观过一次并没有坐过。

我们到达要体验和参观的地铁，是朝鲜的地铁"千里马线"的起点站叫复兴站，入口的大门像个博物馆，进去之后是地铁站入口，美女导游自豪地介绍，这是当时世界上最深的地铁，入深有200米，有地铁加人防一洞两用的功能。坐着扶梯向下走，果然有深不见底的感觉，犹如大同煤矿的竖井一般。下了电梯，再过100多米长的隧道，才可见到站台。复兴站的站台，富丽堂皇，大大的彩色水晶吊灯，两侧是玻璃罩式灯带，两旁是贴顶的浮雕，墙壁做成了圆拱门状，一座连着一座，拱门壁有些是木雕，有些是彩雕，走过时，恍惚进入法国卢浮宫那种艺术宫殿一般（我只是看电视见过卢浮宫，当然没有去过），听导游说和莫斯科的地铁站差不多，是苏联老大哥设计的高仿品。到了候车室，站台的一端有一幅大型壁画，是金日成主席穿着衣襟掀起的呢大衣和人民走在一起的宣传画，非常醒目。

不一会儿，列车到了，里面空无一人，肯定是专门接待我们的。上了车大家都有座位，座也很舒服。车厢门上悬挂着金日成和金正日的挂像。不到两分钟，下一站到了，叫荣光站，这里比复兴站更显豪华，柱子是大理石的，像古希腊的火炬形状，与顶子自然融合，很有艺术特色。听几个以前来过朝鲜的游客讲，因为预算太高，投资成本太大，仅在这个站做了投资，其他的几个地铁站就比较简洁、平民化。也是这个缘故，让我们这些第一次来平壤的贵宾感受到了最美、最精华。就如我们小时候的家里一样，好酒好肉少之又少，都用来待客，粗茶淡饭则是我们的家常。一想到这里，心里便会升腾起对朝鲜人民把我当作贵客的感激。

（三）

游完地铁站，返回宾馆吃午餐，国宾馆毕竟是国宾馆，所有餐具全是纯铜的，做工造型非常讲究，光看这些餐具就有一种国宾贵客、王公贵族的自豪与荣耀感。

饭菜很丰盛，有鱼、鸡、虾，也有民族特色。饭菜美味可口，吃完一碗米饭，我悄悄地问美女导游："可不可以加碗米饭？"美女导游笑着说："当然可以呀。"说完向服务员示意，立马又加了米饭，完全不是来朝鲜时一些人宣传的那样，吃不饱不给加饭。这顿饭不仅吃得饱，而且吃得也很好。餐后稍事休息，导游招呼大家集合上车，下午要去游览主体思想纪念塔和金日成元帅故居万景台。

万景台位于平壤市西南二十公里，在大同江畔，山上有一座石质的古代烽火台，台下悬崖绝壁，立于台上俯瞰，山下的景色和大同江水尽收眼底一览无余，因而得名"万景台"。万景台是金日成主席的诞生地，带有神圣的色彩，朝鲜的许多纪念物和歌曲皆以此命名，如同中国人民心中的韶山一般。

万景台金主席的故居保持着原有的形状，茅草屋顶，农家庭院，三个变形的米缸，旧式的衣柜，金主席父母的照片挂在厅堂，

我在万景台留影

同行的伙伴在金日成铜像下留影

所有的一切，呈现给大家的是金主席小时候出身农家，勤俭朴素、勤劳持家的普通人民的形象。庭院边有一口井，这是一口孕育了伟大领袖的圣水，都说里面的水很甜，大家争抢着用井边放着的葫芦瓢舀水喝。远离城市的嘈杂，这种雅静的田园生活让人多么留恋。

由万景台返回市区的万寿台纪念碑，这个纪念碑是1972年金日成主席六十寿辰之际，在平壤的万寿台山岗上建立的。以金日成主席铜像为中心，由群像雕塑和大幅镶嵌壁画组成，背靠朝鲜博物馆，铜像背后的大型墙壁上有被誉为"朝鲜革命圣地白头山"的大型壁画。这座白头山在中国境内叫长白山，中间是闻名世界的中国四大天池之首的"长白山天池"。据考证，当年金日成主席跟随父亲上了白头山，建立了根据地，加入了劳动党，在抗日战争中参加抗联，同中国同志一道与日寇进行了殊死的斗争。金日成主席将白头山定为革命的圣地，就如中国的井冈山一样，寓意为革命的红色火炬点燃的地方。

铜像两侧是两组群雕，一组是劳动党旗帜指引下工农兵奋勇向前的形象，另一组是"千里马"一马当先、万马奔腾的造型，朝鲜曾自誉为"千里马之国"。

万寿台纪念碑的对面，远远可以看到由锤子、镰刀、毛笔组成的建党纪念碑。一直走过去，就是朝鲜每年10月10日的阅兵场，广场中间有高高的主体思想纪念塔。这个场所和布局等同于苏联的红场、中国的天安门广场，不知道其他共产党国家有没有类似的广场，其重要性、标志性不言而喻。

置身于金日成广场，环顾四周，背后靠着的白头山是革命的圣地，是点燃革命圣火的地方，那是革命的源泉和力量。巍然屹立的金日成主席铜像，站立在白头山的前方，寓意有伟大领袖金日成的正确指导，英雄的朝鲜各族人民在国旗的指引下，用金主席主体思想武装起来，朝鲜人民的革命事业，像千里马一样一日千里，取得更加辉煌的成就，三千里红色江山，永不变色。

是呀，这里不仅是个广场，置身于此，就如进入一个磁场、气场中，人的思想、灵魂被牵动、被导引，像被炼化过一般。

我同朝鲜女导游留影

我注意到朝鲜同志每个人胸前都戴着金日成、金正日两位领袖的徽章，起初以为只是导游和讲解员被要求佩戴，今天发现几乎所有人都带着。走进金日成广场的人的神情，个个庄严肃穆，无限虔诚，那种对党的信仰和对领袖的忠诚仰慕，表现得淋漓尽致，让人不禁心头震撼。原本以为平淡乏味地去广场遛遛腿，却犹如醍醐灌顶，不能不说是这次游朝鲜的意外感受。

（四）

第三天，我们要到开城板门店参观，见证当年三八线上的那段历史。离开平壤市前往板门店要三个小时的路程，出平壤市区的这一段，沿途可以看到许多有五六层高的、统一的居民宿舍楼群。楼宇间没有围墙栅栏分割，楼的窗户上也看不到防护窗，完全开放状态。导游介绍，在朝鲜住房是免费分配的，人民素质高，路不拾遗，夜不闭户。

到达板门店时，首先进入游客接待站，这里是军事接待区，接待人员一律由人民军军官担任。讲解员介绍，板门店位于朝鲜半岛的中西部，北纬38°线以南五公里处，这里以前是一个名不见经传的小地方，1953年7月27日，停战协定在这里签字，板门店从此扬名于世。板门店是朝鲜战争和朝鲜半岛的分界线，以北纬38°为界，各自后退两公里，这四公里是缓冲区，即非军事化区，双方依界架起了铁丝网，中间布满了地雷。在这里瞭望，铁丝网中间野花盛开和战争钢铁形成了强烈的对比。走近板门店军事分界线的最终

我在朝鲜板门店广场留影

点，有五排房屋建在分界线上，靠外的两排为灰屋，中间的三排为蓝屋，这是朝鲜与韩国最敏感的地方。蓝屋外，可看到用深浅两色地面区别开两国界线，靠近我们站的一方是挺拔的人民军站岗，对面站的一方头戴钢盔、架着墨镜的则是韩国的士兵。

走近站岗的人民军战士，游客们想摄影留念，被士兵礼貌地拒绝了。我靠过去和士兵聊，自称父亲是抗美援朝的老兵。人民军士兵立马动了感情，用流利的普通话说，中朝人民友谊万岁，并主动伸手和我握手，很用力。我把一包中华烟悄悄递给士兵，士兵感激地说道："谢谢老兵！"然后我们站到一起，像战友一般合影，告别时士兵还向我敬了一个标准礼，让我好感动。

接着导游召集好大家，说要进入蓝屋参观板门店，没想到这里还能进去参观，大家既紧张又激动。当即按照要求排好队，人民军的工作人员讲了注意事项和要求。大家分批进入屋内，只可停留10分钟，参观照相完毕，排队走出。我们排在第二批进入，一个批次10个人，想象得神秘，进入屋内其实十分简易，屋内中间摆一张桌，桌上铺着军绿色的桌布，桌上一边摆着人民军和志愿军的小旗帜，一边摆着联合国军的小旗帜，桌子周围摆放着简易的椅子，除此之外别无他物。

我站在朝鲜板门店一侧

从屋子的窗户向外眺望，可以看到两国的士兵在窗外巡逻站岗，朝鲜兵严肃，韩国兵悠闲。屋外面的分界线也看得更加清晰，朝鲜一方是细沙，韩国一方是小石块。屋里导游简单地介绍了我们早已记得滚瓜烂熟的双方的谈判对阵，耳边仿佛还能听到彭德怀司令讲的

我和朝鲜人民军军官的合影

我坐在板门店谈判桌前留影

那句最令中国人民自豪的语言："西方侵略者几百年来，只要在东方一个海岸上架起几尊大炮，就可以霸占一个国家的时代，一去不复返了！"

走出蓝屋挥手告别板门店，我们都找到了作为胜利者的潇洒感觉。

离开板门店，我们要到开城用餐，顺便参观古代的高丽国遗址。开城市是朝鲜的第二大城市，市区街道和平壤的差不多，路阔人稀，主题思想宣传无处不在。在开城工业区内，设立了高丽博物馆，这里是11世纪初高丽国的行宫，名为"大明宫"。当时曾作为外国来宾的住宿地，称作"顺天馆"，后来改为宣传儒教的"僧务馆"。1089年，最高教育机构国子监迁到这里，改称为"成均馆"。

我在板门店蓝屋门口的留影

　　这里的园中园建筑风格和我国明朝的建筑一样，通行汉字与高丽官话，室内家具摆设、风俗习惯也非常汉化，让人感觉这地方和中国就是一个国家。现在的朝鲜、韩国，依然受中华文化的影响很大，许多人都能听得懂汉语，都会讲中国话，并且至今中国向朝鲜寄信，可使用汉字不用翻译成朝文。

　　参观了高丽"成均馆"，在博物馆内就餐。跑了大半天又累又饿，成均馆内的这顿饭，又吃得狼吞虎咽，一律"三光"。吃罢饭，大家要抽烟，入朝时因规定有限制，仅带了一条烟，一路上都用来和朝鲜司机兄弟、导游兄弟增进友谊了，剩下最后一包中华烟，也慷慨地送给了人民军战友，现在真的是弹尽粮绝。有人发现旁边有个友谊商店，大家一窝蜂地涌了进去，说起来这一路出来，少见有商店，即使偶尔发现一个也不对外。

　　这友谊商店和中国改革开放之初的友谊商店一样，里面有只对外而不对内的特供商品，比如香烟在朝鲜就是供给制，凭商品供应券购买。我们进到这个友谊商店，里面地方不是很大，游客凭护照每个人只可购买两盒朝鲜烟。这种扁盒烟，小时候在国内也见过，我们叫板板烟。除了香烟，还有高丽参、水果糖等，品种不多，却限量购买。我买了烟，买了些高丽红参和两袋水果糖，再买别的时，售货员提醒货不多，后面的游客还不少，不能卖了，只好作罢。点燃一支香烟，吸起来有点辣辣的味道。朝鲜的轻工产品，不管是香烟、啤酒、糖果或是家电、摩托，肯定和中国有很大的差距，但这种辣辣的烟味，会把人的思绪自然地带到小时候生活的家乡的农村，眼前的一切是那么熟悉。

当年我们不也是被美帝国主义限制封锁，靠自力更生、艰苦奋斗，一步步走向自强的吗？想到这，自然地想到了此次出游朝鲜，有一块沉重的心结，就是去看望当年参加抗美援朝牺牲在这块土地上的三十多万志愿军战士，伟大领袖毛主席的长子毛岸英同志一同参战，牺牲后也安葬在这里，他们现在可安好？我们一定要去祭奠祭奠。是呀，三天朝鲜游，前两天都是铺垫，真正的重头戏在明天，这是我们这一伙人心里不言自明的事情，在返回平壤的路上，大家的心情自然地沉重起来。

（五）

这是来到朝鲜的第三天，我们一早乘车来到位于平壤市中心区解放山洞（洞为区以下行政单位，类似于街道办事处）的朝鲜祖国解放战争胜利纪念馆。纪念馆院子宽敞气派，有表现当年战争场面以及人民军战士英勇作战的雕塑。进入纪念馆大厅，左右两侧展示的是人民军在战争中的武器装备和历次战斗中缴获的战利品，有炮、有燃烧弹，还有被击落的直升机，纪念馆室内有16个展厅80多个陈列室。

我们对其主展厅不很关心，只想参观中国人民志愿军展室，负责引领介绍的女军官，很明白我们的心意，对其主展厅做了简要介绍后，直接将我们带进志愿军展室。这个展室有近两万平方米大，展厅里陈列着当年志愿军入朝参战，从第一次战役到第五次战役的战争图片。有志愿军战士使用过的武器装备、用具，还有彭

德怀元帅穿过的军装，用过的
地图、眼镜盒，以及黄继光、
邱少云、杨根思等战斗英雄的
照片、物品等。展示的墙壁
上，有当年被授予朝鲜英雄称
号和授予战功的人员照片，上
面有许多我们熟悉的军人，彭
德怀元帅，邓华、韩先楚、洪
学智、梁兴初、吴瑞林、王近
山、秦基伟、李德生、宋时轮
等将军。另有一份牺牲在朝鲜
的中国人民志愿军将士名册，
上面毛岸英烈士的名字赫赫在
目，不由得让人泪崩如雨。

我在志愿军雄鹰旁留影

我和朝鲜解说员合影

　　从展厅出来，我们分别和
女军官照相留念后，带着迫切
的心情，坐车直奔位于平壤
100公里以外的桧仓志愿军烈
士陵园。

　　桧仓陵园是朝鲜几十个志愿军烈士陵园中规模最大的一个，坐
落在桧仓郡的一个150米高的山腰上，当年志愿军司令部就曾在这
里驻扎过。在烈士陵园第三层的墓地里，包括毛岸英在内的134名
烈士就长眠于此。

我在志愿军烈士陵园前留影

园陵依山而建，四周群山起伏，苍松翠柏环绕，山下溪水潺潺，陵园由下而上分为三层，每层均以塑像、碑文、浮雕、绘画等艺术形式展现中国人民志愿军的形象。陵园大门上用中朝两国文字书写着"中国人民志愿军烈士陵园"。大门至陵园第一层有240级台阶，象征着240万志愿军战士浴血奋战。所有墓旁都有一株当年从中国移植的东北黑松，陵园正中立有纪念碑。我们集体在碑前敬献花圈，默哀三分钟，深深地三鞠躬，感慨当年英雄保家卫国献身躯、留取丹青慰后人。

登上陵园的第三层，我们很容易地找到了岸英烈士的墓。这是一座和周围墓堆没有任何区别的墓，不同的是墓碑的正面镌刻着"毛岸英同志之墓"七个大字，背后刻有碑文：毛岸英同志原籍湖南省湘潭县韶山冲，是中国共产党毛主席的长子。1950年参加中国人民志愿军，于1950年11月25日在抗美援朝战争中牺牲。墓碑旁，塑有一尊与墓碑等高的岸英烈士半身像。

据说岸英牺牲后，当时就安葬在牺牲的地方大杨洞。1955年清明节时，志愿军准备将坟迁到这里时，一个叫作朴真真的朝鲜妇女和许多阿玛尼，像一个个英勇无畏的守护神，挡在坟前不让迁，说要世世代代当好守墓人。志愿军首长只好告诉她们，这位烈士是毛泽东的儿子。阿玛尼们震惊了，这时才知道她们这些年守护的竟然是岸英烈士。

可以看出平时有许许多多的人来这个墓碑前祭奠。前些天看过一个报道，邵华将军和岸英妻子刘松林，每年清明节都携带子女专程来朝鲜为烈士扫墓。党和国家领导人只要到朝鲜，都要来这里祭拜。岸英墓前鲜花摆得非常多，祭奠的物品堆积如山，却摆放整齐，表现出对烈士的无比尊敬。

我们在泪水中献上花圈、花篮的刹那，随行众多人伤悲得不能自已，放声哭了起来，引得我们所有人陷入悲哀中。一个领袖的儿子，为了国家、为了民族，作为一名普通的战士，牺牲在异国他乡的土地上，同许许多多的志愿军烈士一样，长眠于此。伟人没有让自己的儿子成为权贵达官，而是让他成了一位普通的人。人民为有这样的先烈而无比自豪。

这一场痛哭犹如天降圣雨，把我们的灵魂洗刷得无比干净。正如作家魏巍在《谁是最可爱的人》中写的那样："当你坐上早晨第一列电车驰向工厂的时候，当你扛上犁耙走向田野的时候，当你喝完一杯豆浆、提着书包走向学校的时候……朋友，你是否意识到你是在幸福之中呢？你也许很惊讶地说这是很平常的呀。可是，从朝鲜归来的人，会知道你正生活在幸福中。"

是呀，来朝鲜前，我们还常为自己付出多得到的少而愤愤不平，到了朝鲜的这两天，我们身上穿的、随身带的、享用的，比之朝鲜人民的物质条件不知要强出多少，一些人吃不了方便面、火腿肠、面包，随手扔掉，一些人将朝鲜人民招待的啤酒吐到地上，嫌又苦又涩，难以下咽。

我们生活在大城市的钢筋混凝土中间，为了那点物质上永无止境的贪婪，身在福中不知福，只知索取不知感恩，真的非常可悲。今天，我们来朝鲜走一趟，目睹眼前的这一切，我们为能生活在一个没有战争的和平国家而无比自豪，会自觉地热爱我们的祖国，倍加珍惜今天的一切！

（作于2000年10月）

东北出差历险记

有谁在寒冷的冬季离开家乡在零下三十余度的气温里，在东北度过整整一个冬天？我把手高高地举起回答道："我！"

（一）

那是1988年的秋季，我刚刚调到忻州工作的第二天，接受了一个去东北出差的任务。

那时各地都成立了经济协作委，山西以自己特有的煤炭资源与外省份交换轻纺电子物质，我所在的"经协"公司就是在"经协委"之下，专门搞物资交易的公司。这次去东北出差，就是去解决一桩物贸交易合同后续执行纠纷。

参加工作以来，除了去过两次北京外，这次去东北是我人生旅途中第一次真正意义上的出远门。

阳历九月，在忻州，还是秋季的尾声，早晚有些凉意，中午依然艳阳高照，"秋老虎"热死人。我走得很急，来不及回老家拿更厚一些的衣服，刚调到忻州，手头衣服除了身上穿的，就只有一件毛衣和毛裤。知道东北气候冷，估计有这些衣服也应该够用了，没准备一个冬天都住在那里，甚至想少则一周、多则半个月就可以把事情办完回来。

出发前多了一个小插曲，以前去北京都是开车去的，我以为去北京坐火车一定是先去太原站，然后从太原坐石太线的火车进京。公司正好有一个同事要去北京办事，约好一起结伴而行，晚上九点火车站不见不散。

吃过中午饭，我就背着行李包赶往忻州汽车站，坐长途大巴到了太原，赶到太原火车站还不到八点，心想第一次和公司同事出门，咱可得守点信誉，宁可早来也绝不可迟到。

快到九点时不见同事来，心里有点着急，走到购票大厅，查看太原发北京的火车，发现下午到晚上竟没有经石太线发北京的火车，只有早晨和上午的。而从太原经京原线发往北京的有一列，早于晚上七点多就已发车，竟然途经忻州站，而忻州发车时间是九点半。我的脑子嗡的一下懵了，同事和我约的是忻州站的九点，我却跑到太原站等候，真是实实在在地当了一回"傻帽"。只好在太原车站的临时客店住了一晚，第二天早上挤上石太线火车到了北京。

北京发往哈尔滨的火车票，需要提前两天排队购票，想当晚转车走就必须买"黑"票。真的是首次出远途少见多怪，北京车站竟然还公开卖"黑"票，北京车站的"黄牛"很多，已经到了猖獗的地步。

正常排队购票，千辛万苦排到跟前，车窗已关，立个牌子"票已售完"。许多票，内外勾结到了"黄牛"手里，北京到哈尔滨的票价四十五元，"黄牛"卖的票翻一倍的价。因为急着赶路，并且住在北京车站的旅馆，排两天队也不一定能买到票，花费下来比"黄牛"的票还要贵很多。

那时候出差凭票报销，多出来的钱不能报销，只能自己掏腰包，所以没有人愿意长途出差。

早上在太原站吃了油条老豆腐，花钱花粮票。中午在火车上，火车上的饭菜只收钱不收粮票，且很贵没舍得吃。到了晚上饥肠辘辘，离开车还有两个小时的空闲时间，北京站里这个点儿没有任何食物。

跑到车站广场附近，大大小小低矮破烂的小铺子星罗棋布，北京站周围全是个体小旅馆、小饭馆，和火车上的做法一样，不收粮票只收钱。

有个卖包子的，我买了两个肉包子，咬开一看，里面包着一片没有切碎的烂白菜叶子，真是难以下咽。也没舍得扔掉，用纸包住，放皮包里以备急用。

又走进一家，卖鸡蛋汤和蛋炒米，饿得急了也没顾上问价格，要了一碗汤，一碟子炒米。一会儿端上来，一脸盆鸡蛋汤和够四五个受苦人吃的一大盘子炒大米，我一看又一家骗子饭店。要不不能吃，要不不敢吃，我心一横，筷子未动，问店家卫生间在哪里，店家手指一个小胡同黑咕隆咚的深处，我假借上厕所一溜烟似的逃离了那个黑店。

心想你们慢慢吃吧，咱要上火车走了，你们盼星星盼月亮等着要钱吧！钱是真的有，十元一张的大钞票一沓子，内衣上缝了一个口袋，装在那里虽然不舒服，心里却安心踏实。外面又裹两三件厚外套，大庭广众面前不能掏，也有点不雅。哈哈！挤上火车找了两节车厢中间仅有的空间蹲下来，想想那盆子那碟子里的汤和饭，我依然抑制不住地开心好笑。

那年月火车是普通人出行的主要工具，叫坐火车是文明用语，爬火车才是真实状况。火车车厢里人山人海，各种味道组成的混合气味，弥漫在车厢的空气中，大家身上散发出来的气味儿大家承受，谁也不用嫌弃谁。火车哐当哐当在摇晃中前行，蹲在地板上昏昏欲睡，不知不觉一站到了，上车的人总是比下车的人多。整整一夜，第二天上午火车开进哈尔滨站，我的目的地到了。

哈尔滨站不同于火车经过的任何车站，那些车站都带有鲜明的国产特征，而这个车站的建筑，却完全一种电影《列宁在十月》里苏联的风格，让人有坐火车出了国的感觉。不仅车站，整个哈尔滨市的建筑都有异国风情。尤其是女人，不管老小都化着妆，长得高挑白净都很漂亮，穿着皮大衣、高筒皮鞋，十分洋气。北京虽为首都，那里的女人却显得土里土气，对比非常明显。

走出车站，不知该到哪里去，只见一路电车上写着：火车站—松花江旅社，就登上了电车。经过兆麟公园、中央大街、圣菲亚教堂一直到了松花江边的松花江旅社。

这是一个老式的旅馆，里面很大，就像北京大栅栏的山西驻京办一样，住着许多来哈尔滨出差的"南方"人。原来东北人认为他们是北方人，而山海关外住的人全是南方人。我同一个内蒙古来的人登记在一个客房里，那人三十几岁，对哈尔滨很熟，一看就是老江湖。嘴里喋喋不休和人自来熟，不住地问这个问那个，对人寻根究底式地盘问，让人有些烦。听说我是山西来的，就说他老家是山西保德，感觉有些牵强附会地套近乎，也不知这人有何企图，管他呢。

咱办咱的正事。旅馆有哈尔滨地图买了一张，按图索骥立即行动，寻找哈尔滨市南岗区的"经协"公司。几经周折，在南岗区政府招待所楼里找到了这个公司，见到了负责人，说明来意。原本是件很正常的物资交易合同，约定从山西发的煤炭早已到货，而从东北发的胶合板也到货了，但胶合板却比合同签订的少了十几万元的货，迟迟未交货，问缘由，原来这个公司业务员中途将货发往别处，从中贪污了，经理也受处分调离。

新来的经理接手一堆烂摊子，问题也不止我们这一个，因为是政府直管的国营公司，事情也很清楚，双方都认账。商议胶合

我在哈尔滨公园塔前留影

我（右）的一面之缘

板能供多少供多少，供不了的补欠款，还好一切比较顺利。那位内蒙古房客借着人头熟也跑前跑后帮了不少忙。

这松花江旅社，位于中央大街的尽头，公园里的标志性建筑就是一座防洪纪念塔，公园的对面是闻名遐迩的太阳岛。九月份的天气已经很凉了，带的毛衣和外套都穿上了身。逛公园时认识了一个辽宁锦州来哈尔滨出差的年轻人，和我年龄相仿，听我说是忻州的（普通话不标准），以为也是锦州的，竟然和我认了老乡。两人结伴逛了一趟太阳岛，不知歌里哈尔滨的夏天迷人的模样，深秋的太阳岛却很是萧条，色彩灰暗到处落叶。从太阳岛返回来，两人在防洪纪念塔下合影留念，这是典型的一面之缘。

（二）

　　住在哈尔滨等待对方公司执行合同期间，联络上了好友天明大哥在哈尔滨当兵的战友，好几个人都在空军某团。团部在哈尔滨市动力区附近，动力区是哈锅炉厂、哈制药厂等大型国企所在地。这几个人原来都认识，技术处长老戴是从山西林区参军走的，团干部处长建新是亲戚，后勤处长生元，他弟弟和我是同学。通过他们又认识了其他几个老乡，有团政治部主任老尹，还有部队医院的郭继，等等。木来出门在外孤身一人，没想到竟然有这么多熟悉的乡音乡情，感觉浑身温暖充满力量。

　　说好还款的那家公司迟迟不见动静，去了几次，工作人员说经理出差不在，等回来就可以办了。心想闲着也是闲着，就到处跑跑寻找些可做的业务，试着做做也好，部队的老乡们也帮着寻找。

　　那个内蒙古来的保德老乡，听我说寻找业务立马活跃起来，向我介绍木材生意，说他这些年，年年都做好几笔木材生意。我生长在林区，对木材比较熟悉，来东北时就有做木材的想法，东北木材材质好，价格低，赶上大兴安岭火灾之后采伐下来的木材多，听内蒙古老乡说一拍即合。过了两天，内蒙古老乡兴致勃勃地告诉我，已经联系好了，他的一个朋友在吉林图们市林管局，批到了木材指标数量很大，但是资金不足可以无偿地分一部分指标给我们。

　　真是好运来时挡也挡不住，说走就走。走前内蒙古老乡再三嘱咐，让我只带上买木材的支票即可，路上的一切费用他全包了。我承诺事成之后，给他一部分提成，内蒙古老乡再三表示，作为朋友老乡是帮忙绝不要任何好处。物极必反，往往这好事要是太好了定然是坏事，我怎么也想不通，萍水相逢这老乡怎么能这么大方，满腹狐疑又抵制不住诱惑，跟着这位老乡上路了。

从哈尔滨乘火车到了牡丹江，从牡丹江换车再到吉林省的图们市，列车基本上就在冰雪和森林中穿行。车厢里哈气成霜，列车上的旅客全都是《林海雪原》电影里杨子荣打进土匪窝里时的打扮，狗皮帽子皮大衣，毛毡子做的大头靴子。

牡丹江是黑龙江省一个靠东的地级市，绥芬河威虎山就在其辖区。当年《智取威虎山》中杨子荣打虎上山就发生在这里。沿途可看到拉木材的小火车在森林里穿梭，走到这里才能真实体会到穿林海跨雪原的感觉。从牡丹江乘车到图们市，沿着图们江和长白山一路在白桦林中穿行，隆冬季节这里只有一种色调——白色。这条线路人烟稀少，寂静得让人感觉离开了人间。

到达图们市时才知道，这里是朝鲜族人群的聚集地，泡辣菜，冷面，吃狗肉，一切生活习惯全是朝鲜族习惯。跟着内蒙古老乡一下火车就有两个东北汉子迎接，内蒙古老乡介绍一个是他朋友，另一个是林管局的领导。车站离林管局招待所不远，没有行李，我只背了个帆布书包，里面放着洗漱用具，步行二百米即到。

在招待所住下后就去看木材，偌大的木材厂一望无边，里面的木材堆积如山，跟几个人在木材堆里转了几圈，搞得晕头转向，后来在与其他木材长得一模一样的木材堆停下，说就是这一堆了。

问我钱准备好了没有，我说还没有，那两个人有些生气地问内蒙古老乡，不是说钱准备好了吗？内蒙古老乡带着责备的口气问我，你不是自带汇票了吗，咋又说没准备好呢？我说走前去银行办理时，赶上银行内部盘点，委托部队的老乡办好后送过来，几个人骂骂咧咧，均表示不相信。

在返回招待所的路上，一路责骂，到了招待所内蒙古老乡一改往日的平和，满脸恼怒不由分说地一把拉过我的书包，翻了起来，把我的洗漱用品全部倒在床上。以我的身手和当过两年警察的训练，对付这两三个人应该不成问题。

也是艺高人胆大，有这份底气，想一直演下去看看这伙人究竟如何骗人。我笑着再三道歉，告诉几个人，一见到调拨单就委托人带支票过来。几个人见我话说得诚恳，估计我跑也跑不了，就说不行，一定要见到支票才给看调拨单，并且要求送支票的人只能一个人来，要不就停止这笔业务。我表现出对这笔业务非常热切，对几个人的要求全部答应。

三个人陪着我去邮局发了电报，内容是："木材已定速带支票仅限一人来。"电报发出后几个人陪着我等候回音，一连三天好吃好喝，形影不离。等得急了，那几个人显得焦躁起来，又催促我打长途电话问问什么情况。去邮电局话务室排队等候，拨了好久好不容易拨通电话，几个人在电话机旁监听我打电话。我问对方开好汇票没有，对方回答开好了，后天就到，几个人听到这个消息都踏实了。

从电话亭出来，几个人许是这几天陪我陪得太过辛苦了，嚷着要吃狗肉喝烧酒去。离邮电局不远处有个朝鲜狗肉馆，走进饭馆时不到中午，进去吃喝到了四点多。东北的冬天天黑得早，三个人喝得没离开炕头，都烂醉如泥倒头睡着了。

从饭馆出来，趁着夜幕我直奔火车站。下午五点整，刚好有一趟图们发长春的列车。到了火车站，我从鞋子里取出藏在鞋垫下的十元大钞，买了票坐车而去。

本想和他们三个说清楚，是我通过招待所服务员打听到，那两个人根本不是林管局的人，更不是领导，甚至就不是图们市的人，只是早一天从哈尔滨过来的。电话咨询木材厂，得知那天去的是港务局货场，那堆木材全是国家统调的木材。其实见到木材时，我从木材上打的标尺号已经看出，可笑几个人还在那里胡比画。

我甚至想告诉他们，那天发给哈尔滨的电报，收报人我也不认识。哈哈，电话里的声音是我嘴里念叨的，对方没接通也不可能接通，就这点水平还想出来骗人。本想和他们三个告个别，可他们正在做着发财的美梦，不易唤醒。想着想着我也睡着了，一觉睡到了长春站，车停下来时已是第二天上午九点，阳光明媚，天气真好。

（三）

回到哈尔滨见到部队的老乡兄长们，他们都关心着我。走前我只说出去玩几天，这几天经历的事儿也没有和兄长们说，怕他们担心。应大家的一再邀请，我在军营里住了下来，天气很冷了，老戴把他多余的军装借给我，我也身穿佩戴上尉军衔的军装和老戴同住一屋，出入军营门口，哨兵举手敬礼，我也学着回礼。我外出的这几天已通过关系了解到，那个"经协"公司的经理躲在漠河。老乡郭继的爱人在人民银行工作，通过内部查询，已知这个公司有足够的资金偿还债务，看来我得去一趟漠河了。老戴他们军务在身，不能随便外出，已和他们部队漠河那边的一个连队打了招呼，我去了漠河后，他们会配合我把事情办妥。

在部队享受了几日，我便踏上赴漠河的列车，向祖国边疆最北端出发了。哈尔滨发往漠河的火车一样人满为患，那些年人疯了似的往东北跑，可以坐三个人的座位坐了五个人，走道里行李架上，甚至厕所里全挤满了人。从哈尔滨出发经过大庆、齐齐哈尔，沿着大兴安岭，在一个叫作加格达奇的小城换车头后一路向北到塔河，经过边防检查后继续向北才可到达漠河。

这是一段奇特的旅程。从哈尔滨到齐齐哈尔，是黑龙江省的地界。到达大兴安岭地区时进入内蒙古鄂伦春自治旗地界。加格达奇是自治旗的首府，可整个大兴安岭又归黑龙江省林管局管辖。加格达奇旗政府和林管局政企合一归黑龙江管辖，使内蒙古这块地界成了飞来之地，正是这样的特区使加格达奇成了"三不管"地带。

因为有先前乘车的经历，这次出发前特意买了一块塑料布，叠放在随身的行李箱里，上车后，同车的河北人、山西人、山东人都是老乡。大家相互递香烟拉家常混得熟了，抬起腿来让我爬到座位下面，将塑料布铺好，头枕在行李箱上，睡上了名副其实的硬卧下下铺。从加格达奇换车后到了塔河，绵延数百里章子松林犹如火焰一般，成了林海雪原白色底片上一道耀眼的色彩。这一觉睡得满眼尽是火焰风情，哪些是现实哪些是梦境难以辨别。

列车到达塔河站，边防民警上车检查登记，发放边防通行证。塔河的气温非常低，车窗上冻得仅剩下巴掌大一块可看到外面的情况。边防安检结束后，列车继续前行，列车员报站说到漠河还有二百一十公里，行程约五个小时左右。

五个小时路程应该是很近的，从哈尔滨出发已走了整整两天一夜，这一趟火车慢慢腾腾、昏昏沉沉、咣当咣当习以为常。一个自带的瓶子里早已冰冷的水可以润润嗓子，饿了吃一口自带的饼子。在拥挤不堪的列车上很少有热水供应，列车员在列车到站开关车门时，都需要用力挤住人群才能完成。车上也有餐车，没有多少人能吃得起列车上的套餐，况且一旦离开座位就很难找回，五个小时过去了，列车的终点站漠河到了。

前一年大兴安岭森林大火，央视的报道让我对漠河这个名字已耳熟能详，以为火灾后满目疮痍。下车后第一个下马威，就是扑面而来凌厉的寒气，让人不自觉地拉紧衣帽缩成一团。已经晚上七点多了，天色却依然亮得发白，天边像一圈灯带到处散放着亮色。

来接我的张连长开一辆北京吉普车，我跟在张连长后面一路小跑钻进车里。张连长是山西晋城的兵，一口山西的乡音："够冷吧，今天气温零下38度，进入腊月会更冷，到时候火车都会停一段时间。"我问为啥这里的天不黑，张连长告诉我说这里离北极很近，有不夜城之称，白昼长黑夜短。

在部队吃了晚饭就住在连部，营房房子两层窗户双层门墙壁很厚，屋里除了暖气还有炭火盆很暖和。张连长介绍他们刚来这里很不习惯，冷得门都出不了，后来慢慢习惯了，其实很冷的天气，只要走动起来并不冷。谈起刚到这里，晚上站岗走动时，发现树林里有人影晃动，拉枪栓吆喝警告没反应，以为土匪过来了，一梭子子弹打过去还在晃动，忙跑回来报告，排长笑得直拍大腿。第二天天亮出去一看，是一人高的树桩的影子，原来这里的伐木工人采伐时穿得厚弯不了腰，就把电锯扛肩上站着伐木，留下了一人高的木桩。

第二天吃完早饭十点多，其实可算作上午饭，张连长说首长们安排的事儿已办妥。我随张连长开车到了银行营业室，两个战士全副武装背着冲锋枪，那个公司的经理早已等候。见了面签了字，办了手续，因为后续胶合板合同未执行，合同尾款共计十九万，一并电汇回哈尔滨，至此这桩合同纠纷案历时两个多月终于完成了。

给单位发电报报告情况后，跟着张连长在漠河市这个边境小城转了一圈。白色的建筑和大自然的颜色混为一体，不走近分辨真难发现这些房屋的存在。政府的招待所里，住着全国各地来这里调木材的人，还碰到一个忻州木材公司的经理。真是他乡遇故知，老乡见老乡两眼泪汪汪。他说来了已经半年的时间了，来调木材，给林管局付了钱，拿到了木材指标，却拿不到铁路运输车皮。林管局说好排队按计划发运，排队排了半年，感觉被骗被耍一般。忻州老乡几个人挤一间房屋，里面自己做饭泡方便面，真的是度日如年。我问这么多人都是等车皮的吗？他说大部分是，还有一些人被骗了钱，连木材指标也没有拿到，报案无人管。

离开招待所告别了老乡回到连队，正巧哈尔滨那边老乡们询问事情进展，并告诉说他们联系好了制药厂可以购进青霉素。真是好事成双，我离开忻州时听说医院青霉素短缺，不知现在情况如何，于是告别了张连长马不停蹄地踏上返程。

（四）

漠河乘车虽是首发，但车都需要提前预订，张连长将我送上车托付给列车长，路上有空座位时补办一张。车上依然人满为患，每到站停车时，列车上的广播就会提醒，上下车的旅客注意安全，看好自己的东西防止小偷，特别提醒大家，不要将钱包放在外衣口袋里，以免丢失。

离开漠河走了五个小时到了塔河，站得两腿肿胀、两脚发麻。边防民警上车清点人数，检查行李登记回收边防证。离开塔河到加格达奇又是近六个小时的路程，挤到两节车厢接缝处勉强蹲下，却不时有冷风钻进来，冻得人浑身发抖，怀里紧紧抱着行李箱，可以起到些许保温作用。连续的奔波，身体极度疲劳，惹上了伤风感冒，鼻涕飞流直下，一块手帕早已用废，只能用两手交替地捏住鼻子。

下午四点多出发，列车到了加格达奇车站已是午夜两点多。列车员提醒外面温度极低，在零下35度左右，出了车门要迅速跑进候车大厅以免冻伤。车门打开的一刹那，一股寒气如刀似箭扑面而来，从列车门到候车室不足五十米的路，犹如穿越生死线。棉衣里面套毛衣，里三层外三层地包裹，竟如不穿衣服般的感觉，说笑话，站着小便冻成冰棍，一点儿也不夸张。

走进候车室，眼睫毛鼻孔里全是冰霜，候车室里，人们自然地围在炭火炉子周围，看一眼红红的炭火，仿佛见到亲人般温暖。候车室里有热水，还有热包子卖，补充一下热量，备上一点食物，剩下的路程还很长，大家同一种情形同一种渴望。

一会儿门口有人叫喊："抢钱啦，抢东西啦！"大家不约而同地把目光扭向门口的方向，只见几个凶神恶煞的人，手里提着刀正在追打一个喊着救命的人，追出了候车室。外面的惨叫声越来越远，越来越弱，一会儿听见有人叫："杀人啦，杀人啦。"从候车室门帘掀开着的缝儿，带进一股阴冷的血腥味，候车室内人们立马寂静下来，人们屏住呼吸大气不敢出，三三两两地挤在一起，候车室灯光昏暗让人不由得毛骨悚然。这是我到东北几个月里第一次见证血腥暴力场面，尽管心里有当过两年警察的底气，可手无寸铁面对几个手持刀械的恶徒，也一样战战兢兢束手无策。想到刚才的情形，不禁心里发毛，恐惧感油然而生，眼里捕捉到漠河上车时认识的几个河北人所处的位置，自然地挪过去和几个人凑到了一起。

一开始还拥挤不堪的候车室，因为人们都自觉地收紧龟缩成团，节省出许多空间，显得候车室非常空旷。我和几个河北老乡小声商量着，那伙人若是返回候车室抢钱抢物，就忍忍给了，反正钱财都是身外之物，咱也绝不招惹他们。若是见人就打就杀，那只有奋力反抗，斗个你死我活了。我们自然地准备着各自的防身武器，我有一把削铅笔削苹果皮的小刀不中用，从木墩边拉过一根捅火的铁棍握在手里，几个人眼神一对所有意思全部理会。一个多小时的等候，紧张得两手心里全是冷汗。终于车站的警察和工作人员出现在候车室，告诉大家受惊了，一伙歹徒行凶后逃跑了，公安部门正全力抓捕。这里安全了，现在换乘的列车车头已就位，大家可以陆续上车了。

旅客们从地上爬起，像走出炼狱一般相互搀扶着，秩序井然地排好队重新检票上车。没有人拥挤，更没有人插队，走出候车室时，发现天色已亮出鱼肚色，不远处的站台上有一摊摊的血迹清晰可见，让人不寒而栗。

别了加格达奇，登上列车，离开加格达奇车站的心情，用逃离表达最为确切不过。

列车开动了，紧绷的心终于可以放下了，和几个河北老乡挤在一起，吸着香烟，一支接着一支，经先前的紧张惊恐，感冒咳嗽流鼻涕竟不治而愈。大家说想想刚才的一幕依然心有余悸，大家站的坐的轮流交替着礼让着。我有些犯困，就打开塑料布爬进座位下面，在我的下下铺很快进入梦乡。

不知过了多久，感觉浑身冷得发抖被冻醒了，从座位下爬出时手足已冷得发麻，大家见座位下忽然爬出个人来，竟吓得惊叫了起来。

从地上爬起时，我被眼前的一幕惊呆了，列车不知何时已停了下来，车厢里一片狼藉，地上的血迹、玻璃碎片随处可见，行李架上原来堆积如山的行李不见了。旅客们挤在一起，不时可以听到断断续续的哭啼声，抬眼望去车厢接口处，站着武警战士荷枪实弹全副武装。我问几个河北老乡这是怎么了？几个人战战兢兢，用一种奇怪的眼神看着我不解地问道，你是不知道发生了什么，还是吓傻了？我说我在座位下睡着了，真不知发生了什么，难道又发生了什么事情？几个人用力地点了点头，眼里布满血丝和我讲述了发生的事。

真是祸不单行啊，原来列车驶出加格达奇两个多小时，大家陆续进入梦乡，后半夜有旅客被一阵儿激烈的响动声惊醒，发现车厢里不知何时出现了一群手持钢刀铁棒、戴着狗皮帽子、围着大口罩的歹徒。两头车门处有歹徒把手，车厢里歹徒逢人便搜身抢劫，稍有不从铁棒伺候，吆喝打骂声哭啼声响起，旅客们仿佛还在梦中。一切来得很突然，歹徒用铁棒砸烂车窗玻璃，将行李架上的行李一件一件地扔了出去。之后一声尖锐的口哨，歹徒们一蜂窝地从车门跳了出去，消失在夜幕中。事情来得突然去得如风，大家脑袋空空荡荡，只留下几个字：土匪，抢劫！

听河北老乡讲得像编故事似的，可眼前的这一切却再真实不过，我竟睡得毫无知觉，土匪办事不周漏掉了我这条鱼，使我成为那一节车厢里唯一的幸免者，且完全置身事外浑然不知。

回到哈尔滨得知那笔汇款已到账，忻州那边也发来电报，青霉素依然短缺，只是需要有销售发票。这边从制药厂订了两批货，并拿到了部队医院的十张空白发票，药品随车托运一切顺利。老戴、建新和生元几个人，已获准回家探亲度假，一行四人正好一桌。哈尔滨面包、秋林火腿肠和方便面还有朝鲜的小菜，两副扑克牌打升级。时间过得真快，不知不觉已返回太原，下车时已到了腊月二十八。九月走腊月回，整整四个月的东北之行，度过了一个完整的冬天。东北别了！哈尔滨再见！

（作于1989年6月）

青海记忆

　　不承认世间有缘分一说，绝对不是诚实的人。青海对于我，今年以前，仅仅是中国版图上极少数没有去过的地方之一。除了青海湖响亮的名字外知之甚少，也没有激发出多少遐思与向往非得一了心愿或一探究竟的冲动。所以几十年过去，计划走遍祖国大地将此处放在最后，有一种去不去也无所谓的态度。可今年以来，这一切竟然发生了迅猛的变化，好像一切都不以人的意志为转移似的。

（一）

　　七月份女儿高考结束后，正赶上放暑假，原计划去澳洲、新西兰转一趟，让女儿开开眼界，可一推敲时间太紧张，办好护照通过出国签证，怎么也得一个月的时间。而且女儿高考完预测成绩不够理想，准备到北师大上预科，参加澳洲明年的联盟考试，要去澳洲读书。预科七月二十几日即将开学，这样一来有空闲的时间也仅有十多天。正巧，兰州公司那边有公事需过去一趟，和女儿商量一并去兰州玩几天。老连打电话也鼓动，女儿听到老连伯伯在兰州，顽皮劲被调动起来，答应一起去。办机票时，才得知太原发兰州的航班因故取消了，只能取道西宁。老连说兰州离西宁很近，他们从兰州开车过去也就两个多小时的路程，一路高速很好走。当晚住西宁，吃烤羊肉，第二天去塔尔寺和青海湖看看，然后返兰州，时间上都好安排。真是阴差阳错中，竟有了第一次登临青海这块陌生土地的机会。

下午五点多的飞机，到了西宁曹家堡机场晚上七点多钟，女儿第一次去西安以西的西部，多少有些惊奇。飞机从西宁市区上空飞过，然后做了一个180度的转弯，又飞回西宁市上空，仿佛刻意安排，给初次到这个城市的人们提供从空中反复欣赏这座城市的机会。确实这个180度的圈子让所有人领略到了西宁的美丽，她像一颗镶嵌在青藏高原上耀眼的明珠，让人一见钟情。

飞机落地，走出候机楼，老连和培元站在出口等候。女儿很激动，没想到在遥远的西宁，竟见到了两个最熟悉不过的人。机场离西宁市区十几公里，一会儿的工夫就到了。正是旅游季节，过往的人比较多。到宾馆登记好，放下行李去吃饭，事先打听到，当地最有名的烧烤叫"大胡子"烧烤。"集团办"的小许前一天到了兰州，也随老连一起过来，同老连、女儿，三个著名食客，一到"大胡子"店便激情燃烧起来。正宗地道的烤羊肉串、烤羊排，还有自制的酸奶，都是这帮子"吃货"们的最爱。我吃素，在旁边找了个座位，要了一碗西红柿面片，吃得也满惬意。

我和女儿

第二天一早，离开西宁市，第一站是西宁市附近的塔尔寺，常听兰州程师父讲，塔尔寺是藏教格鲁派在青海的代表寺院。走进寺院，才感受到藏传佛教寺院的特色，与其说是一个寺庙，倒不如说是一个村落式的寺院群。

沿着塔尔寺群落间铺就的石板路，我们一群人挨个寺院走马观花似的进去看看。围着寺院群转一圈，路上不时可见到双手带着木板、行五体投地大礼虔诚的朝拜者。用木板拍打，发出的声音很响亮，大家被这些脆亮的响声吸引，带着好奇观赏这些朝拜者。朝拜者往往像舞台上的表演者，受到观众鼓舞，带着无限的自豪，刻意表演着，以期吸引更多人的目光。

因为长期生活在五台山所辖市的缘故，每年因公因私都有多次上山的机会，见惯了五台山庙宇的规模，就有了"去过五台不看庙"之说。塔尔寺应该算作青海最大的寺院群了，可与五台山相比，终归是小了不少。而且这么多年来我一直奉行修行重在自我修心，重实质而不重形式。对于寺院中供奉的佛像、神像保持着一种礼貌，没有丝毫的迷信。故而，匆匆地浏览了一下，甚至都算不上参观。该走的路也没有走到，站在塔尔寺标志性的塔前照相留影，代表来过而已。

离开塔尔寺，坐车去青海湖。大家都把目标定位在看青海湖上，塔尔寺只是可有可无路过的风景。同来的两辆车，除了我们兰州公司的车外，另一辆是兰州程师父的车，司机常跑这条路线，比较熟。从塔尔寺有一条近路可以直插青海湖方向，按这条路线走了三十多里，前面一个路牌立在当道，提示前面修路禁行，可沿左手409国道绕行。于是掉头转回从一个工厂的厂区穿过，七绕八绕终于找到409国道的入口，却是道路改造未完工一片泥泞。在泥泞中走了两三公里后，道路坑坑洼洼越来越难走，这时对面过来一辆面包车，司机问前面的路怎么样，面包车上的人

塔尔寺一角

说，路况和这里差不多，又堵了车，他们也是掉头返回来的。看来走近路是行不通了，车掉头原路返回西宁，上高速，从西宁到青海湖道路通畅。本来两个多小时的路程，因为要寻求捷径，结果多花了两个小时。

快到青海湖时，路旁田野上油菜花盛开，成片的油菜花一片连着一片，女儿和许虹两个小孩儿激动得叫了起来，吆喝着让停车，要照相，司机笑着说："别着急，等到了青海湖，岸边全是油菜花，比这里要大得多，让你目不暇接，看都看不过来。"两个女孩满腹狐疑。说话间，司机向前一指，看见青海湖了，大家顺着司机的手指往前看，发现地平线上呈现出一个椭圆形的篮球挂在天边，那就是青海湖？那不是天空吗？可显然它的颜色比天空要蓝得纯

正，蓝得更加深沉。大家不约而同地屏住气息，凝视着前方，随着车的走近，青海湖真实地呈现在眼前，太大了，意想不到的大，无与伦比的大，就如同大海一样的大，却比大海更有气魄。那蓝晶晶的湖面，就像蓝锦缎子覆盖在地面上，湖面静静的，仔细看会发现一层微微的涟漪起伏，湖边金黄色的油菜花像地毯一样铺展开来。蓝色的海、金黄色的花交相辉映，恍若进入仙境。我的家乡也种植这种开着金黄色小花的油菜，也有一处叫作马营海的高山小湖泊，可不到青海湖，真不知它的微小，也不知青海湖的博大与神奇，真正领略到了"此景只应天上有，落入凡境太神奇"。至此，才感悟到青藏高原高悬于中华大地之上，"君不见，黄河之水天上来，奔流到海不复回"，它是中华民族的根、民族的魂、民族的神灵。

　　这次去青海，是和妻子女儿一道去的。妻子六七年前随我一起到过长白山天池，她说这次去游青海湖和那次的感觉一样，就是跋山涉水，路途辛苦，但见到此景，便有不枉此行之感。青海湖比之长白山天池有过之而无不及，此次尽管海拔高，有高原反应，可若不来过，终身遗憾。

　　告别青海湖，告别油菜花，我们一行直奔兰州而去。

（二）

　　从兰州归来，和同事们聊起这次计划之外去青海颇有一番情趣。我笑着调侃："老人们常说不走的路走三遭，看来不定什么时间还得去一趟。"没想到，这话很快就又应验了。

　　兰州出差回来过了一周，我们天健医院管理集团旗下的广州采生医药公司新址搬迁，邀请我去参加。在广州机场出站时，碰到兰州程师父也到了，晚上一起吃饭。程师父说帮着看看，第三天便要赶回青海。他的恩师已一百一十多岁，近期身体状况不太好，他需

女儿圆圆和老连

要回去准备恩师的后事。其实我在程师父兰州万生玉店里，见到青海来的东芝管家，给程师父汇报对佛爷后事的安排，程师父已做了详尽的准备。

从广州回来的第二天，程师父的恩师在他回去的第二天已圆寂了，那天正好是七月十四。董事长打电话说，兰州老连、培元带着人已经去了，他从北京过去，让我也赶过去。

第一次去西宁时，没怎么注意机场，这次过去住在曹家堡机场，早上起床吃早饭，竟在候机楼里。早餐自助，种类繁多，非常丰盛，还有兰州拉面。这边气温较之太原、兰州要低不少，早晚温差大，穿着绒衣外套竟还觉得有些凉。大家都吃兰州拉面，我吃下去，牛肉汤的腥味直冲上来，感觉很不舒服。吃完饭，广播提示北京的航班已提前到了，接上董事长一行便向循化县进发。

循化县全名叫循化撒拉族自治县，县城位于青海省东部，距离西宁市200多公里。西宁至化隆县处在同一海拔高度约3000米，从化隆到循化要经过一处叫作化隆大峡谷，路面比较窄，一面是高山，一面是峡谷。盘山公路坡陡弯急，近乎是从海拔3000多米直线下降1000多米。车走得不算很快，但很快感觉身体极度不适，似缺氧又似晕车，司机将车窗摇下来，放些空气进来，车也慢下来，我长喘了几口气，稍微好了些。

下了山出了峡谷便是循化县城，车停下来稍事休整，我们也下了车，一路上的好风景这时才亮了眼睛。县城沿路的山脉是奇特的丹霞地貌，在阳光的照射下，呈现血红的颜色，犹如瀑布似的流体状，又似鲜红的万马奔腾而来的样子，非常神奇。雄奇的积石峡、公伯峡就像浑然天成的双驼峰，县城被大片的清水分割，像江南水乡的湖上人家。大家顾不上也无心浏览这些美景，上车沿着天水一色的清水湾继续前行，来到道帷乡，拐上了一条简易的水泥小路，开始爬山。抬眼便看到了山沟的对面经幡飘飘，山顶上有一处朱色院落，司机说那里便是佛爷平时住的院子。虽看起来近在咫尺，车绕上绕下，竟走了一个小时，终于开进了佛爷的院子。

这是一所极普通的藏族居民的院落，不同的唯有朱红色的外墙，院子里两所房子紧挨着，各走各的门各自独立。靠外的房子原来是管家一家人住，靠里的房子佛爷住，后来佛爷年纪大了，管家和佛爷住一起，方便照料。杂工们租住了管家的院子，一些远来看望或从事佛事交往的高僧们来了，也作为客房使用。佛爷住的这所院子里，正房外另外加盖了门厅，顶子做成了玻璃隔架，采光很好。门厅与住房用铝合金隔板隔开，成了一个宽敞的待客客厅，有100多平方米。我们进院后随着程师父径直进了佛爷的院子。

老佛爷的房子

老佛爷住的院子

走进门厅，门厅的正面摆一排炕桌，地上铺好了毯子，坐着的一溜僧人正在诵经做法事。厅子西面设了一个大台面，前面摆满酥油灯，周围和后面插满鲜花，鲜花上面挂着两张佛爷的生前照片，面带微笑面容慈祥。我们几个按照程师父的指引，向佛爷的佛像敬了香，行了大礼。接着我们随程师父走进佛爷坐化时的屋子，程师父掀起帐幔的一角，轻声提示，里面是佛爷坐化时的真身，大家按顺序向帐幔里张望、行了礼。帐幔黑洞洞的，不知他们是否看到，我确实什么也没有看到。行礼间，陆续有客人来，还有很多僧人，一伙一伙地进到客厅里念经做法事。我们从佛爷院子里出来，走进院子外面搭起的临时帐篷，有桌子和椅子、凳子供客人们休息，暖壶里装着煮好的酥油茶，靠近院墙，安放了三台灶以烧水做饭。

老佛爷的灵堂

　　老连带着兰州公司的六七个年轻人，同程师父万生玉店的五六个员工都是提前到了搞服务工作。老连介绍，这里的习惯，佛爷坐化，村子里家家户户都要送东西来，酥油、红糖、砖茶是必送的，根据每家的情况有送白面、擀好晾干的面条、蒸好的花卷、大馒头等。这些东西都做了登记，放入院子外面的库房里。

　　这个村叫加仓村，有60余户人家。佛爷圆寂到火化这些天，村里所有的人都要一起吃饭，每天三顿，每天光牦牛肉就需1000斤。早晚都是牦牛肉氽面条，中午牦牛肉炖萝卜，主食是各家送来的花卷和馒头。外面的客人来了，中午要上牛肉包。佛爷院外我们看到的炉灶主要服务客人，村里的人们则在村里另外一个院子里的食堂就餐。

　　在院子里喝酥油茶休息的时候，一些僧人坐车走了，又有一些坐着车来了。老连说，这些天，天天有拉萨大昭寺、哲蚌寺、色拉寺、甘丹寺、扎基寺，日喀则扎什伦布寺，西宁塔尔寺和甘南阿卜楞寺的大喇嘛们，带着管家高僧来念经做法事。还有古雷寺等佛爷管辖的十三个寺院的喇嘛们，天天都来听从程师父安排，准备佛爷后事。佛爷是程师父的恩师，程师父是佛爷的传承人，佛爷坐化后程师父就是新的佛爷，要接起佛爷的衣钵，管理这十三座寺院。老连介绍的时候，程师父的弟子阿辉在旁边也不时补充着。

来了这么多人，我问这些天晚上怎么住？老连说，他们和程师父从兰州来的人，晚上都睡车里。僧人们白天做完佛事就离开了，佛爷寺院的僧人除了晚上诵经的，其他人都回寺院去了。远道来的客人们要再乘车下山，到循化县城去住。

说话间已到了吃午饭的时候，有煮好的牦牛肉炖白萝卜、大笼里蒸好的大花卷，大家在棚子里开始吃饭。问王波、培元吃得怎么样，他俩说不错，吃完一碗又添了一碗。我和董事长在佛爷的小厨房里煮了些挂面，海拔高的缘故，面煮出来绵绵的没有劲道。刚才参观库房时，发现库房地上有土豆，我提议烤些土豆吃。兰州公司过来的小张等几个小伙子，从库房捡了些土豆出来，我将土豆倒入炉灶的灰里。培元跑过来说刚才管家看见咱们烤"洋芋"，说那样烤很难熟，管家已派人到上面的地里挖了烧"洋芋"的窑子，一起看看去吧。好呀，反正现在也没什么事，佛爷房子的背后是一个很大的用土坯围起来的园子，不知种过什么庄稼，已收割过，土地也已翻过。青海和兰州对土豆的叫法一样，都叫"洋芋"。他们烧土豆的做法很有意思，挖好土窑，劈了些柴，在窑子里点燃，柴上面堆放一堆地里捡来的土块，把土块烧得通红时，再将土豆倒在土块上，然后用土把土豆和烧红的土块覆盖起来，焖三四个小时。大

我在炉子里烤土豆

家返回帐篷喝水聊天，等着吃烤土豆。两个多小时过去，我从灶膛的热灰里拨拉出土豆，果然6个土豆没一个熟的。重新放回炉膛，从炉子里捅了些红炭灰继续烧。直到晚饭时分，地里的烤洋芋端回来，个个烤得软绵绵，大家都抢着吃，味道美极了。等吃完，炉子里的那几个土豆还没烤熟。

晚上，董事长要陪程师父通宵打坐、念经，我们几个准备随老连下山投宿，程师父安排我和王波留下，在佛爷住房的外堂房子住。原来这两个院子，全是程师父投资给佛爷盖的，挨着佛爷住的屋子，程师父给自己也留了屋子，里外间各放了两张床，我估计外面的两张是这两天加上的。房间里有卫生间，带有洗澡设施。

第二天早晨六点多，我和王波醒了，我俩起来走出院子，沿着院外的路往村外的方向走了一段，路过两处建有佛塔的院子，昨天进村径直到了佛爷的院子里没有出来，竟没有发现村里还有两座佛塔。清晨出来，走到村外的至高处，村里村外山上山下的一切尽收眼底。来时路过美丽的丹霞地貌，从山上往下看，竟像挂在墙上的壁画。绵延的盘山路，看起来也细若水线。可能海拔高离天近的缘故，天破晓得早，天幕湛蓝如海，由不得用手机拍下醉人的天色。两人再往上走时，有吃力、气喘的缺氧症状，手机上的导航显示海拔已有3500多米。

两人决定往回返时，村子里走出了一群牛羊，走在最前面的是四头黑牦牛，走近才发现，牛羊成群外出，竟没有放牧的人。王波说，早听说青藏高原放牧，早上将牛羊赶出山坡，晚上牛羊自己走回来，今天一见，果真如此，看来这里的牛羊也被藏教感染得有所觉悟。回到院子里碰到老梁，说董事长整整念了一晚上经，现在还在厅堂里打坐，程师父已经去休息了，他已连续四昼夜没合过眼了。老梁说他也陪着打坐念经一晚上。我俩听了老梁的话，抬眼看到董事长坐在厅堂里，依然保持着昨晚我们睡觉前见的姿势丝毫不变。内心由衷地敬佩，这就是人和人的差距，他用心时你走神，他用功时你

加仓村里的白塔

睡觉，他收获时你嫉妒，他成就时你悔恨。

（三）

藏地普通藏民去世一般多采取"天葬"，若"天葬"不成功，即秃鹫不来叼去肉身，被视为此人生前结恶缘太多，天不收，才会改为"土葬"。而火化却比较少，只是得道高僧才可采用的。佛爷在世115岁，管理着周围十三座寺院，而这十三座寺院，就是寺院周围藏民念经拜佛的场所。佛爷生前广结善缘，普度众生，是藏民心目中最亲近、最神圣的人。佛爷坐化后，许许多多的藏民悲痛欲绝，都用各自的方式悼念佛爷。火化前夜的活动是祭祀活动的高潮，活动开始前，还有一项重要准备工作，就是穿藏袍。从下午四点开始，所有参加晚上祭祀活动的人们，全部穿上崭新的藏袍，在佛爷的院子里集中。我们几个人跟随程师父去查看火化炉的准备状况，原来火化就选在早晨我和王波散步往回返的那块地里，村里的几位长者和寺院里的几个僧人正在地里做准备。

地的中央用土堆了一个半米高一米五见方的平台，一位僧人正伏在台子上，一手握沙漏状的铁漏斗，一手拿一个小铁锉似的铁棍，在铁漏斗上面磨锯，随着吱咕吱咕的声音，漏斗里流出白灰色的白粉，在平台上画着类似唐卡的圆形图形，这个图形，我们曾在程师父兰州的店里见过，是用沙做成的。程师父说，那幅沙画曾参加在美国举办的世界佛画展，获得了殊荣。今天在地上作画的正是参赛沙画的作者本人，是程师父的师弟，我们现场见识了高深精湛的

僧人正在制作沙画坛城

火化时用的炉子

艺术表演。在平台的周围堆放着一堆用来砌火化炉的砖块。图画好后，等候在地里的几个藏民，就地取材，将地里的土和青稞皮和起来，把砖块一层一层砌成圆形的炉子。炉子外面仍用和起来的泥抹光，上面再抹一层白灰，然后僧人在白灰上画上白云、蓝天、莲花等组成的图画。所有这些做得非常仔细认真，没有丝毫差错。最后在前面留了一个缺口，便于佛爷法体的放入。

　　快到下午六点时，程师父吆喝我们返回院子，也要和藏民们一样穿藏袍。有各式各样的藏袍，上面图案非常好看。穿藏袍是非常讲究的，三件套：一件是里面穿的短褂子，外面是一件很长的藏袍，还有一条五六米长的腰带。穿藏袍的场面很逗乐，就像演古装戏穿宫廷官服似的。老连先选的小了，套在身上被捆绑成个粽子，后来换了一套又太大了，堆在身上，拉在地上，像个土豪，把大家

培元、国飞和我穿上了藏袍

笑得前仰后合。王波几次不得要领，请了藏族大爷帮忙，将手机交给我，让我给他全程拍摄，穿好后看照片笑得合不拢嘴，立马上传微信，引来一片赞叹。我找不到合适的内袄，只好在自己原来的T恤衫上穿上藏袍，和大家穿戴整齐比较，有些不伦不类。正巧程师父也换好藏袍走过来，我们几个立刻拥着程师父照了张珍贵的藏袍照。

晚上八点，祭祀活动开始，所有的亲朋好友身穿藏袍盘坐在佛爷厅堂、走廊的地上。地上铺着纯毛地毯很好坐，只是不习惯盘腿，坐一会儿腿就麻了，需不时倒挪。管家出来教大家念经，一齐念大明咒六字真言，"唵、嘛、呢、呗、美、吽"。每句一个调，四句为一轮，一轮一轮地念。大部分人手里都有佛珠，一边念，一边捻佛珠。念到十点多时，前边坐下两个年轻一些的藏族妇女，手握转经筒，开始领诵经。还是六字真言，却换了一种声调，调很高，一下子提高了两个八度，就像藏族歌唱家们常唱的那种高调，大家都跟不上调了，只是在嘴里哼哼。听那种诵经高调，一下子使人感觉到空间无限

居士们念经做法事

扩展，无限空旷，仿佛不是在唱经，而是在无垠的宇宙间飞速穿梭。感觉灵魂出窍，自由自在却极有方向，声音落下时，灵魂又回到身体之中，当声音再次响起，灵魂又突破身体的束缚，从头顶喷薄而出，重复着刚才的感觉。不知过了几个时辰，诵经又回到最初的调子里，却和当初有了不同的感受。若开始时是跟随大家有一句没一句、一句准一句偏地盲目地进入一个陌生地，那么现在生命如置身于大自然中，眼前花草漫漫、小溪涓涓，享受着阳光雨露的沐浴与滋润，这一切就是这样自然而然地发生着。

它完全不同于汉地的祭祀。去年我母亲去世，我经历了汉习俗的全过程。不能说一切活动全在于给活着的人看，吹鼓手、乐队吹

唱的全是流行音乐，花圈一个挨着一个摆满院里院外，甚至整个街道。亲朋好友每日车水马龙，来安慰活着的人节哀顺变，当然也有孝子们披麻戴孝，磕头烧纸跪拜。藏族的祭祀少了喧闹多了宁静，少了迎来送往，多了念经祭拜。一切以逝者为尊，所有的活动全部围绕超度亡灵，几乎看不到世俗追捧的影子。不同习俗是不同的文化沉淀和缩影，反映出不同的文明和纯洁。我突然感悟到，离雪山近了，离天就近，境界就高。而我们客观上离雪山确实有些远，远离了令人神往的纯洁。

凌晨四点多，念经祭祀活动结束，佛爷法体启动移灵到火化地点。藏教的规矩，妇女要远离灵柩，更不能碰触，而男人们则排好队，四人一组、四人一组替换着抬佛爷的灵柩。排在最前面的是佛爷的传承人和管家之类最亲近的人，而能有机会触到灵柩的人，则可沾上佛爷的佛气。从佛爷院子里抬出灵柩，到火化地仅有不足千米的路途，大家争先恐后地抢着扶灵，我动作慢了些，竟连跟前也没靠近就已到了地头。沿途大群的藏民，尤以妇女居多，用藏语喊着"佛爷、佛爷"，声嘶力竭，悲痛欲绝，让我们的心头震撼。佛爷的灵柩抬到火化炉前，各寺庙的僧人围坐在炉子的两边地上诵经，村里的男人们隔开一段，在僧人们后面盘腿坐着念经。稍靠远一些则是跟随上来的女藏民们，围坐在一起高声唱经。在念经声中，打开灵柩，佛爷法体保持着盘坐的姿势，身形缩得很小，不足一米高。程师父和寺院里的喇嘛将佛爷法体抬起，从火化炉的预留口轻轻放入，佛爷法体放在炉中预先堆好的木柴之上。工匠立即将炉子预留口搬放砖块，用泥巴抹齐，然后用白泥将缺口抹白，僧人继续彩画完。整个过程用了近两个小时。

凌晨，高原之上气温很低，出来时尽管穿了秋衣秋裤，外面穿了藏袍，藏袍外又加了棉大衣，但依旧难抵寒气。拆下的灵柩点燃，我们这些城市里的娇气客，原本也想同僧人们、藏民们一道盘坐在地念经静候，可身体娇嫩终究抵御不了火堆的诱惑，陆陆续续围在火堆前取起暖来。

天已破晓，临近八点时，执事人往火化炉倒入酥油点燃。大家脱去大衣，一律统一藏袍着装，跪立在火化炉周围，跟着僧人念大明咒六字真言，僧人不断地往炉内倒入青稞和酥油，间或加入哈达。突然炉口火焰剧烈升腾，冲天而上。火化持续了两个多小时，慢慢地火化炉不再有火焰升起，大家围着火化炉转够三圈，火化仪式结束。

除了寺庙的几个僧人留下来等候炉温下降，所有人都返回佛爷院子吃饭。下午四点多，程师父招呼我们几个，以及兰州来的亲朋，一起去火化炉处理佛爷骨灰，取舍利。

我们一起去的很多人，都是第一次现场见证藏教高僧火化的情景，对于舍利子也是半信半疑的。到现场后，有僧人指引先做法事、念经。开始取舍利时，从火化炉底部的三个通风口开始，村里专事火化的三个藏民，很娴熟地用铁锹将三个通风口扩大，将铁锹伸入炉中，从炉底铲出东西来，是大大小小的晶状物，晶莹透明，蓝色翡翠样的居多，其他如紫色、红色、褐色、黄色，五彩斑斓。铲出来的东西放入备好的盘子中，大家惊奇地纷纷用手机抢拍着。随后藏民用铁锹将炉内的灰取出，量不多，用塑料布包裹起来。挪开一段距离，程师父和管家叫了我们几个过去，在地上将塑料布打开，用备好的小筛、小箩子将灰过滤，灰渣中露出数量极多的珍珠大小圆圆的颗粒，我们小心翼翼地从灰渣中拣出来，放入小盘中。那边，火化炉已拆掉，炉砖用小四轮车拉走，地面摊平，恢复了原样。

舍利拣出来分别放入三个金黄色铜宝葫芦中，用哈达包起来，大家陆续将宝葫芦顶在头上，摄影留念。不到两个小时的现场亲身经历，所有人除了深信膜拜，接受了又一次灵魂的洗礼，别无狐疑与杂念。

回到佛爷住地，程师父叫了管家与董事长到房间里整理舍利。一会儿所有亲朋排成一行，陆续进屋，再次见证佛爷375粒舍利全貌。我们所有参加活动留下来的亲朋好友，都得到了一粒佛爷舍利。我用程师父早前给过的一枚小佛袋，加入一撮藏红花，将这枚晶莹透亮的白色珍珠舍利放入其中，藏在自己内衣的口袋里。

告别佛爷的院落，告别加仓这个平凡而又奇特的小村子，程师父带我们一起乘车前往离村子最近的木洪寺，一起参观程师父跟随佛爷最早修行的地方。参观了程师父给僧人们盖

老佛爷舍利子

的崭新的居舍，见证了僧人们对程师父淳朴的依赖和不舍。然后又从村后的盘山路盘旋而下，到了山下规模较大的古雷寺，相同的情形，同样的依依不舍。佛爷十三座寺院新的继承人程师父，早已接过老佛爷的衣钵，像他们的老佛爷一样，没有接受侍奉和朝拜，而是承载了十三座寺院和众多僧人的供养。修路、接电、修庙、护佛、善僧，他把自己的所有都奉献给了自己的信仰。他让我们读懂了"布施"两个字的真实含义，同时，也让我们明白了舍利是如何炼成的。

带着这一切的一切，我们从青海归来。我明白了自己的一份神圣责任，那就是为了更多的人，做一些力所能及的事，尽一份绵薄之力。

（作于2016年8月）

走进西藏

那天乘坐南航的班机，从西藏贡嘎机场起飞，经停西宁曹家堡机场中转，飞回太原武宿机场已近深夜。走出机舱，望着满天星辰，仿佛还在佛国拉萨，只是扑面而来的热气，冲淡了几天的凉爽，才意识到又回到了人间凡尘。

（一）

这次去西藏，多少有些意外的成分。周末去北京出差，北京公司的司机接上我，说董事长下周一去兰州，然后同兰州的程师父一道去拉萨，问我是否从北京一道走。当时，司机的话并未引起我的注意，我以为他们去定有要事，与我没啥关联，所以未置可否。周一回到太原上班，便接到董事长的电话，让我速去兰州，周三一起去西藏，说正赶上拉萨雪顿节，机票很紧张，要提前订票。放下电话，我立即让经理订当天去兰州的机票，说幸好还有一张。于是回家匆匆忙忙地准备了些衣服赶往机场。到了兰州，老连和培元在机场接上我，得知董事长乘明天上午的飞机到，到了要去看博物馆项目开工奠基的场地，然后去西藏。老连忙给程师父打电话，报我们进藏的人数并订机票。怕机票紧张，我一并给北京和太原两处的办公室也做了安排，同时启动订票程序。晚上到了兰州，见到程师父，程师父请我们一起吃饭。饭后，订票有情况了，三个渠道都没有票，推迟一天的票也没有了。当时心很静，感觉世上的一切皆缘，机缘不到便赶不上，赶上了，也用不着激动，那是修来的机缘。第二天董事长到了，知我未订到机票，催着看看还有什么办法。上午一起去看了博物馆项目工地拆迁情况，大致确定了开工典礼的场地、路线。晚上我抱着试试看的态度点了携程网，上面显示有两张西宁去拉萨的机票。老连准备开工典礼走不开，我想带上培元先去搞搞后勤。预订没有拒绝，支付等待中，过了两个小时预订成功，大家很欣慰。通过各种渠道都订不到的票，居然从携程上订票成功，都说还是大网络公司靠谱。

晚上在程师父住的格林小镇公寓里吃饭。程师父把他梵韵妙饮公司做素食的厨师叫来做饭，饭菜做得极其精美。每次在程师父处吃饭，都让人记忆深刻，每道素食都是我们吃过的最美佳肴。吃完饭我们一起听程师父讲经，生活中的难题，心中的纠结，听了程师父通俗易懂的点化，马上抛到九霄云外。每次听程师父讲经，都是一次极愉快的经历。

不知不觉天已放亮，一晚上一晃而过。五点钟我们到马子禄牛肉面店一起吃大碗牛肉面，董事长吃斋专门煮了素面，我也吃了一碗素面，然后分乘三辆车从兰州出发赶往西宁机场。路上走了三个小时，九点多的飞机，到了西宁曹家堡机场时间刚好。

从西宁飞拉萨，两个小时的航程，飞机起飞达到巡航高度，显示

我在拉萨机场

八千英尺（约2400米）。从窗口往外眺望，感觉飞机离山峦很近，有点神秘的色彩，山峦层叠，一抹墨色，时不时可以看到山顶的积雪，像一条雪白的丝巾围在少女修长的脖子上，很美。

十一点半，飞机开始下降，不一会儿降落在贡嘎机场。机场不大，距离拉萨市区尚有六十五公里之遥。我们跟随程师父走出机场，与去其他机场不同的是，这里走出机场门时需要一道工序，即所有人需拿身份证，在一个机器前做一次扫描登记。来接我们的是程师父兰州的徒弟和一名司机，他们是前一天到达打前站的。在机场外，环视天空，西藏那特有的蓝天白云呈现在眼前，天蓝得正宗，云白得纯净，完全有别于我们一直生活下的天空。我掏出手机，随手拍下了这代表西藏特色的天空，也拍下了西藏机场的标志，一并放入朋友圈发了回去。

从贡嘎机场乘车向拉萨市进发，高速路沿着拉萨河修建，实际上贡嘎机场就建在河床上，机场四周都是一滩滩的河水，只是选

择了一块距山峦较远的开阔地。坐在车上没怎么感觉不适，只是觉得全身血管有点紧绷绷的，我想这大概算点高原反应吧。路上可见三三两两藏族人，脸色黝黑，女人、小孩脸上泛出两团红晕，这便是人们所说的"高原红"。其实我们小时候脸蛋上也有"高原红"，尽管海拔只有1800多米，所以看到"红脸蛋"就有一种亲切感。

抵达拉萨，我们住在了拉萨最好的酒店香格里拉大酒店，价格上有点贵，但条件却是极好。酒店在罗布林卡路上，与布达拉宫很近，站在酒店大堂外的门厅口，可看到布达拉宫的侧面。大厅漂亮的藏族妹子，给我们奉上洁白的哈达。房间很大，配置了"氧气瓶"，客人很多，都是提前预订好酒店，我们共要了八个房间，面子够大了（我估计是大昭寺出面订的）。可去的人多，满足不了主

香格里拉大酒店

培元（左）和我在布达拉宫广场留影

大昭寺外

要人员一人一间的习惯，我和培元住了一间。

下午安排大家休息适应，晚饭就安排在香格里拉大酒店。酒店依坡而建，共有六层，其实第三层就是大堂。坐电梯下到二楼是餐厅，一楼是SPA，不熟悉极易搞错。吃过晚饭，程师父忙着准备佛事行程，其他人都有些高原反应，回房间休息去了。我和培元及北京来的一个同事，感觉反应不怎么严重，于是三人结伴溜达着走到布达拉宫广场。原以为布达拉宫在拉萨市郊，到了才知道就在市中心，且拉萨电视台与其毗邻。夜晚布达拉宫及周围的建筑灯火通明，轮廓灯把建筑物勾画得分外清晰，比白天看起来更加醒目。广场上人不少，以游客居多，纷纷以布达拉宫为背景，照相留影。我们三人也学着照了张，可能是年龄的缘故，或者高原环境还没有适应，缺少了年轻人的激情，一切都那么自然、淡定。

（二）

　　第二天活动安排是去大昭寺。早饭后，大昭寺派来一个大面包车，把我们拉到大昭寺前的广场停下来，广场内不允许车辆进入。靠右手一个人行入口，像飞机场安检一样。从广场一直走到大昭寺正门，我们没有从正门进入，而是绕道右侧不远有一个侧门。从侧门进去是大厨房的院子，大昭寺的大总管洛桑喇嘛在院子里等候着。跟随洛桑管家进入大厨房里面，在围圈待客的桌子前坐下。显然程师父是大昭寺的常客、贵客，且洛桑管家和程师父也不是一般的熟悉。桌子上摆放了点心，洛桑管家亲自给我们倒酥油茶。我

大昭寺里供奉的佛龛

是第一次走进西藏，酥油茶也是第一次喝到。程师父说进了西藏，人都要嘴唇发干，喝水不解决问题，喝了酥油茶嘴唇才能湿润。我第一次喝酥油茶，开始味道有些不习惯，喝过两口后，感觉很舒服。稍事小憩后，洛桑管家带着我们走进大昭寺一层的寺院大殿。殿内人山人海、熙熙攘攘，大殿一侧围挡着正在施工。洛桑管家向程师父汇报施工进展，并介绍说，这尊法台上所用的材料以及上面镶嵌的所有珠宝翡翠，全是程师父提供的。全身佛像用的金子，也是程师父供养的，足有百十公斤，程师父这次过来又带来十多公斤。程师父这次进大昭寺，巡视法台的工期也是主要任务之一。我好奇地问洛桑管家，宝石镶嵌一根支柱需要多长时间？洛桑管家说要两年多，我们几个全都惊讶不已。做工精致、一丝不苟，看来不仅需要技术，还要用时间来保障完

培元在活佛座前留影

我在大昭寺留影

美。难怪程师父在兰州的所有场所的设计如此美妙，做工近乎完美，在这里我们找到了出处和根源。

从佛座法台处往殿的后面走，是一尊全身佛像座台，抬头望了一眼佛像，内心有一种难以描述的情绪涌起。走近佛像，程师父手捧小碗，碗里盛有金粉搅成糊状，递给洛桑管家。洛桑管家端着小碗，登着支好的梯子上了佛台，用一个小刷子给佛像的面部刷上金粉。我们依次走进佛像台脚，按着披着紫衣袈裟僧人的指点，一一行过大礼。僧人给我们每个人佩戴了一个哈达。

进大殿前我专门兑换了两本五元、拾元面值的零钱，现在随着大家的脚步，围着佛像转了三周，在周围供奉的小佛像前都一一放上了供养。我看见大小佛像前、佛台脚上，大至百元、小则一角，堆放着人们供养的钱，全部散放在那里，很多。所有的人走过，行过礼，放上自己的供养都静静地离开，没有喧闹，没有慌乱，一切都在静寂中发生，就像什么也没有发生过一样，让人感受到另外一种"净"。这一切在我过去的经历中，或者过去在内地的任何一个寺庙里，都是无法见到也不敢想象的。

从大殿出来，洛桑管家带着我们沿着木板楼梯登上二层。二层平台上可近距离看到大昭寺正殿上的金顶，远眺布达拉宫的建筑在耀眼的阳光中光芒四射，俯视可以看到满是藏族元素的八廓街。大家站在护栏前照相留影的空当，程师父介绍说：大昭寺里供奉着释迦牟尼十二岁等身像，相传是文成公主从大唐长安带过来安放在这里的，为了镇伏"恶道之门"。程师父接着介绍说，大昭寺建于唐贞观二十一年（647年），是藏王松赞干布建造的，拉萨之所以有"圣地"之誉，与这座佛像有关，寺庙最初称"惹萨"，后来"惹萨"又成为这座城市的名称，以后演化为"拉萨"。大昭寺已有

大昭寺金殿一角

1300年的历史，在藏传佛教中拥有至高无上的地位。

　　站在二层往一层天井看，天井里的几大排的座位，正是藏传佛教中"格西"的产生地，程师父说格西就相当于博士。公元1409年，黄教祖师宗喀巴在此创立传唱大法会，从此确定辩经会为藏教界最大的法事活动，流传至今。法会期间各寺庙的高僧大佛云集此院，观看被寺庙推选出的杰出僧人进行激烈答辩，程师父就是第72次辩论会上产生出来的格西。

　　说话间，洛桑管家叫来一位年纪较长的僧人，拿着钥匙，打开了三层进入金顶的小门，这里是不对外开放的。进入小门，我们脱掉鞋子，进了另一道门，这是大昭寺的主体，也是本寺的精华之所在。中间是千手佛，左边为莲花生大师，右边为强巴佛。佛堂呈密

大昭寺金顶平台

闭塔院式，中间是大经堂，地上铺着华贵的毯子，是大昭寺高僧们诵经的场所。藏传佛教信徒们认为拉萨是世界的中心，而宇宙的核心便在此处。大经堂的四周俱为小型佛堂，最靠里面的佛堂是达赖喇嘛诵经之处，我们几个都留了影。中间是释迦牟尼佛堂，是大昭寺的核心，正中间有一个窗口打开，正对我们在二层凭栏照金顶相的位置。洛桑管家介绍，达赖喇嘛会见朝拜者就在这个小窗口，因而这个小窗口便成了朝圣者最神圣的最敬仰的位置。

晚上六时整，是大昭寺僧人们诵经的时候。一楼天井的座位上，坐满身披紫衣袈裟的喇嘛，最前面相向而坐的两排是地位较高者，中间一位前面放一张小桌，小桌上放有经桶和摇铃。我悄悄地问程师父，程师父说中间的那位是领经的僧人，一般领经的多是经

诵经大会

黄教祖师宗喀巴像

文熟悉、声音浑厚的修行高僧。我们几个人在洛桑管家的引领下，也破格地坐在天井里喇嘛们后面的座位上。洛桑管家给我们每个人献一个哈达。许多朝拜者们则被天井里的栅栏隔到外面，有极少数进入栅栏里的，则紧靠栅栏沿子坐下。领经僧摇响铃子，诵经准时开始，我们也学着僧人的样子，嘴里念叨"阿弥陀佛"。这时程师父领着董事长，沿着座位一排排地给僧人上供养，每位两百，紧随他们之后，那些天井里靠栅栏坐着的客人们，也依次像程师父一样，在每个念经师傅前放供养。钱数不等，有的是五元、拾元，也有一元、两元的，一切随性随缘，念经一个半小时结束。

（三）

第三天的活动，是我们这次去拉萨的主要活动，即参加在哲蚌寺举办的一年一度的雪顿节。听程师父讲，拉萨哲蚌寺举办的雪顿节是西藏所有

通往哲蚌寺的路

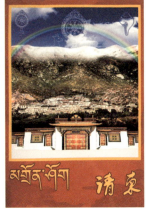

管委会发给我的请柬

节日里最隆重、规模最大、内容最丰富的节日之一。雪顿意为酸奶宴，每逢藏历6月30日（阳历在每年8月下旬左右）举行。

传说是黄教祖师宗喀巴为格鲁教定下的戒律，即从藏历四月到六月，正值世间生命繁殖期间，为了保护生命的充分繁殖，不受伤害、践踏，僧人们都必须在寺庙里安心念经修佛，直到六月底才能开禁。到了开禁日，僧人们纷纷出寺下山，老百姓们为了犒劳僧人修行之苦，特备上酸奶，为他们举行野宴游山，为时一周。活动内容主要有展佛、跳藏戏、过林卡（即野炊）。

早上六点多一点，我们就集中在酒店大堂，哲蚌寺大管家阿旺喇嘛带了两辆寺院的面包车，亲自来接程师父和我们。从酒店出来，天还没有放亮，从八廓街道开始，参加雪顿节的人们已排好长队，秩序井然。从这里到哲蚌寺外的停车场，足有十多公里的路程，我们乘车走过，全是绵延的长队人流。武警三步一岗，五步一哨，隔一段就有一辆警车执勤。从停车场往山上的路依然排满了人流，人流缓缓像平原上的河流静静地、坦然地流动着。偶有插队者进来，后面的人自然地停下脚步，方便插队人进入，一切是那么自然、平静。我们乘坐的车经过停车场往寺庙里行进时，被那里执勤的民警拦下，检查通行证，是寺庙的车可以放行，但我们却不能随车上去，只得下车步行。

展佛

从停车场往寺庙走的路很陡，爬起来非常吃力，每走十几步便需停下来大口喘气，显然这里的海拔在3500米以上，缺氧等高原反应会很明显。程师父和大管家在前面率领，我们互相鼓励着、坚持着往上爬。大约五六里的路，却花了一个多小时，到了一处平台，可以清晰地看到寺院对面的山坡上挂着一幅巨大的唐卡。说巨大是因为唐卡的四周站着的人，看起来就像一个个小黑点，而唐卡盖了大半个山顶。程师父说500多工匠做了整整两年时间，今年展佛展出的唐卡也成为历史之最。

平台前分成两条路，一条通过展佛的山顶，一条通过展佛对面的寺庙。前面的路是山下大队人流的延续，而后面这条则由武警把守，只有持有雪顿节组委会的请柬的人才可以通行。我们每个人手里都拿着阿旺大管家早晨送来的请柬，自然通过了这条通道，走到哲蚌寺展佛的观礼台区域。观礼台是由槽钢固定起来的支架，上面和三周用帆布包裹，正对展佛的那面开放，里面摆好了长桌子和椅子，这里显然是主宾观礼场所。我们一行则被安排在观礼台旁边一个三层小楼里，小楼门口有武警守候，小楼顶上也有几个武警执勤。小楼的三层窗户打开正对展佛台的对面，位置应是最佳的了。屋里摆好了一溜炕桌，地上铺着厚厚的毛毯。桌上摆满各种水果、点心、八宝粥似的一碗米饭，里面有葡萄干和蕨麻，酸奶必不可少，暖水壶里放着

我在哲蚌寺小楼外（注意楼顶）

我所在的小楼是观礼台

点心、水果、八宝粥

热腾腾的酥油茶。从小楼侧面的窗口可以看到观礼台桌上摆放着物品，显然比之低一个档次。

一会儿，展佛台下，喇嘛们扛着数米长的巨大笨重的法号，鼓着两腮，涨红着脸，使劲地吹着法号。沉闷的号声传进了山谷，在人们的心里回荡。号声响起，展佛时辰已到，数十名喇嘛迅速地将纺织的强巴佛在山坡上挥展开，刹那时万道霞光洒遍佛像。

清晨，天空乌云密布，我们上山时，路上还有刚刚下过雨的积水。这时乌云尽散，霞光喷薄而出，给人以天、神、人合一的感受。面对朝阳下庄重的唐卡佛像，人们没有骚动，没有拥挤，而是默默地祈祷着，把洁白的哈达和供养奉献给佛像，自然地离开。

在山顶，人群络绎不绝地展佛（也叫晒佛，即晒大型唐卡上绣的佛像）的同时，佛像下一处平整处搭起了帐篷，四位身穿黄色藏袍、头戴金黄色峨冠的大喇嘛依次坐下，开始观看帐篷下的藏戏表演。30个表演者穿着山南传统服饰，面戴各种面具开始舞蹈表演，同时有高亢雄浑的伴唱，响彻云霄，我们一边看一边听程师父讲解。这时活动组委会总指挥和阿旺大管家上楼来说，藏教四大活佛请程师父过去。程师父随他们下去，不一会工夫，我们用照相机长焦镜头，捕捉到程师父坐到了四位活佛的中间，大家惊奇地叫了起来。

（四）

下午两点多，展佛活动应当结束了，唐卡在结束后要卷起来。可展佛的人太多，听总指挥说，已超过四十万人，只能延迟。见人们纷纷下山，我们也起身告别。下山时，程师父带我们顺道参观了哲蚌寺的大韦德金刚佛正殿、强巴佛殿、措钦大殿等几个主要佛殿。程师父除了供养十几公斤黄金外，还为哲蚌寺的500个僧人，每人送上了300元的供养。程师父介绍，哲蚌寺在藏传佛教里相当于国家的科学院。寺内聚集了藏教里修为最高的僧人和地位最尊的活佛，是达赖喇嘛主持佛学的道场。哲蚌寺僧人最多时竟达五万之众，寺院的大堪布在藏教中的地位仅次于达赖，主持全藏佛教。

离开哲蚌寺我们汇入到下山人流中。从山上下到市区十多公里的路途，这么多年第一次走这么长的路。雪顿节这天，哲蚌寺一直到市中心的街道全部改为"步行街"，除了警务车外，所有车辆一律禁行。

本来我们以为走下山会有出租车，可直到进了市区也没看到一辆车，大家累得腰酸腿困。正巧路边有卖烤土豆、烤红薯的，买了一堆，大家吃了一些，垫补了一下早已饥空的肠胃。随行的程师父的几个员工，想找个车回宾馆开上车来接我们，可怎么也找不到一个车，走回去路途又较远。正在纠结中，程师父拦下两个拉货的小电动三轮车，在一伙年轻人还没醒过神之际，我们就随程师父登上小三轮上了路。这些年，各种先进高档的交通工具坐了不少，可坐这种被人们戏称为"电毛驴"的三轮车，却是一次难忘的人生经历。我们用手机自拍，同时给后面的电毛驴车拍了视频，大家兴奋极了。到了市中心广场，下了电毛驴以为可以方便打车了，可没想到竟然看不到一辆出租车，停在路边大大小小的车，都是等候在那里接人的。想让他们帮忙送我们走一趟，给多少钱竟没人搭茌，真是苦了大家了。

"自古下山容易上山难"，可我们竟反了个儿，上山尊贵极致，下山寒酸落魄。怎么办？犹豫之时，又是程师父拦下了路过的一辆电动三轮车，较刚才坐的那辆稍大一些，刚卸空货，小车厢里铺满干草。于是程师父安顿其他人在广场里等候，从宾馆开回车再走，我们几个随程师父再次坐上"电毛驴"去扎基寺。

我们登上了小三轮车

看来人一生的机缘注定有什么便有什么，或许我们几个人今生的

我和程师父坐在小三轮车上

这一天下午，就与"电毛驴"有缘，且一聚不散，还要再聚首。放开人们想象的空间，谁能想到藏教地位极高的佛爷，竟然会在2015年9月1日下午坐在一辆破烂不堪、铺满干草的电动三轮车上，畅游在拉萨市中心街道上。

到了扎基寺，寺庙大堪布站在门口等着程师父，见程师父竟坐一个破电动三轮车过来，诚惶诚恐之余，也抑制不住好奇问程师父个究竟。

扎基寺是格鲁派唯一的财神庙，寺外的大门西侧一面是卖酒的店铺，堆满整箱的供酒，塑料酒桶上面也标有供酒的字样。大门另一面店铺则是成捆的艾草树叶。

我们买了酒和艾草树叶，放在院子里，先带着箱装的酒，随程师父进到寺庙主殿内，等候在扎基拉姆像前，将酒和哈达交给佛龛前的僧人，僧人将酒倒入酒缸中。然后大家走出院子，在院中间的铁槽中摆上艾草树叶，倒上白酒点燃。艾草燃起来时，要往火焰上浇些水盖住火焰，让其冒烟。院子里浓烟滚滚，据说烟气越大越吉祥，接下来程师父将带来的黄金、钱物给了寺庙做供养，又同寺院堪布一起进到拉姆殿，给佛像抹金粉。

我带着一路的纳闷和好奇问程师父，为何每进寺庙都要将大量的黄金、钱物供养给佛像，抹金粉也是必须做的程序？程师父说，藏传佛教是藏民们共同的信仰。最早，每家要把儿子中长得最好看、最聪明的儿子送入寺庙当喇嘛，整日修佛坐禅念经，小喇嘛的衣物、食品都要家里来供养。寺庙里点灯用的酥油也要由各家各户来供养，僧人们居住的房子、寺院里的修缮、佛像的维护所需的费用，都需要家家户户来供养。藏民们有钱的出钱，有粮的出粮，有物的出物，甚至把自己的一切都用来供养。而给佛像抹金粉，说来也是供养，供养的理念是佛已凤凰涅槃，是供众人瞻仰膜拜的。常给佛像涂抹金粉，让佛像永远保持金色闪亮的色彩，让朝拜者看到美好的佛颜佛光是最大的功德。

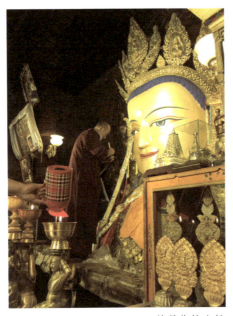

给佛像抹金粉

我们汉地的寺庙和藏教还是有不少区别的，汉地寺庙靠的是寺庙里的香火钱来维持，香客们一些人进庙布施可能和藏教的供养差不多，可还有不少人则是为了有求必应的敬供。程师父讲，佛有三不渡：无缘之人不可渡，自己之业不可渡，他人之业不可渡。既然如此，佛不会因为你敬供而满足你的要求。抱着此心的敬供者，歪打正着，布施了财物用于寺庙的维护、和尚的生活，倒也是一份功德。

（五）

这次来拉萨已是第四天了，跟随程师父行程紧凑，却紧而有序。上午去格鲁派拉萨的第二大寺院色拉寺。色拉寺是格鲁派最大的辩经会场地，有藏教最大的佛学院。程师父兼职佛学院教授，每年都有授课任务。色拉寺管辖着周围诸多寺院，昨天去过的扎基寺就归其管辖。到色拉寺最有印象的是佛学院门口卧在地上的大藏獒，大家随佛学院院长进入院子，藏獒就笑眯眯地盯着你的一举一动，让人感到既亲切又可爱又不敢造次。再就是佛学院里的藏书馆，里面书架抵顶，所有藏经、历代高僧的著作，全部用金黄色的哈达包裹。进入其中，仿佛置身于黄金丛中，难忘的是一套十六开的藏医全书，竟全部用图形指示，比之汉字医书更加一目了然，其博大精深，令人赞叹。

下午，程师父带我们去拜见哲蚌寺的大堪布，这也是此次进藏的主要议题。哲蚌寺为历代达赖喇嘛的母寺，三世达赖喇嘛索南嘉措获"圣识一切瓦齐尔达赖喇嘛"的尊号，又追认前两世为第一、第二世达赖喇嘛，二、三世乃至五世达赖罗桑亮措受清政府册封之前，均一直坐床在哲蚌寺。

程师父带我们去拜见的活佛是哲蚌寺现任大堪布，修为很高，是藏传佛教最高学位格西·拉然巴的获得者。我知道"格西"相当于"博士"，而格西之上是"扎西"，相当于"博士后"，扎西之上还有什么不甚了解。而格西·拉然巴，就是活佛中最有成就的大德高

和程师父在佛学院图书馆

僧。今年四月份，程师父刚拜了大堪布为师，大堪布是绝不轻易收徒的，没有极高的修为和成就，绝没有这样的机缘，想成为大堪布的弟子比登天还难。

出席雪顿节的四大活佛高僧，我以为是藏传佛教最高等级的活佛了，今天才知大堪布平时闭关，不参加此类活动，也谢绝迎来送往。雪顿节下午，就预约要见活佛，结果大管家阿旺竟未约好。记得那天还有个插曲，阿旺管家手持佛珠向程师父念念有词时，程师父将阿旺管家手里的珠子要了过来，交给了我。我不懂珠子拿到手里看了看，就交给了程师父，程师父再次交到我手里向我使眼色，示意收起来。我不是那种钟情别人东西的人，忐忑不安地盘在手腕上时，发现阿旺管家的余光中有一丝不舍。

下午四点多，程师父领着我们几个人挤上了两辆车，直达哲蚌寺。好像前天雪顿节结束时，曾路过的一个院子，当时没怎么留意。哲蚌寺里的院子、房子全是白色的，看起来没什么区别。走进这所院子，却感到了一种静谧与肃穆，与周围环境有着明显不同的气场。院子里有两丛杨梅花，枝叶茂盛、花儿朵朵，这是在拉萨这几天里难得一见的小风景。

阿旺管家站在二楼门口等了约半个多小时，门开了，我们脱鞋上楼，在二楼厅子里，见到了藏地佛教的最高大活佛。看上去年龄应不会超过六十岁，可面容祥和、目光从容淡定，又像是八十开外的长者。我们依次叩拜，大活佛念经、摸顶，大家十分感动。一个接着一个，凑近大活佛拍照留影，也许是程师父的缘故，或者大活佛本身就是这般随和亲切，我们在大活佛座前仿佛都变成了顽皮的小孩，感受着活佛的包容与温暖。大活佛指示管家，从身旁的一排排经书柜子里，取出藏药金丹给我们每人一包。我们受宠若惊，唯恐过多地干扰和影响大活佛的清净，静静地离开了小楼。没有这次拜见，也许这次进拉萨多少有些困惑和空虚，而短短半小时的经历，像画龙点睛，给我们的行程画上了圆满的句号。

重新上车，准备下山时，阿旺管家拦下程师父坐的那辆车，神情凝重地凑到程师父耳边，再三叮嘱着什么重大事情。回到宾馆时，程师父说，阿旺管家发现他的那串佛珠，始终盘在我的手腕上，叮嘱程师父千万不可给了别人。说虽然珠子普通，但经历非凡，意义特别。因为那是大活佛刚传于阿旺管家手中的。程师父

哲蚌寺活佛的院子一角

程师父和活佛留影

我和活佛的留影

笑着说：一切皆缘，与你有缘，自己修来的缘，好好收着吧。大家都感慨万分、惊叹不已，纷纷表示，这次进藏收获巨大。

（六）

明天一早我们便要结束这次活动返程了，晚饭是这次在拉萨最后的一次聚餐。大昭寺的大管家洛桑喇嘛、哲蚌寺的大管家阿旺喇嘛，以及色拉寺的堪布、拉萨格鲁派三大寺院的当家人，全部赶过来，陪程师父一起进餐。三位喇嘛同程师父一样随和、平静，给人的印象极好。晚饭后，三位管家喇嘛请来了另一位藏传佛教的高僧。这位高僧平时隐没于人间，今晚到了程师父的房间，脱下便装，穿起袈裟，程师父和三大管家行五体投地大礼。高僧给我们每个人都一一念经、摸顶，然后传授藏教秘咒，我当时记不住就用手机录了音。不得不承认世间皆为缘，这份咒语的意外收获，难道不是这次西藏之行圆满的收官吗？

（2017年9月作于拉萨）

长江三峡游记

2003年4月，全省煤气协会的年会在长江三峡和九寨沟的旅途中召开。组织年会的旅游公司宣传说，这是畅游三峡的最后一次机会，过了今年三峡大坝启用后，现在的风景区将被水淹没，"巴东三峡巫峡长，猿鸣三声泪沾裳"就只剩下传说了。这就是营销宣传的作用，很多时候他不忽悠，你根本不可能去消费，他一忽悠你就着急，不去看看三峡美景，真成了今年的最大遗憾了。

（一）宜昌受阻

四月十八日，我们一行六十多人从太原登上火车，经过大半天的时间抵达湖北宜昌，计划从宜昌坐船畅游长江。列车到达宜昌车站后，车门迟迟没有打开，开始以为进站列车多没有停车位。有人到车厢接口处打水返回来神秘兮兮地说，车厢门封闭了，到不了其他车厢，还说有警察把守着。正说着，忽然我们从车站站台上看到一长溜警车闪烁着警灯、拉着警报呼啸而来。警车刚一停下，从车上下来一大批警察，全副武装不说，全部身披白色披风，戴着口罩和白手套。指挥的人手持话筒声音急促地喊道："快快快！迅速包围列车，不能让任何一个人下车！"警察立即涌向我们乘坐的这一列车。与此同时，车上的广播喇叭也响了起来："全体旅客请注意，请大家留在自己的座位上不要走动，更不要到其他车厢，现在列车进行健康安全检查，请大家耐心等候，做好配合！"

怎么啦？出什么事儿了？抓逃犯吗？大家正在纳闷狐疑之际，又听见救护车的鸣笛声响成一片，站台上十多辆救护车风驰电掣地呼啸而来，还没有停稳，车门就已打开。大批穿着白大褂、戴口罩的男女医生护士，从救护车里奔出来，跑步奔向列车。再看车站外面，警笛声齐鸣，警灯闪烁映红周围的建筑。显然，车站广场上也有很多的警车、救护车停在那里。

坏了，一定是车上发现了疫情，就在我们前面的车厢。若是那节车厢有人进入其他车厢，或者我们这节车厢上的人到过那节车厢，我们不仅游不成长江三峡，搞不好下了火车就得进入"非典"隔离区，想到这，我们都开始紧张起来。想起来在太原站进站时，就开始测体温，当时还觉得有些虚张声势，现在看到眼前如临大敌般的阵势，隐隐约约地感到这次出行不会简单，第一站就是一个下马威，哦，用词不当，还没下马呢。

等了一个多小时，前面的车厢门打开，旅客在警察和医务人员的护卫下，陆陆续续排队下车，下车后上了救护车，一批坐满拉走，又一批救护车进来坐满后再拉走。走了四五批后，再没有旅客下车，估计那节车厢应该是空了。又过了一个多小时，列车上的广播喇叭再次响起："全体旅客请注意，刚才6号卧铺车厢发现一名疑似'非典'患者，已送往医院治疗，车厢内的其他人员也一并送往医院做检查。现在警报解除，大家做好下车准备，可以下车了。"这时列车员将车门缓缓打开，一股带着浓烈消毒液味儿的空气扑鼻而来。真是万幸，终于可以下车了，本想伸个大大的懒腰，长长地舒一口气，可这股消毒液的气味儿将这种情绪打了个大大的折扣，谁知道这一路上还会碰到什么样的意外呢。

（二）三峡抒怀

旅游公司的大巴在火车站广场将我们接上，随车的导游是个小女孩，刚入行不久，这是小女孩第二次单独带团，就遇上了这么意外的事，好在虚惊了一场。小女孩站在车上一边不停地抹泪一边不停地道歉，好像是自己做错了似的，搞得我们很不好意思。大家纷纷使出浑身解数安慰着小姑娘，直到小姑娘破涕为笑。没想到就这么个插曲，将大家之前的不快化解得无影无踪。

大巴车将我们拉到了长江渡口边，在登船游江之前，要先登上渡口边的山峰上游览。小导游说，山峰上有闻名遐迩的三游洞，站在山顶，可将西陵峡一览无余尽收眼底。说实话我是第一次听说三游洞之名，问同行的几位有文化的老领导，居然他们也是首次听说，我心里窃窃而喜，看来孤陋寡闻的不止我一人。

从游览宜昌的名胜三游洞开始启程，沿着陡峭的石阶而上，攀行了不到两公里就到了一处开阔地，峭壁上有一个巨大的石灰岩溶洞，上面写着"三游洞"三个大字。小导游介绍，传说因唐代大诗人白居易、白行

我在三游洞外留影

简、元稹三个朋友，以及北宋苏轼父子三人也同游过此洞，各赋词一首而得名。洞内的石壁上，雕刻有许多名人的书法大作，那几位有文化的老领导看得眉飞色舞，我陪在他们身边装出很懂得似的样子，不住地点头应和着，还时不时地感叹几句。好不容易从山洞里熬出来，登上三游洞顶的山峰，站在上面的观江楼远眺，在峰峦叠嶂之间，西来的长江，从西陵峡口破峡而出，江面豁然开阔。附近山顶，临江处有一平台，上有三国猛将张飞的雕像，相传张飞曾在宜都郡任过太守。脚下就是美丽的西陵峡，当年曾是血染江水、三国争雄、群雄逐鹿的战场。就如翻开了《三国演义》的第一页，滚滚长江东逝水，浪花淘尽英雄的气势扑面而来，将我们的思绪带入了《三国演义》之中，看来这次游山峡，注定要进入历史的长河里徜徉了。

我和宏斌兄

我在西陵峡畔

走下山峰，我们登上游轮沿西陵峡溯流而上。傍晚时分晚霞如火残阳如血，将山峦起伏的西陵峡映射在江水中，使得江景色彩斑斓美不胜收。西岭峡谷两侧景点不多，从游轮望上去，沿岸半山腰只有一处古色古香的庙宇建筑，看得出是重新修葺过的。此时我才恍然大悟，为何一开始就组织我们爬山看景了，原来西陵峡无景可看，这旅游可真是套路深深呐。

夜九时许，船抵香溪，正值农历三月十七日正圆时，月光如洗、月色如影。传说中四大美女之一的昭君故里就在此处，借助洁白的月色可看个大致轮廓。小导游介绍说，香溪是汇入三峡的溪流中较大的一支，在浑浊的长江水中注入一股清流，即便在月光下，依然清晰可辨，仿佛自带高贵，傲然激进清澈无比，让人有一种清幽的美感。

古诗有曰："群山万壑赴荆门，生长明妃尚有村。"王昭君的故乡就在香溪之畔的湖北宜昌三宝坪村。貂蝉、杨玉环是山西人，西施是越国今江浙一带的人。只知道王昭君出塞羞落大雁的故事，却不知昭君美女出身何处。听小导游一介绍，还真弥补了知识漏洞，真是三人行，必有我师焉。传说昭君在溪边洗脸时，无意中将项链上的珍珠洒落溪中，从此水中含香流香千里。当年昭君被选入宫，正是乘船沿香溪顺流入长江，然后从旱路到达洛阳。单调的景点偶有的色彩，从人们的眼中流过犹如烟云，但注入名人故事传说就有了灵魂有了文化。

一夜航行，轮船在悠长的巫峡中穿行而过，小时候怎么也背不过的课文《长江三峡》，此时置身其中竟奇妙地在脑海里浮现出来："自三峡七百里中，两岸连山，略无阙处，重岩叠嶂，隐天蔽日，自非亭午夜分，不见曦月。"真是峡谷悠悠过、猿鸣声声长啊！

天亮时船到了白帝城脚下，白帝城是三国时刘备托孤诸葛亮的地方，李白"朝辞白帝彩云间，千里江陵一日还"的诗句，更使得白帝城名扬天下。白帝城孤山独峙，一面靠山，三面环水，背倚高峡面临长江，在雄伟险峻的夔门山水中显得格外突出。登上白帝城观看，夔门天下雄是最理想不过的位置，长江水流经不远处的瞿塘峡夔门，形成的雄浑气势扑面而来，使白帝城的位置显得尤为重要。瞿塘峡峡口是历代兵家必争之地，白帝城就是其最鲜明的标志，也是最好的见证，长江三峡的起点，我们畅游三峡的目的地和终点也就到此了。

（三）鬼城惊魂

上午十点，我们从重庆朝天门码头上岸，改乘旅游大巴专程去参观丰都鬼城，这是长江三峡地区一处著名景点。旅游公司介绍说，三峡大坝建成之后，这座丰都鬼城即将沉入水中淹没，这又是唯一的一次机会。

丰都鬼城坐落在长江边上，传说这里是人死后灵魂归宿的地方。我国许多文学名著都对这里进行过渲染，《西游记》里孙悟空大闹的阎罗殿就在这里。这里的司法体系和阳间的一一对应，集逮捕、羁押、庭审、判决、教化功能于一体，构建成了阴曹地府惩治

丰都鬼城

生前作奸犯科者一套完整的体系。小导游不知是害怕还是偷懒，把我们带到鬼城门口就开溜了，同行的几个胆小的怎么叫也不进去，我们只好跟随其他旅游人群走进鬼城。

进入鬼城首先经过第一座殿叫哼哈祠，《封神演义》里佛教守护寺庙的两位门神，形象威武凶猛，喷火的叫郑伦，哈水的叫陈奇，都是姜太公手下的大将。

往里走经过的第二座殿叫报恩殿，内雕塑报恩菩萨、目建连佛像。目建连是释迦牟尼的十大弟子之一，传说为神通第一，很受世人敬仰，店里祭拜的人很多，香火很旺。

再往里走是第三座殿叫财神殿，里面供奉着财神爷赵公明，也是《封神演义》里的神仙，看来这里道教的文化成分要多一些。

过了这三座殿，走到半山要经过奈何桥，这是阴阳两界的桥梁，也是生死的分界线。桥上有孟婆，兜售迷糊汤，一小碗五元，喝了迷糊汤，就忘了前世。孟婆老太太的生意不太好，路过的人没人敢喝，我们几个过来一人喝了一口，原来是糖水，甜甜的很好喝。

路过无常殿，门前有人扮演着黑白无常把守着大殿，招呼游客过去照相，一次收费十元，鬼门关口照相留念的人还真是不少。

过了奈何桥再往前走就是鬼门关了，鬼门关前人流如织，秩序混乱，哈哈，踏入鬼门关，前面就是黄泉路，过了黄泉路就走到望乡台了。这是进入阎王殿前看看故乡最后的机会，过了望乡台，再次投胎就不知道是转人还是转畜生啦。

阴曹地府的这一套流程，和古代的国家司法制度一阳一阴，遥相呼应。古代的哲学基础是阴阳学，讲究阴阳同治，教化人时让人知道，阳间违反法律道德如何惩处，到了阴间还要继续受到种种煎熬，目的在于强化统治，告诉老百姓不要以为一死了之，一了百了，阴曹地府设置得更加严谨残酷。走进阎王殿，阎王爷、黑面判官、牛头马面鬼各就各位忠于职守，管教你吃不了兜着走。

再往前走就是真正的阴曹地府鬼门关了，洞里光线昏暗，阴冷潮湿，灯光蓝绿交杂，忽明忽暗让人感觉阴森森的，一种恐惧感包围全身，同行的几位女士，还没怎么走就吓得战战兢兢。

走进十八层地狱第一层地狱，书桌上绑着两个人，小鬼用铁钳将嘴扳开，将舌头夹住生生扯下，这些泥塑做成了动态的，夹住舌头拉长缩短，拉几次后将舌头扯断还滴着血，配有凄厉惨叫的声音。

走到第二层地狱，刚走进去，一阵冷风刮来，灯光忽然灭了，过了一会儿灯光亮起来时，忽然两旁的棺材盖掀起，从里面伸出鬼头，舌头拉得长长的，当场就把煤气协会的两位女士吓得瘫坐在地上。我们笑着将两人使劲拉起来，两人的手冰冷，如同死人手一般。两人站起来说什么也不敢往前走了，可又不敢往回退，好说歹说才和我们一起坚持前行，将下油锅、入蛇池等十八层地狱都过了一遍。

经前面的惊吓之后，有了心理准备，后面的反倒不怎么害怕了，小时候听大人们讲鬼故事，长大后看书看电影，关于阴曹地府的描绘都是些片段。丰都鬼城全面汇集并展现了古代官方的、民间的各种传说，让人对此有了详尽的了解，没想到鬼城一游成了游长江三峡意外的收获。

（四）又见三峡

离开丰都鬼城，就要返回重庆准备第二天飞成都了。还有大半天的时间，协会的领导和大家商议做些什么安排，旅游公司的领队见缝插针地提议增加一处小三峡游，说这处景点正好在乘车返回重庆途中，且景色非常非常迷人（用了两个非常），价格也不贵，给大家再打个八折优惠。其实这次游三峡几乎全是在夜晚，夜幕中游三峡，尽管月色皎洁，夜幕如昼，可毕竟是夜晚，许多风光一律黑色底片，一晚上的拍摄，没有三脚架支撑，估计照片洗出来也是目不忍视，摆拍时的诸多感情是白白浪费了。况且宣传的三峡的许多景色都没有看到，正好有这么个机会可以弥补一下，钱不是问题，就决定去游小三峡了。

小三峡的游览安排得比较好，上船后每人一份彩页，上面有小三峡各景点的详细介绍并配有图片，还有活动安排。导游不用喋喋不休地讲解，只负责召集领路即可，把时间让给游客，显然这样的安排更加合理也很人性化。

发给我们的彩页上介绍说，长江小三峡南起巫山县，北至大昌古城。俗称巫山小三峡，也称大宁河小三峡，为大宁河景区的精华部分所在。与长江三峡的宏伟壮观、雄奇险峻相比，小三峡则显得秀丽别致，精巧典雅，故人们赞誉小三峡可谓"不是三峡，胜似三峡"。小三峡由龙门峡、巴雾峡、和被誉为"小小三峡"的滴翠峡组成。龙门峡长约3公里，两岸峰峦叠翠，江中水流湍急，是小三峡的门户；龙门峡口至银窝滩，主峡区3公里；滴翠峡从双龙至徐家坝，长20公里，是小三峡最长、最幽深、最秀丽的一段峡谷。

正要继续往下看时，忽然同船的伙伴们欢呼起来，哇，太雄伟了！我抬头望向船外，原来船已进入小三峡的第一峡龙门峡了。

龙门峡两山对峙，峭壁如削，天开一线，形若一门，犹如天门洞开，非常雄伟壮观，不由得让人肃然起敬。河东岩壁上有一龙门泉，清泉飞瀑清幽秀洁，瀑布汩汩流入河中。峡中西面的峭壁上有狭长的古栈道悬挂其上，游客们惊叹不已。对我来说这些都最熟悉不过，我家乡的山里有很多，小时候经常爬上去游玩，不过这里的古栈道更险、更高，也更长。

导游说这是中国最长的古栈道遗迹的起点处，她招呼大家下船步行去游览龙门桥、龙门泉、青狮卫门、九龙柱、灵芝峰等胜景。前面的三个景点在一条线上，我们几个只有我拿着一个傻瓜照相机，照完一卷还需退出来重新装上胶卷，才能继续照，除我之外大家都不怎么会用相机，这一路我就成了专职摄影师了，大部分的美景都是从照相机取景框里看到的。

时间有限，三个景点仅给了四十分钟的时间，只能走马观花照相走人。给大家照完，我还没来得及自己照一张，就随着大伙一窝蜂似的回到船上，船继续前行了一会儿又靠岸停下上岸游览。九龙柱和灵芝峰是龙门峡口的两座山峰，一座如九龙盘绕，一座形如灵芝，两峰由此而得名，停留的时间稍长一些，有卖小河虾、煮玉米等小吃，买了一些尝了尝挺好吃。

刚吃完正要上船，不知从哪儿跑出几个穿着道袍的女人和小孩，不由分说地拉着人们，让去前面的道观抽签打卦。好说歹说怎么也摆不脱，老湛急中生智装成个聋哑人，追着这伙人呀呀比画，真是一物降一物，这伙人立刻躲得无影无踪，把大伙逗得笑喷了。

上船出了龙门峡，便是急流惊险的银窝滩。船行其间，有着"巴水急如箭，巴船去如飞"之感，青翠欲滴的山壁处不时有猴群隐现，飞上窜下就如同一大群李宁在玩体操。这里山回水转，滩险流急，是航程上的险途。大伙的心也全部平静下来，所有注意力已被眼前的景色深深地吸引，个个凝神静气地欣赏着奇妙的景色。过了险滩即进入铁棺峡。铁棺峡长约十公里，这里两岸怪石嶙峋，形成一组组天然雕塑，个个妙趣横生。东岸崖壁上有一金鳞闪闪的长岩，很像从天外遨游归来的巨龙，且龙首已经进洞；对岸山腰有一溶洞，洞口有块黄色圆石，犹如正欲出洞的猛虎；西岸悬崖下有串串倒悬的钟乳石，其模样像是两匹骏马，其头已进山，但马尾和后腿还在山外。于是人们就给它们分别取名为龙进、虎出、马归山。

此外在河东岸离水面四五米高的绝壁石缝中还有一具黑色的悬棺，俗称"铁棺材"，铁棺峡一名即由此而来。

此峡的延伸部分是一段山舒水缓的宽谷地带，经过琵琶州，闯过抹角滩，就进入巴雾峡了。从乌龟滩至双龙，长十公里，山高谷深，云雾迷蒙，钟乳密布，千奇万状，怪石嶙峋，峰回路转，石出疑无路，拐弯别有天，真是大自然鬼斧神工，雕刻出这么多令人难以想象的杰作，猴子捞月、马归山、虎出、龙进、回龙洞、仙女抛绣球、仙桃峰、观音坐莲台、八戒拜观音等，真是让人目不暇接、赞不绝口。

正在感叹间，导游提醒大家观察江水从淡蓝变成了碧绿色，且有明显的分界线，导游说船进入滴翠峡了。如果说巴雾峡是上帝的雕塑作品，那么滴翠峡就是画家笔下的山水大作。滴翠峡中，无峰不峭壁，有水尽飞泉，群峰竞秀，林木葱葱，翠竹碧绿，瀑布凌空，两岸滴翠，一江碧流，鸳鸯戏水，群猴攀缘，猿声阵阵，饶有野趣，真是幽幽奇景，悠悠自得，游在其中恍若仙境。

快看水帘洞！小的水帘洞已挂满峭壁不计其数，这是一个大的水帘洞。

快看赤壁摩天！一片高达数百米的峭壁，如刀削一般，直插云天，在阳光的照射下，金光闪闪，真是名副其实的赤壁。

快看，快看……满目美景、目不暇接了。

小三峡之美荟萃于此，确有"无限秀美处，最是滴翠峡"之誉。小三峡美丽奇特的峡谷风光，真是绝妙的旅游胜地，真不愧是中华奇观，天下绝景。

看到这些我自然地联想到了家乡，宁武"山水关城"、千年草原、万年冰洞。我猜想千百年前，青山之间一定是美轮美奂、碧波荡漾的水城，两山之上也是奇峰异洞、猿猴栈道的美景。可过了许多年之后，江水变成了小河，景色虽美但与小三峡相比，却犹如小三峡的化石，被完全淹没在历史的长河中了。

老人们常说，好景不长在，好花不常开，这个小三峡真的太值得一游了，它让每个游览过的人，见识了世上绝无仅有的美景。我们的心里同时对导游和旅游公司也泛起了难得的好感。大家各种复杂的心情也被洗涤得一尘不染，完全沉醉在大自然的美好中去了。

同行的有文化的老领导说，游大三峡好比是礼仪，而游小三峡则好比是硬菜，两者缺一不可呀。

惜别小三峡时夜幕已降临，说好四个小时的游览却游了近八个小时，真是恋恋不舍依依惜别。船已掉头驶向重庆，此情此景使我不禁想起了大诗人李白的《峨眉山月歌》："峨眉山月半轮秋，影入平羌江水流。夜发清溪向三峡，思君不见下渝州。"

（五）乐在旅途

离开重庆乘飞机到达成都，没有安排成都的活动，稍事休整后准备下一站九寨沟。从成都到九寨沟路途较远，需要坐九个小时的车，听说九寨沟附近的黄龙正在修建飞机场，我们这趟显然是赶不上了。

又是一天的早晨，七点钟吃过早餐，七点半准备出发。导游换成了成都的一个二十岁出头的女孩，女孩身材修长面容姣好。上车出发前因为大巴师傅迟到了几分钟，女导游即大声训斥且嘴里脏话不断，司机再三解释道歉，大家觉得司机师傅态度诚恳，都安慰可以了，可女导游不依不饶。司机觉得面子上有点难堪，就小声嘟囔了一句，可能是四川骂人的话。没想到就像炸了马蜂窝似的，女导游几乎没有任何前奏，立刻疯了似的扑上去，一边歇斯底里地破口大骂，一边劈头盖脸地一顿拳脚相加，打得司机没有半点招架之力。我们都没反应过来，一瞬间美女变恶狼，男人变小羊，司机鼻青眼肿头破血流趴在了方向盘上。我和老湛几个费了好大力气，才把这位"巾帼女大侠"控制住，可这女导游还不肯罢休，打电话叫人要灭了这个司机。大家一看这女的不是个省油的灯，恐怕要把事情闹大，就连忙报警并联系了旅游公司，这时其他车上的司机也跑过来，帮忙把受伤的司机送往医院。果然，警察和旅游公司的负责人前脚刚到，后脚就有七八个社会小青年，嘴刁香烟敞胸露肉手提家伙往这边赶来，看到有警察就半道上停了下来。可能是警察和了稀泥，也可能是这女孩真有什么背景，或者旅游公司认为女导游是个真正的巾帼女侠，维护了公司利益，也或者还有什么其他隐情，我们都不得而知。反正大巴车换了一位四十多岁的老司机，女大侠依然上车继续担当我们的导游，就这样我们一车人战战兢兢、规规矩矩地坐车上路了。

从成都平原经过绵阳，大巴很快沿着岷江爬上了江边悬崖之上的公路，一边紧贴峭壁，一边是岷江，长途奔波对于旅游者来说是个硬考验，对导游也一样是个考验。

女导游经过一早上的折腾，还真是个惯犯好演员，调整得很快，现在已完全平静下来，脸上恢复了应有的微笑。也就是在这次旅行中我有了一个重大发现，我发现所有微笑着的人都很好看，而所有人发怒时都很难看。看到女导游恢复正常了，我就拿这个重大发现开了个玩笑，还好女导游立马就驴下坡，拿起话筒对早上发生的事情给大家带来的不便表示道歉，同时对自己的失态表示了不好意思。大家嘴上都说没事、理解，可心里却都领教了这个"母夜叉"的厉害，心想谁家招惹上她估计就倒了八辈子的霉了。

接下来，女导游开始介绍沿路的四川人文地理和名胜景点，说实话这是需要导游有丰富扎实的知识积累的。

这女孩显然学习修养不够，靠死记硬背了点不多的景点知识，经不住长途考验，走了不到百里的路程，就把肚里的那点库存抖搂完了。大家的许多提问都接不上，不是反唇相讥就是答非所问，搞得大家也很无趣。车上的气氛也变得越来越沉闷，才走了一个多小时，许多人已开始昏昏欲睡，一个人张嘴哈欠，一车人像接力赛似的紧紧跟上，影响的司机也哈欠连连，还有八个小时的漫漫征程呐。

女导游吆喝说大家别打盹，接下来咱们搞成语接龙游戏吧，大家眼睛半睁半闭应和道好吧，可连一圈也没接下来就哑火了。

觉得有些尴尬，女导游就说，要不我给大家唱首歌吧，大家闭着眼睛少气无力地应着好呀，女导游谦虚地说，唱得不好请大家原谅。我心想唱得再不好也总比说得好吧，就带头领大家一起鼓掌欢迎。还是之前吵架喊破了嗓子，唱了两首歌，哑嗓子破喉咙全部跑调，在大家的互动帮助下，好不容易凑合完。女孩倒是唱得开心尽力，还要继续唱，老湛好说歹说才安抚下来。

看大家昏昏沉沉有些憋闷，老湛说让我给大家讲个故事吧，我也配合老湛答应给大家讲个故事。可一点腹稿准备都没有讲什么呢？老湛人厚道，经常把发生在别人身上的笑料，心甘情愿地安到自己头上，讲出来逗大家开心。于是故伎重演，提醒让我讲他第一次坐飞机的故事，大家一听是讲老湛自己的段子，都饶有兴致地叫起好来。

我说那好，咱就讲我和老湛第一次坐飞机的故事，首先申明属于内部消息不得外传，大家一致表示绝不外传。

说的是大前年我到广州出差，老湛听说后强烈要求跟我一起去，说活了这么大还没有坐过飞机，此前我真不知道老湛竟然没有坐过飞机，于是立马答应带老湛去圆坐飞机的梦。

一路上老湛紧跟着我寸步不离，我做什么他照葫芦画瓢依样而行，飞机起飞后不久，空姐推着饮品车开始服务。看着空姐给乘客提供饮品，老站舔着干涩的上嘴唇，悄悄地安顿我说咱们啥也不喝！饮品车到了我们坐的这一排，美丽的空姐笑盈盈地问道："请问先生，需要什么饮料？"我选了一杯茶水，老湛却头摇得像拨浪鼓，连连摆手说不要不要！空姐没见过这么夸张的，不要不要吧又不是强迫，摇摇头依然礼貌有加地微笑着说道："何时需要再为您服务。"

等空姐走远，老湛严肃地数落道，说好不喝饮料的，我口干舌燥得快要冒火了也不要，你倒好还要了茶？我不明白老湛怎么这么奇怪，我说白给的饮料为什么不喝呢？老湛眼瞪得像牛铃铛似的："啥？白给的？"说着伸手在我额头上一摸，"你没发烧就说胡话了吧？火车上的饮料就够贵了，这是坐飞机呀老弟！"老湛把语气加得重重的一字一顿地说道。

看他的神色听他这么一说，我全明白了，原来老湛以为在飞机上的饮品是要花大价钱的。也怪我，老湛第一次坐飞机，忘了告诉他飞机上的饮品餐食都已包含在机票中了，不再另外收费。老湛听我解释完嘴里小声念叨道："我说怎么每个人都要，有的人还要好几种呢，你怎么不早说，我快要渴死了。"他问我还能要吗？我说可以呀，说完我正要按头顶的呼叫灯，老湛却把手高高地举起，大声喊道："报告！"这一喊不仅把我吓了一跳，飞机上几乎所有的乘客都被吓到了，当然空姐也在第一时间听到了老湛的喊声，马上走过来问情况，老湛坚定地说道我要喝水！空姐问需要哪一种？我们有咖啡、茶水、可乐、雪碧。老湛说各来一瓶！空姐把饮品车推到老湛座位前，老湛一口气将所要的饮品，全部灌入肚中，把一飞机的人看得目瞪口呆。

老湛连打三个嗝，喘了一口气，说了声快渴死了，然后要站起来，一伸腰安全带绑着，没站起来，顺势弯腰向空姐鞠了一躬，重重地说了声："谢谢！"把飞机上所有的人都逗得笑成了一片。

说到这里时，车上的人也早已笑得人仰马翻，车里的阴霾气氛已一扫而光，重新变得阳光明媚。大家的笑刚刚停下来，老湛就装着委屈的样子说道，第一次坐飞机谁不是这样！引得大家又笑了起来。同车的老范直呼过瘾吆喝再讲一个，大家也立马附和起来。老湛忙说还没讲完呢，催促我把接下来的也讲讲。大家惊奇道，哦，后面还有？我笑着说是没讲完呢，不过已经中午十二点多了，咱们吃过午饭再讲好不好？大家刚才顾着乐了，不知不觉已到了中午的饭点了，导游也笑着说，前面就到休息区了，在那里吃过午饭我们下午再接着听好不好。哈哈，真是我和导游翻了个，我替她干活了。

我们走的是到九寨沟的东线，休息区在路过江由市区的边上，是个大型的长途车服务区，里面各项服务设施功能都很完备。到了休息区，其他车上的人，看到我们个个精神抖擞、兴高采烈地从车上下来有些不解，悄悄并关切地问你们还好吧？那意思是担心我们和一"母大虫"待在一起，非但安然无恙还喜笑颜开？真的假的？

午饭安排在服务区的餐厅，餐厅很大，一开上百桌，十人一桌，饭菜很丰盛，大家吃得很饱，吃完饭稍事休息活动后继续上车赶路。

车刚刚离开服务区还没有驶入国道，大伙就催促着继续往下讲，我说忘记讲到哪里了，老湛说讲到喝完饮料了，大家说对对，就是讲到那儿了，催促道喝完饮料怎么了？我一看大家的兴致还在，刚才吃饭的时候还惦记着，于是就接着上午的故事继续讲。

喝完饮料过了一会儿，老湛坐在座位上就开始扭来扭去焦躁起来，我正眯着眼睛打盹儿，老湛悄悄地问我飞机快到站呀不？我晕，刚起飞可早呢。老湛在座位上扭了一会儿，又用胳膊肘碰了我一下，到服务区停一下不？我说老兄这是飞机是在天上飞，不是汽车，哪来的服务区啊？说完猛地惊醒，老湛平时一上午上六七次卫生间，刚才喝了那么多饮料，估计是尿憋不住了。就问老湛是不是尿憋不住了要上厕所？老湛忙摇着头说不是不是，我扭头一看老湛满头大汗上衣也快湿透了，忙催促道赶快上厕所去呀，老湛皱着眉头小声问我飞机上没厕所吧？哎，这第一次坐飞机不明白的事儿还挺多。于是我赶紧伸手解开老湛腰上的安全带扣，又按了呼叫器，空姐立即飘然而至。请问有什么需要？我指着老湛说不好意思，麻烦请带这位先生上一下厕所，并解释说他农村来的，第一次坐飞机找不到厕所，空姐微笑着说没有问题。老湛立即站起身子猫着腰夹着腿，跟着空姐上厕所去了。半个小时过去了，老湛还没出来，我心想老湛这泡尿真憋出水平来了，不会把水箱给憋破了吧？正在纳闷狐疑时，忽然在飞机后舱卫生间门口，老湛哈哈大笑起来，一飞机的人以为发生了什么大事，都回过头惊诧地看着老湛，老湛郑重其事地大声说道，今天我可知道天上下雨是怎么回事儿了！

飞机上立即沉静了数秒钟，然后大家迸发似的哄堂大笑起来。

讲到这，车上的人一刹那也真是笑喷啦，这一路走一路笑，9个多小时的路途，在欢声笑语中不知不觉地度过。傍晚时分大巴到了九寨沟，我们这一车人依然兴高采烈地下了车，后面的那几辆车上的人，全部困乏得东倒西歪如同一摊烂泥。

（六）九寨神奇

九寨沟景区终于到了。说是四川境内，却处在青藏高原的东部边缘，隶属于四川阿坝藏族羌族自治州。东北隔一座大雪山与甘肃岷县交界，是当年红军"三军过后尽开颜"经过的地方，西南与红军长征经过的草地松潘县接壤。这个景区是深藏大山沟里、密林深处的世外桃源，如果不是政府投入巨资开发，它完全隐匿于尘世之外，仅有当地的藏民或林区的个别护林人员偶然涉足。后经过多年投资开发，才使这颗与世隔绝了许久的璀璨明珠揭开了神秘面纱，展现在世人面前。

九寨沟景区是国家AAAAA级旅游景区，这是迄今为止我们所见到的国内规划布局以及综合管理最科学合理的景区。

景区采取全封闭式管理，所有的酒店、饭馆、停车场等设施全部建在景区之外，我们到达后当晚就食宿在那里。进入景区，每人发给一张有个人身份信息的门票。这张门票是一张景区内的通行证，制作成挂牌挂在脖子上，使用起来很方便。景区内没有外面的车辆，只有景区里的全电动公交车，凭通行证即可在各个公交站乘车。景区里还设有饮水供应点，凭通行证每次可领到一瓶九寨沟的矿泉水，喝完用空瓶可换。景区里也有一些固定的商店，里面有常用的商品，都是景区统一经营的，若有需要，质量可靠价格合理。所有这些，都给人以温馨、舒适、安全、大气的感觉。

第二天游客被分成若干批次进入景区，每人凭通行证领到一个耳麦，不管走到哪里，都可清晰地听到领队的召唤和导游的介绍。

当地导游介绍景点时，自信满满特别自豪，说这里山奇、树奇、石奇、水奇，被誉为世界之奇。

说水奇，确实五颜六色的地质地貌，将清澈的流水染成了色彩斑斓、形象各异的团泊并连接在一起，如同绘画世界里的水彩盒一般。其实从踏入景区的刹那，大家的眼球就被牢牢地吸引住了，大家就像着了魔似的沉浸其中不能自拔。游客们根据导游的建议，都穿上了花花绿绿的民族服装，尤其是女游客，穿上藏族姑娘的藏裙就像花儿一般。真是三分容貌七分打扮，平时对自己不甚自信的女士，也如整容一般变得美好，那些原来就姿色靓丽的就更可想而知了。

女子们穿梭于七彩水泊间和各色美艳的山花融为一体，搞得人眼花缭乱，不知是身处在花花绿绿五彩缤纷的图画里，还是山水花草蝴蝶纷飞的人世间。

九寨沟奇特的地貌和落差，形成了形形色色、大大小小的微型瀑布群，星罗棋布。就像将世界上著名的维多利亚瀑布、亚马孙瀑布、黄果树瀑布、德天瀑布等诸多的瀑布缩小并汇集于此沟中。如

我在九寨沟留影

果说沟里色彩斑斓的水泊让人流连忘返，而这些挂满山峦的瀑布，带来的神奇美景更让人永久赞叹。

我携带的是当时还算先进的日本富士全自动相机，使用的也是配套富士彩色胶卷。照相设备先进，景色祥和宜人，大家心情愉悦，造型新颖别致，捕捉最美瞬间成功，一路走一路笑，一路拍照留影，大家收获满满开心惬意。同行的有位姐姐，平时近距离接触竟不识庐山真面目，洗出照片来就像发现美洲一样，发现这个小姐姐原来是活脱脱的大美女一个。

这么美的风景，这么难得的机会，给大家照了这么多，可自己就没有一张照片，想想也满是遗憾的。老湛发现了这个问题就说，你教教哥哥怎么操作这个机器，你要不嫌弃哥哥给你照一张。也难为了老湛在几分钟速成培训后，拿起相机脸皱成一团，像端着步枪瞄准射击一般，用颤抖的手按下快门给我拍了一张。虽然画面里的主要人物大家全不认识，但我俩知道照片靠边上，那一团像树像雾又像人的就是我，这也成了我曾去过九寨沟的唯一凭证。

说到树奇石奇，我感到恍若回到我的家乡芦芽山山谷里，一切是那种熟悉和亲切的感觉。至于说山奇，九寨沟的山虽然高大陡峭，可要和我家乡的山比起来缺少了神奇，差的还不少，若和泰山、华山、黄山比起来，则更无可比性，所以就略过不提。

九寨沟特有的藏族民歌是《神奇的九寨》《美丽的高原红》，歌手容中尔甲用他那特有的嗓音和对家乡的深情，唱出了优美动听的歌声，伴随了我们整个行程，一直萦绕在我们每个人的心头经久不息。

在九寨沟住了两晚，游了一个白天，第三天我们离开九寨沟从西线返回成都，顺道游览了另一个景区黄龙。黄龙的特色是梯田式七彩水泊，从盘山公路边儿望去，就像秋天层层叠叠的油画，梯田里红的高粱、黄的麦子、绿的油菜等各色庄稼丰收在望。导游介绍说这个季节今年少雨，所以黄龙的梯田式彩景范围不大，就走马观花似的路过了。导游指着不远处的工地，说黄龙景区正在修建民航机场，等机场投用后，可从北京、成都乘飞机直达，到时候来九寨沟就方便了。好意归好意，以后来九寨沟的游人，会不会因为交通方便，而失去对九寨沟的神秘和向往？因为少了九小时路途的艰辛，对易得的幸福还会不会珍惜？到那时候，那份好意会不会受到好评呢？

（七）别了都江堰

都江堰是这次出行计划的最后一站，也是游览的最后一个选项。

上小学时，老师讲中华民族勤劳勇敢富有创造性时，就讲到李冰父子兴修水利建造都江堰的故事，都江堰使成都平原成为风调雨顺的人间天府之国。从九寨沟往回返的车速很快，用时比去时要短，想着回到成都前即可见识到标志着中国古人智慧的杰作都江堰，心里泛起了对民族文化的自信，为生在这样一个古老而伟大的

我在都江堰景区门前

民族和国度感到自豪。

等车开到都江堰景区门前时，一个大大的牌子张贴着告示，立在了极其显眼的位置上。牌子上告知，由于"非典"疫情蔓延，接上级通知，景区不接待广东、北京、山西以及内蒙古等地的游客。

两辆车上游过都江堰的人，改乘另一辆直接返回成都去了。

我们这一车都是慕名而来看都江堰的"文化人"，大家下车就吃了一个闭门羹。一看这个《通知》心凉了半截，我和老湛上前去交涉询问，是不让疑似"非典"者进入，还是不让这四个省市的人进入？本来我们也是问问了事，没想到景区工作人员态度蛮横，头也不抬，不耐烦地说："没长眼嘛，牌子上不都写上了吗？"

可能是这些天碰到打麻烦的游客多，心情烦躁，一张嘴就是火药。正好遇上我和老湛都是一点就着的火暴脾气，与工作人员立马怨怼争执起来。

随后赶到的涉及这四个省的游客也迅速加入进来，人越来越多。起初就我们几个人争吵时，对方人数也不少，属于势均力敌，随着游客队伍的迅速壮大，力量完全失衡。我发现许多人出门讲普通话，只用作官方简单用语，争吵时用普通话，就很难准确快速有效地表达自己的愤怒，于是全部变成了只有自己和同乡明白，而他人完全听不懂的家乡母语，那真是百鸟争鸣啊。

景区工作人员一看情形不对，立即转变态度赔起了不是，并请示领导汇报情况。领导很快有了回复，今天情况特殊，特事特办，不仅放行参观，还免了门票。这哪跟哪儿，你放行就放行，谁稀罕你那点门票钱？大家经这几个小时的折腾，游性荡然无存，除了少

数几个人进入景区享受免费游览，我们一大伙绕过景区返回成都，与都江堰擦肩而过，失去了一睹都江堰风采的机会。

以后我想起这段经历感慨万分，只为争一口气而错过了诸多人生梦想，究竟值还是不值呢？

就这样匆忙地结束了最后的旅程，我们踏上了回家的路。从成都乘飞机回太原，不到两小时的行程，从踏入成都双流机场开始，我们又开始接受最严格的检查。机场外围被隔离为只容一人通行的通道，机场工作人员全部白衣白帽白口罩，真不知哪些是医务人员，哪些是工作人员。因为出行的人早已限制，所以机场的乘客稀稀拉拉并不多，行李消完毒，工作人员开始对我们进行抽检填表格，有无咳嗽和心痛症状等，项目很多。

平时我和老湛有慢性鼻咽炎，时不时地咳嗽已成为习惯，出来的这些天，我们早备了大量的抗病毒抗感冒药，每天按时服用。电视里新闻全天都在报，这里发现几个咳嗽发烧的疑似"非典"被隔离，那里又发现了几个被紧急送往医院救治，吓得我俩几天也没咳嗽过一声，真是神奇，竟然不治而愈。

经过层层关卡，终于离开成都机场，机场工作人员像送瘟神似的把我们送上了飞机。

在太原机场降落后的阵势，比成都更有过之而无不及。从下飞机到走出候机楼，就如同经过若干道封锁线一般。当第一眼看到来接我们的司机，眼睛有些湿润，就像见到了久别的亲人。司机说只批准了他一个人来，走前经过医院健康检查确认才得以放行。他说回去后我们都不可以直接回家，需要到指定医院检查身体，确认无恙，再经过层层审批签字发放通行证后，方可送到宿舍小区。各小区门口都有专人把守检查，再由家人出来认领方可回家。

虽然归心似箭，虽然家就在眼前，可为了大家的安全，认真地履行完一切手续，终于回到了久违的家。

踏入家门的一刹那，忽然想起了一段台词：回家难难于上青天，难于上青天呐，家，我终于回来了！

（作于2003年10月）

随笔编

SUIBIBIAN

拆墙有感

忻州公园一角

　　"忻州市区要拆墙！"这一由政府决定演绎成的民间通俗消息，一夜之间传遍市区大街小巷。数载一成不变，习惯了四平八稳的市民，听的看的全是外面他人的"进口大片"，罕见忻州自己有这种新鲜、刺激的"动作片"上演。虽在利民街刚开始热身，正式较量还未登场，就已像平静的湖面激起了千层浪，拆墙透绿，八面来风，丝丝春意沁人心扉，使人感到无比清新、爽快。

墙，是用砖、土、石等物堆积起来起屏障作用的外围。自从盘古开天地、三皇五帝到如今，人类就在不断变着法子、玩着花样，修砌形形色色的墙。小家立栅栏，小城建城墙，国家筑长城，东西德国的柏林墙，南北朝鲜的铁丝网，其目的不外乎排斥他人、保护自我。墙里的人守着自己的小天地，孤芳自赏，自得其乐。当一些不安分者透过墙缝向外瞧时，发现外面的世界原来很精彩，春暖花开，争奇斗艳。多想深深一嗅醉人的芳香，多想走出去开开眼，领略一番外面的风光，但是眼前这堵墙，在保护自我的同时也阻隔了与外界的交往。于是大家不约而同地意识到了一点——拆墙。

忻州有墙，户户铁门铁窗，大小单位高墙林立，大街小巷两旁不是围墙，就是小房，森严壁垒、密不透风，让人很难看到真实模样。

忻州有墙，宽敞的和平大街到了东头，一所破旧院落堵了半条街，于是宽街变窄，无可奈何地拐了个弯……

但忻州人心中的墙，却更坚固更顽强。听声音辨乡亲，外地人来忻州做生意常遭拐骗坑蒙，就连患病就医也被误为"艾滋病"饱受冤枉。至于偶有两三个外国男女赴忻旅游度假，被索要"结婚证"，搞得目瞪口呆，不知所措。吃惯了高粱面鱼鱼、黑猪肉烩菜、酸米汤捞饭，就是生猛海鲜、洋酒面包，也勾不起丝毫食欲，宁愿饿肚，也不用此来补充营养……

拆墙，意义不在于简单地拆去了几堵墙，重要的是开放。是从封闭的牢笼中解放自我，是打破忻州人固有的传统观念，张开双臂，迎接四方宾客来忻投资经商，旅游观光。

新建的忻州公园一角

　　忻州市区在拆墙，当这一消息传遍四面八方时，我相信，忻州的经济一定会插上腾飞的翅膀，在无边界的空间里自由地翱翔。

（作于2004年夏至日）

爱的感觉

　　有人说被爱的感受真好！寒流来袭的时候它像阵阵暖风包围在你的左右让你忘却那是冬季，当酷暑降临的时候它像缕缕春风吹拂着你的肌肤让你浑身凉爽舒适。

春天来了，院子里花儿盛开

　　可我说被爱的感觉并不好，给予的不一定是需要的，而需要的往往是自己追求的，被爱里有不愿接受的无奈和歉意。它不足以使人心安理得，忘乎所以而飘飘然，有的是一份凝重和责任。当被爱团团围着的时候感受并不轻松自在，放弃不是解脱，有时是一种伤害，而接受却是负担，有一种不劳而获之感。当她深情地问："你爱我吗？"我无法面对，只能含糊地应到："这还用问吗！"没有凝结劳动，因而失去了应有的价值，自然地被压上了道德这个沉重的砝码。

可有爱的感觉就不同了，尽管冰天雪地，但它是冬天完善的象征，珠穆朗玛峰不冷吗？无数攀登者前赴后继追求的就是这种感觉。那赤日炎炎似火烧的日子，正是太阳最直接、最无私的袒露。我推崇有爱的境界，有了爱，心中永远升腾着一个不落的太阳，那是理想、追求和希望。为爱活着，一生充满了憧憬和浪漫。我的爱是我的初恋，不知何时，她进入了我的心间，心间地方不大，只能容得下一个她，从此这个位置再没有发生变化。她的音容笑貌，哪怕一个微细的动作都深深印入脑海，我知道那是爱的感觉。尽管当时相隔一方，不能朝夕厮守、并肩摩挲，可因为有了她，世界变得绚丽多彩、精美如画。十余年前的这一天，她忽然变得冷漠，同时传递出一些暗示，我像遭受了一次意外的风霜侵袭，心中隐隐作痛，似绳绞刀剐。很长一段日子里，我像一只断了线的风筝，痛苦地随风漂泊。坐在家乡的水库边，失神地望着宽敞深邃的水面，独自彷徨、迷惘。我曾作践过、放纵过，可有一天忽然明白了，爱在心中，我并没有失去什么。迷失自我是因为爱得还不够纯洁，有过多的贪婪和欲望。因为我所爱者是理想化了的完美形象，如果把她庸俗地放回到现实中，失去应有的光芒，那将是如何残忍和冷酷。

于是，当我毅然地将珍藏数年的照片寄还给她的时候，我彻底摆脱了痛苦的禁锢，重新找回了心中已装满真爱的自我。我知道今生今世，在我的精神世界里再也不会离开她，她将伴我左右，直到同生命的火花一起熄灭，这是爱的真谛和升华。

此后漫漫十余年的岁月里，我经历过无数艰辛、苦难、失意和挫折。孑身一人远赴东北谋生计，在寒冷的冬季，能够以单薄的衣服抵御严寒和孤单的，是脑海里不断浮现着面带微笑、含情脉脉的她。在坎途中奋争，遭受了各种际遇，几次想退却，可一想到她又鼓起勇气，咬咬牙坚持站立起来，继续艰难前行。

生命里所有甜蜜的美好的梦都属于她，在梦中毫无拘束地热烈地追逐着她，紧紧握住她纤巧的手跑呀跑、飞呀飞，幸福的感觉无法用语言表达。有多少次梦中，幻想着大地震来临，我全然不顾眼前的众生，发疯似地在废墟中寻找，痛苦地呼喊着她的名字。又有多少次梦中，恐惧从背后袭来，我背负她拼命狂奔，可怎么也摆不脱。于是我用身体护着她，和恐惧进行殊死搏杀……

当阳光照在脸上，将我一次次从梦境中唤醒，我是那么不情愿，多想永远活在梦中，拥有她、呵护她，那该有多满足啊！

我和她生活在同一座小城里，一年中总能有几次邂逅。每次遇见，她那嵌了迷人酒窝的脸上露出的微笑总会让我怦然心跳，紧张得手心出汗，没有多少言语，哪怕只有短短的一瞬，也是摄魂般的感觉。

我曾利用职业之便，偷偷地造访过她的家，看着她所拥有的事业有成、关心她、爱护她的丈夫和温馨的家，我惭愧、自卑，同时为她庆幸，当初她的选择是那么聪明理智。幸亏没有选择我，否则我所经历的诸多苦难，让她和我一起分担，我该有多么自私啊。我愿心中的女神，没有丝毫烦恼和苦痛，愿不幸远离她。让她像天宫里的仙子永远年轻、美丽、幸福地生活。我要一如既往地在精神世界里爱她、敬她，直至生命的终结。

（作于1993年春）

麻将人生

    麻将是百分之百的国粹，起源于中国，发扬于中国，没有主权之争。

    相传这麻将起源久远，可追溯到商周之前，原是皇帝和王公贵族的游戏。在长期的历史演变过程中，逐步从宫廷走向民间，到清朝中叶基本定型。也有一种说法，盛行于山东一带，说麻将108张牌代表水泊梁山一百单八将，东南西北代表好汉来自各地，红绿白代表有贵族、贫民、绿林之意。

    不管怎样的传说，麻将到了现代，迎来了其

发展史上的鼎盛期，其普及性达到空前绝后的地步。有人调侃说"十亿人民八亿赌，剩下两亿当替补"。小孩一生下来数数从一条一饼开始，识字从红、绿、白开始，可能有些夸张，但日常生活中的诸多笑话却取材于麻将。说的是一地级市党校已被免职校长的段子。张校长爱打麻将，常常一玩一个通宵达旦，收场时到了第二天上班时间，正巧市委开会，张校长刚落座便打起盹来。主持人点名，点到了张校长，旁边有人推了他一把说："张校长，叫你呢。"张校长立即站起来，大声回应："碰！"此类笑话很多，不一一列举。

我刚参加工作时，分配到公安派出所。那时麻将还未流行普及，派出所有一副旧麻将，牌不全补了两块。派出所临近政府家属院，周末几位领导过来休闲玩几把，用扑克牌记账带些赢头，谁输了，谁出钱买几个饼子作为大家的干粮。有时候人不全，三缺一时，叫我上去临时补缺，这样我也学会了打牌。许是入门时学的就是替补，我这打麻将始终就没有突破顶替的境界，尤其在打麻将普及、赌博成风时。我一是玩兴不足，二是囊中羞涩，赢起输不起，始终少有赌兴，缺乏赌胆，而渐渐淡出江湖。

这些年，经历颇多，对人生感悟不少，发现这打麻将里凝结着诸多人生规则，是值得赞许和颂扬的。首先是只有早到，没有迟到，更不会有不讲理由随意不到的。早上碰头便计划晚上的牌局："老张，晚上有空吗？""有，有！"麻友们都心有灵犀一点通，"叫上那两个，七点老地方见！""好好！"这种通知是麻友们司空见惯的，比电影里特务对暗号接头要简单有效。特务们如果接到这么个任务，估计十有八九找不着北。往往不到六点半，三个人就会提前到达指定地点，烧水、备牌、搬桌子，三五分钟的光景，准备妥当。老李便急着打电话催老张："干什么呢，这么慢？快点，就差你了！"口气很硬，也用不着拐弯抹角。那老张忙应着："快了快了，马上马上！"说话间门铃一响，到了。老张一进门便道歉："哥几个，对不起，让你们久等了。"其实离七点还有十分钟的时间，不像我们到单位上班，说八点，八点五分到的绝对是先进，迟半个小时四十分钟的属于正常。有个别领导级人物，这天来不来真没个准。

麻将开始，老张问怎么玩，老李说老规矩，大家齐声应好。老规矩是什么内容，不外乎玩四大圈，转完结束，不会没完没了地玩下去。再就是一和多少钱，当然开局前问规矩，也属老规矩范畴。绝不像我们当地的修鞋匠，听你口音是外地人，你不问价，他便狠宰你。这玩麻将各玩各的，成和不成和不会怨别人，更不会像打扑克牌那样，自家出错牌老怨对家。不成和只会怨自己手气不好，吹吹指头，用劲摔一摔，自嘲："这手今天怎么了，这么臭！"一局结束，调调风头换换地方，极其公平。换了地方，手气亦然，则更加释然，点一支香烟念叨到："和不顺，拿烟熏。"如果手气转香，则精神骤抖，嘴里哼个小曲："妹妹你坐船头，哥哥我岸上走……"

洗牌、垒牌也极为和谐。一般垒得快的，要帮垒得慢的垒几组牌，社会上互帮互助的精神在此体现得淋漓尽致。有谁不小心碰掉一张牌，大家会不约而同地猫腰到桌下寻找，仿佛个个都是活雷锋似的。不知几位离开麻将桌走到大街上，看见一位老大娘摔倒在街头，那雷锋的精气神还有没有？恐怕多数情况会视而不见。怎么这样呢？难道雷锋魂离开人间上了麻将桌不成？

四圈结束，不管输赢，今天的玩牌就此收兵。往往赢了钱的要张罗请客，少有赢了钱就扭头溜掉的。真有这样的人，玩上几次大家都不会再叫他，自然被淘汰出局，所谓"物以类聚，人以群分"，在麻将桌上体现得最真实。虽然大多数人在一起玩牌纯属消遣娱乐，可长此以往，渐渐形成了相对固定的交往圈。所谓"鱼有鱼塘，龙有龙潭"。寻常百姓茶余饭后，聚在街头巷尾的麻将馆里玩玩小麻将，50元一锅，1、2元一和，公安别有事没事前去惊扰，即使清查一次，也没多少收获。平民百姓能用麻将聚集在一起，非常符合社会稳定的精神，否则乱说乱道、乱跑乱跳、无事生非，于社会和谐十分不利。

也有一些官员们聚在一起，休闲娱乐在其次，主要目的是联络感情，围个小圈子办事有照应，遇事有呼应。钱对大家来说仅是个概念，为了省脑筋，好算账，则100元起价，我想也许还有拒平民于千里之外的意思。我曾见过一位特别喜欢攀高结贵的中年人，人家几个地位相当的领导周末聚在一起玩几圈麻将，他也硬着头皮参与，一来二去，经济上支撑不了，慢慢地再不参与。

还有一类即商人与官员，人数极少且玩的场所极隐蔽，玩得也极有意思。官员们手气极好，商人们几乎不成和，偶然成一次也是个小和。我知道这就是典型的官场、商场、麻将场上的潜规则，比之赤裸裸地送钱要"体面"得多，大家彼此是"朋友"关系，输赢皆在情理之中。但自以为高明，打法律的擦边球，听说破获了许多起腐败案件，就是麻将场上完成收受贿赂的。大凡出事，定是用潜规则突破了规则，干起了无规则的游戏。

麻将这种人生游戏的玩法，各是各的圈子，各有各的规矩，遵循这种规则就构成了基本的和谐框架。假若出现龙入鱼塘，鱼跃龙门，偶尔反串一下，体验一下不一般的生活，作为生活的调味还不要紧。但若完全打乱这种结构，鱼龙混杂、浑水摸鱼，你怨我恨起来，世界立马就是一片混浊，届时龙没有龙形，鱼没有鱼样，岂不很惨？据此，还是天上玩天上的，人间过人间的，个别不安分者做做下凡、上天的美梦，也不失一片祥和的景象呀。

（作于2009年6月）

男人四十

"男人四十一枝花"，对着镜子凝视自己，额头凹陷、双目无光，眼角爬满鱼尾纹。曾经光洁的皮肤已去光泽，面容粗糙憔悴，怎么也体会不出一枝花的感觉和自信。

我问过一位年轻女孩，对四十岁的男人怎么看待。女孩眼睛瞬时发亮，脸颊泛出红晕，颇带着羞涩地娓娓说道："嗯，怎么说呢，反正这个年龄段的男人事业有成，有钱，有地位，然后有经历，做事稳，会关心人，有责任感。总之，有气质、有风度，挺迷人的那样。"看那神情，这四十岁男人果如鲜花，令女孩神往，大有"花开堪折直须折，莫待无花空折枝"的态势。

诚然，男人四十应是收获的季节，经过二十岁的骚动，三十岁的个性张扬、激情燃烧，四十岁的时候事业有成，内心成熟，做人处世有资本选择目标和方向了。

我这一拨人，有不少人担任了县委书记、县长，也有不少是企业的厂长、经理、董事长。按四十男人在女人心里、眼里的要求和标准，他们确实地位显赫，事业如日中天，是精品、极品、好汉、英雄。不仅吸引着女性的眼球，也令庶民百姓敬仰、畏惧。

我之四十，依旧一头雾水。说到事业，从三十岁开始这十年时间也在努力，也在奋斗。早上起得比鸡早，晚上睡得比驴迟，"做工作没明没夜从无人夸，到头来只能惹一身闲话，有功劳是领导的绝活，有麻烦代人受过，呆头呆脑像个木瓜。有好处从无人牵挂，有灾病关心的只有妻儿和咱老爸老妈。"这是十年辛酸的典型写照。人家集资盖房，一听集资款额头上冒汗，不能承认囊中羞涩，只能嫌地理位置不好悄悄作罢。妻子贤惠安慰说："有个住处就行了，不求拥有，但求安稳。"每当那时，心里怎么也无法平衡。

干部提拔了一批又一批，自己被考察了一次又一次，可次次榜上无名，也算经见得多了，知晓了其中的猫腻。一些过来者好心支着儿："不跑不送原地不动。你死脑筋该跑跑、活动活动呀。"可那得有路费呀，难道我真蠢为榆木？一文钱难倒英雄汉，英雄气短、金钱情长。

动动脑子搞些钱吧，家里缺钱的地方太多了，"利用职务之便，以权谋私"是一条渠道，可自己的职务无权可依，也就能跟在领导屁股后面蹭口饭而已。"不择手段，坑、蒙、拐、骗"也是一条渠道，可专业不对口，业务极其生疏，迄今为止积累下一些经验，全是被人坑、蒙、拐、骗的受害记录。再怎么办？"风高月黑，打家劫舍"也太离谱了，就是想发财想疯了也不至于如此吧。脑子动尽、办法想尽，也就一条华山绝道"赚不下，省些吧"。

在这忙忙碌碌、茫茫然然、心烦意乱的十年间，积蓄下一身疾病。我常调侃男人四十，像汽车跑了四十万公里，毛病多着呢。

再看同是四十的诸多同龄，或下岗生活无以着落，扯个布条相约在政府门前静坐、讨生活费；或债务缠身，东躲西藏，过着流浪汉的生活；或为了成年子女上学，赡养年迈父母，早出晚归暴晒街头摆地摊子，整天提心吊胆，躲避城管执法。当然，还有更惨者，令人不忍赘述。

终于也任了个副县团职务，也激起了少数人的嫉妒羡慕，内心也有过一丝安慰，可很快被无尽的空虚掩埋了。四十岁了，戴了顶虚幻的乌纱，在这收获的季节，究竟收获了些啥？不少人认为，当了官、掌了权、有了钱，一辈子就值了。可真正具备了这些时，人为何反倒更加空虚？原来包二奶、赌博、吸毒都是一种发泄。

人其实内心最大的追求是事业。衣食温饱仅是最低生活需要，吃喝嫖赌也只能算作最低生理需求，而只有事业才是男人的所有。

女孩青春浪漫，追求现实享受，二十岁的小子一无所有；三十岁的后生，养家糊口太过辛苦；四十岁才算作男人，车子、票子、房子，知识、阅历、地位都已成型。"郎才女貌"，四十岁的男人二十岁的女郎，各取所需资源共享，多么浪漫、多么理想。

但正像女孩读不懂四十岁男人那样，四十岁的男人身上挑着沉重的负担。能有这样的收获，妻子用十几、二十年的无私付出，青春耗尽变成了黄脸婆。父母年迈需要赡养，儿女长大需要培养，兄弟姐妹都需要帮助，任务很多不可逃避呀。

我和妻子在新加坡留影

责任，需要继续努力，不能满足现状而停下脚步。

恩情，需要用心体味，不能停留在口头，而应以实际行动报答。

所有这一切，需要四十岁的男儿摒弃幻想、抵制诱惑，承担起必须承担的责任。千万不要真把自己当成一枝花，忘乎所以随风招展。妻子曾经也是一枝花，为了滋润丈夫，花开花落凋谢成泥，你那颗青涩的种子，才有了生根发芽绽放开花的土壤。

四十岁的男子，请保重，继续努力吧！

（作于2002年夏）

理发

今天头发有些扎耳，在卫生间的镜子里照了照，看起来并不长，可我不喜欢留长发，头发稍长些就感觉不舒服，扎耳是理发前的征兆。

我理发的间隔一般二十天左右，其实距上次理发还不到半个月，只是那次理发太过随意。不是常去的理发店，也不是熟悉的理发师，甚至还算不上一个理发店。一条偏僻小街旁，临时搭建

的低矮的违章建筑，只有半间大，里边勉强可以容得下三个人回转。除了刚粉刷过的白墙上挂了一面镜子和地上放着的一张旧木椅外，再没有其他物品。

小屋外的玻璃上贴了个"理"字，另一个"发"字放在木椅上还未贴上，一个十八九岁的小伙子，一个人正忙里忙外地收拾着。我本来是要到一家熟悉的发屋去理发的，路过小屋时，被小伙子兴致勃勃干活的身影吸引，稍稍驻了一下足，就被小伙子敏锐的目光所捕捉到，"叔，您好！""好！""要理发吗？""嗯，啊，你怎么知道的？"我好奇地问。小伙子停下手中的活迎过来，满脸稚气却极自信地说道："我是理发师，我能猜出来。""你，理发师？"我笑道，"这是你的工作室？""是的，叔叔，敢不敢试试我的手艺？"这小伙子也太机灵了，一上来就将了我一军。"来就来。"我是那种一激就上的性子，虽五十岁了依然很"二"。在那张放着"发"的木椅上坐下来，未注意小伙子从哪里拿出个书包，从里面变戏法似的掏出了一堆理发用的工具，开始了他的第一单业务。

在这么简陋的小店里理发，有一种久违的感觉。我依稀记得小时候是父亲给理发的，人小的时候只知道贪玩，不知道爱美，头发长短需不需要理发，要由大人来判断。我小时候的每次理发都是一次痛苦的经历，就像村里杀猪似的几个人摁住手脚，父亲一边理一边哄："我娃是个听话的好孩子，很快就理完了。"等到手脚被放开的一瞬间，我一溜烟似的从大人的视线里消失。渐渐长大后，不再对父亲的理发对抗时，父亲用他那温润的大手，摸摸我的头说道："儿子长大了，爸爸这点手艺不行了，以后去理发馆理吧。"听了父亲的话，我抬眼望着父亲慈祥的脸，心里失落且惆怅。对自己以往的顽劣懊悔不已，自责小时候不懂事伤了父亲的心，尽管也明白父亲的深意。

那次以后，在哥哥的引领下，开始在村里唯一的理发店理发。理发师叫玉堂，好像和我家沾点亲，每次理发哥哥都提醒，叫"玉堂叔"。玉堂叔在我的脑海里印象极好，态度和蔼，对谁都好。我还以为他和村里的人都沾着亲呢。

每年过年前的理发，是家家户户每个人最重要的一件事。"有钱没钱，剃头过年"，这是中华民族传统的习俗。我不清楚在崇洋媚外的今天，有没有过年竟然不理发的炎黄子孙？

从腊月十九开始，玉堂叔的理发店从早到晚门庭若市，屋里屋外挤满了等待理发的人，不少小孩跑出跑进，替大人打探"人多少呢"。

玉堂叔手法娴熟，三下五除二就是一个，不管大人小孩，所有人一样的发型且极有特点，两个发际剃成牛角似的两个尖尖的角。那个时候人们出门少没比较，现在看外国的东西多了，活脱脱非洲丛林里土著部落人的头像。理完发大家如释重负可以过年了，正月里村里人见面，统一的发型十分亲切。我想我们村两千多口人，不管走到全世界哪个地方，不用张口辨别乡音，只要看到头上两个尖尖的角，那出自玉堂叔一人之手的特有发型，就知是我们村的人。

每当想到这，我就倍感自豪。

以后见哥哥们从外面工作回来，留着长长的偏甩头潇洒得意，不再光顾玉堂叔的理发店。我在外面上学，也开始光顾城里的理发馆时，才意识到玉堂叔的手艺太过落伍，经他手打造出来的发型，常常被城里人冠名曰"山汉"。从那时起，我也学哥哥们再没有进过玉堂叔的店。

城里的理发馆当时一律国营店，理发师技术很好，只是服务态度差。顾客进来面无表情，一边理发，一边同其他理发师喋喋不休地交谈着。一会儿国家大事，一会儿张长李短，唾沫飞溅，感觉头上下着小雨，对剪刀下的理发者视若无睹。用指头摁着脑袋生硬地推前推后，推左推右，让人感觉头生疼的。赶上节假日，理发的人多了，大家拿着买好的票排队等候，可总有理发师们的熟人进来随意插队，大伙愤愤地暗暗骂着"走后门"。也就那样的环境，人们在不满中忍受着，期待着这种状况的改变。

过了几年，改革开放了，街头店铺一下子多了起来，理发店亦如雨后春笋。以前的国营理发店换了招牌，私人承包了，大家理发极其方便。理发师还是国营店里原来的那几个师傅，各开各的店，态度却发生了180度大转弯，面带笑容也开始征求顾客意见，理完后还有问问满意不满意之类的话，让人心里很舒服。

记不起从哪年开始，温州理发店忽如一夜春风来。理发店里的内容一下子也繁荣起来，不再是单一的推头、刮脸、剃胡子。理发工具也不是传统意义上的推子了，代之以电工工具袋一样，里面有各式各样的工具。什么干洗、漂发、染发、按摩、护理，五花八门，里面不仅有把头发染成五颜六色像孔雀尾巴色彩斑斓的年轻发师，还有打扮得花花绿绿性感妖冶、说话嗲声嗲气的按摩女郎。这形形色色的发屋，演变成一个个内容复杂的"小社会"，对传统理发店绝对是个颠覆。揣着各自心思的男人们，把半月二十天乃至一个月才光顾一次的习惯改了，隔三岔五地溜入发屋"洗头"，满世界反倒找不见一家单纯的理发店。

事物发展的规律往往就像海浪与沙滩，海浪一波消退一波又起，当新涛变成旧浪时，总要露出海滩本来的颜色。这理发的变迁何尝不是这样的规律？与理发毫不沾边的污七八糟的现象终于悄然退场，欣欣向荣的是理发内涵的发掘与升华。美容美发放大了女性唯美爱美的空间，体现出生活的多彩多姿。男性的理发虽与美容勉强沾些边，却始终无法改变男性理发固有的个性。在美发这个绝对阴盛阳衰的世界里，也给男士们留出了一点专业理发的空间。这些年里，我就在一家叫作"微笑男士"的连锁店里成为用卡消费的会员。也有专属的理发师，一次三十元的消费，虽有些贵，可服务专业，水准较高，也就慢慢适应了。

思绪终于返回正在理发的小店，我的发已经理完。小伙子站在我身旁满脸歉意："叔叔，不好意思，小店刚开张，还不具备洗头的条件，您这次就将就一下，下次来就好了。""您看看理得怎么样？" 我站起来照照镜子，里面出现了一个精神抖擞的年轻形象，尽管头发留得长些，可真的很不错，赋予了我一股勃勃的生机。我把三十元钱放在小伙子手里，对小伙子的作品给予了充分认可。可小伙子一下就急了："我绝不要您的钱，我是为您免费服务的。"一边说一边把钱退回我的手里。我再要递回去时，小伙子竟急得流出泪来，"叔，您是我出来创业碰到的第一个好顾客，您能来我的小店就是对我最大的支持。""咱们这样行不行，这次免费，下次您来再付，我定价10元，您看好不好？"我被小伙子的真情感染，眼睛有些湿润，拍了拍小伙子的肩，坚定地说道："好，小伙子，咱们就这么说定了，以后我这个脑袋就交给你了。"说完两个人会心地笑了起来。

（作于2011年春）

男人爱吹牛

　　大凡男人都爱吹牛，我发现这是男人的个性也是共性。为何男人有此特色呢？我想与男人在社会中承担的责任密切相关。就男人之吹牛按其性质分为：胡吹、神吹、雅吹。

　　所谓胡吹，即毫无根据、凭空杜撰地吹，犹如满嘴跑火车，吹得天昏地暗。吹牛的效果仅满足了自己的嘴，听者嗤之以鼻、不屑一顾。我有一同事爱吹牛，一次吹起当年"文化大革命"大串联，他和同学们一路南下到上海到广州。坐火车从车窗往里爬，坐行李架，说到伤心处竟泪流满面。我问"文化大革命"你几岁了？他一听把泪一抹扭头就走。说实在的，开始我以为是真的，可看他年龄和我相仿，"文化大革命"时也就三四岁的样子，显然是在胡吹。有一次他说他老岳父就是《沙漠追匪记》里的解放军连长，我们也信以为真。谁知一次和其岳父见面，问起沙漠追匪的事，老人家一脸茫然，非常歉意地告诉我们，新中国成立后他才参加工作到地方武装部，至今也没见过沙漠的模样，更不用说追匪了。

还有一位同事，吹嘘说他父亲到过印度，说世界上最热的地方就是印度。人们问有多热？他说："把铁锹伸出去，不到5分钟就烧红了。"人们问："那人在哪里站着？"他说："当然在冰崖下。"人说："那么热的天会有冰崖吗？"他说："反正是我父亲亲眼见的。"其实他父亲是一个目不识丁、苦大仇深的老农民，至今还没见过火车呢！身边还有这么一位，一谈起当官就后悔不迭。说1980年市委让他去岢岚县委当组织部部长，他嫌艰苦没去，要是去了现在至少也是个县委书记了。讲到当时的情形，有板有眼好像真的一样，我问他何时入的党，他说1992年，我茫然。

我经常琢磨，这人们为何爱胡吹呢？说起来也就是男人的虚荣心作怪，本来自己本事不大怕被人轻视，胡说几句给自己一个安慰。

对于神吹，我是颇为敬仰的，这里面包含有较高的艺术和技巧。神吹者往往不是普通人，大都有一个堂而皇之的什么家的头衔。神吹的特点是以其一点无限扩大，海阔天空，腾云驾雾，吹的水平高了就是科幻、神化，比如《封神演义》《西游记》。可这神吹，在十几年前尤为泛滥，并失去了先辈们的很多技巧，吹起来虽口若悬河、唾沫星子四溅，可听者却云里雾里、不知所然。

某一经济学家、国之权威，分析2006年钢材市场的走向时，列举了诸多国家不同时期的经济规律，又是什么GDP、GGDP，分析来分析去，一句话钢材市场持续疲软，话音未落，钢材价格一路猛涨。过了几天，此权威又开始分析了，派头亦然，一出场就是某电视台专家论坛，说钢材别看现在走市牛，年底还是看跌，可一年过去，市场仍然坚挺。

还有一位著名的军事专家，因为神吹有名已家喻户晓。做伊拉克战争专题时人们认识了这位专家，也因为离题万里、不着边际，成为人们的笑谈。

更为滑稽的是某电视台经济频道，每周一次的经济人物论坛，邀请一大堆成功人士讲企业的理念、发展和成功奥秘，活脱脱就是典型的一场闹剧。一个个巧舌如簧、能言善辩，所谓绝招全是在忽悠痴迷者。如果你按他们指点的迷津去做，百分之百是失败的。

在经济社会里发横财者可归纳为：已有大钱者好赚钱；有官场背景者，可将权与钱做交易赚钱；有强权者形成黑社会抢钱。你睁大眼睛好好看看靠勤劳有几个暴富的？破坏环境私采滥挖的都有权力参与；涉黑涉黄行业全有公安背景保护伞。你个穷小子想致富，靠机遇老天不会平白无故给你，靠神吹的几位成功人士指点的迷津，你只能去给他们打工也就混口饭吃而已。因为他们绝不敢把真正使他们致富的秘密展现给你。

静雅的茶室

神吹者的作用就是把自己吹得神乎其神，让你神往、发呆，以掩盖他们其实是通过并不高明的手段得来的财富，花天酒地享受罢了。

至于雅吹却大有学问，有一类雅吹者，大多是有学问的文化人。这些人在改革开放初期带给民众思想上的启蒙，帮助大众普及了很多政治理论和时政常识，虽然有很多的偏见和不足，但对中国民智的开启实实在在是起了作用的。但同时，他们以对西方民主人权和价值观的片面理解或者就是一知半解，动不动就以美国为标准对比自己的国家，张口闭口就是美国如何如何好，仿佛不是天堂胜似天堂。我们如何如何不好，仿佛比地狱还要黑暗。若是站在客观公正的立场上说事，还能起到些积极的作用，但他们钟情于对自己的国家横挑鼻子竖挑眼，好的地方选择性色盲，不好的地方无限放大。他们利用自媒体、利用大众对其的信任，登上大雅之堂，不仅让人无法辨别，而且一段时间将大众误导的不知所然。

有一位北京某中学的历史老师，开办网上历史公开课，因为大胆歪曲历史，诋毁英雄，攻击中医成为网红圈粉无数，很多家长不识真假还跟着点赞。

　　还有一位有名的作家媒体人，在武汉抗疫新冠期间，天天写日记，名义上是反映实情，但实际上是根据自己内心倾向，道听途说或者凭空杜撰，来迎合一些人的好奇心，损坏党和政府的形象。

　　见得多了，老百姓慢慢地也有了判断力和辨别力，人们发现这些整天雅吹美化西方的文化人，对西方知之甚少，许多人甚至连国门都没有出过，而反倒是许多出国留学的人，一出国就非常爱国爱党爱家人，真成了咄咄怪事。

　　有位著名主持人说过，有人说我是党和政府的喉舌，每个正常社会都需要喉舌，这样的工作需要有人来做，我选择了这样一个职业。至于那些反面的声音，也会有人去做。如柏杨所说，不为君王唱赞歌，只为苍生说人话，但一定要实事求是啊。

　　还有一类雅吹者，比之那些公知雅吹们却更加隐蔽。这些是由官僚主义和形式主义者组成的庞大的雅吹群，长期蛰伏在各级体制内，其危害更大，也更加难以铲除。中央要建设社会主义新农村，这些官僚主义和形式主义者们，什么工作也没做，仅用白粉子把村里的墙刷了一遍，然后通过电视台报刊网络媒体一报道，马上就把农村雅吹成了新农村。往大里吹新城市、新环境，就缺一个新中国了，好像以前全是旧的。我记得新中国与旧中国的分界，是毛泽东共产党领导的革命胜利后，有别于蒋介石那个中国而起名为新中国的。1949年后，中国就是新中国，山西就是新山西，并且一直就是共产党领导下搞社会主义，怎么一夜之间那些又旧了？也就用白粉子涮了涮墙就变成新农村了？那家家户户过年打扫家，就变成了新居了不成？

大凡有些年龄、有些神志者都清楚，这雅吹的威力无比，是难以辩驳的。好在党中央明察秋毫已祭起照妖镜，锁定妖孽实施精准打击，这帮雅吹者们的好日子不长了。

当然，话又说回来，这吹牛作为一项远古流传至今的专业，按其技巧分还可分为正吹、反吹、直接吹、绕着吹、互相吹，等等。

然综观吹牛之上下五千年，上至朝廷下至黎庶，吹牛有型且更有效。

庶民百姓只配做胡吹，过过嘴瘾无伤大雅；专家学者、成功人士可神吹，腾云驾雾纯属娱乐；但雅吹却是政客的专用，贻害无穷千万要不得呀！

（作于2015年秋）

忘记

　　有那么几年，我酷爱看武侠小说，尤其是金庸的。有文人雅士讥笑我没品位，说武侠小说打打闹闹，神乎其神，胡说八道，那是没文化之人的偏爱，我尴尬地笑笑依然如故。其实，金庸大师的武侠小说之所以畅销、引人入胜，不仅仅是红火热闹，而是不同层次的人有不同层次的看点。小朋友看热闹，年轻人看爱情、看悬念，中年人看历史，下里巴人看英雄侠义。我把自己归于自命不凡的另类，看禅意、看佛法、看道行。

　　有那么一段情节记忆犹新，张无忌赶往武当面对众多魔教人物，师父张三丰现场传授了张无忌一套剑法，让无忌现场演练，每练一次问无忌感悟，无忌答曰忘记了几成，直至最后一次练完，无忌答曰：全忘记了。太师父赞许道："大功成矣。"看到这里，诸多读者茫然，学下的东西全忘了，居然算成了？当年我看到此，也是一样茫然。直到今天经历了诸多事情后，我忽然感悟了，"忘记"是放下的最高修为，这份禅机，也只有修行到一定境界时方可感悟，凡夫俗子，一般之所谓"文人雅士"是无法知其玄机的。

去年年底，我主动辞去原任职务，这次辞职是一次典型的放下。这些年里，带领着一个团队，经过艰难起步到不断跋涉，终于取得了一些成绩。在这个过程中，我一直思考着一些问题，比如如何保障这个企业健康发展。自己在承担巨大责任的同时，也在背负着巨大的包袱。企业是老板的，但同时也是大家的、社会的，自己如何做才能让企业这个"孩子"变成光明正大的社会人，而不是成为少数人的工具。

"拿得起"需要天时、地利、人和，加上个人的努力，背得

动、背得多似乎是彰显个人的能力和自我价值。但是"放得下"就是一种境界，它有着两个方面的选择，一是为了更大的"拿得起"需要放下包袱，轻装前进，是一种客观的必然。不放下小的，无以背起更大的。有不少人因为放不下，而始终无法拿得起，一生失去了诸多发展壮大的机会，而诸多的成功者，正是因为适时地选择了"取舍"。另一种"放得下"则是一种理智，一种修为，无所谓追求。我是属于后一种的。这一种理性的修为，是一种痛苦的心灵历练，它像西天取经一样，心灵经受种种痛苦折磨，九九八十一难的摧残，终究要洗涤干净，放弃一切贪欲。

这种放弃的过程，就是"忘记"的过程。

首先是"利"的放弃。常记起各种各样的方便，花果山上有自产的各类水果，伸手拈来不用花钱；流沙河有诸多码头渡口，过往人等逢年过节都有供奉；高老庄里百亩良田待耕，高大小姐如花似玉、含情脉脉，让人流连忘返。心情稍有不顺，脑海里就浮现出这一切的一切，但好在心中不贪，最终定性不乱。

再说"名"的放下。是时刻低调做人，躲避功名销声匿迹。奋斗了这么多年，不就是为了这点"名"头嘛，挂个这头衔、那"名"号，不就是为了彰显个人价值？社会上对于"好人""坏人"的界限，只是贪名与贪利的区别。贪得无厌多是指"利"，大家眼里都盯着那些"利"，你贪了大家就没了，触犯众怒，就是当然的"坏人"。而追求些名头，一般无伤大雅，尤其是肯舍钱图名的人，很容易赚下"好人"的名头。至于名利都贪的人，就不说了。

好不容易奋斗得有了些名气，有了点地位，一夜之间隐姓埋名，住处搬了，电话关了。过去办点事情一句话，再难再大的事托个人也容易，大不了互相利用。而今隐居一个陌生的城市，大声吆喝了三天，仅引来几多不屑的目光。徘徊街头从早到黑，连一个认识自己的人都没有。排队上车吧，步行买菜吧，生活这么平静，这么平淡？

想想该和那伙弟兄聚了，受人所托找某首长把事办了，该吃个饭了；时常不见领导面该走串走串了，一想起来事这么多？不正是被这名给搅的吗？该忘就忘了吧，不然对比起来，心不净呐。

想想当初，想想当地，人来人往，大家点头哈腰，整天电话不断，还需刻意区分接哪些，不接哪些，一月的话费比一个普通员工的月工资还要高。一天的饭局推掉三个还有两个，而今顿顿饭得自己做，不做就饿肚子，这还像个日子？悟空当年西天路上，动不动就自报："俺乃五百年前大闹天宫的孙大圣！"英雄武松念念不忘的就是："俺乃景阳冈打虎武松也！"看来不仅咱这号人物在乎名，在乎名的人真多了去了。

还有"习惯"的放下。这是比之"名""利"更难的放弃。忘记过去，需要适应一种新的生活，而只有改变旧的"习惯"，才能进入这种生活。过去的成功是一种经验的积累，一种习惯的养成，现在的放下，则需要把这些"本性"的东西消去，这就是张无忌做的"忘记"。

人常说"江山易移，本性难改"。名利尚可作为外来之物，生不带来，死不带去。而本性尽管也有后天的养成，但天性占了七成，把这些都放下，不是要人的命吗？但理性的放下，恰恰就是放弃自己这些顽固的"习惯"。孙大圣放下猴性，在"悟空"上下功夫，老猪放下"猪习"，在"八戒"上做文章，沙僧"别太痴"，在灵活上动脑筋。大家同改习俗，就会一步步向"佛性"靠近。

与人相处的习惯、生活的习惯、做事的习惯等，虽说是要保留好的习惯，改变不好的习惯。可是，但凡大家认为你好的习惯，往往不是自己最好的地方，也可能是自己最不屑的行为。

所有人碰到"顶牛"时，都希望对方改变，自己坚持。而所以选择放弃，就是要放弃自己一直以来的固执和习惯。不要动不动就七十二变化，动不动就奋起千钧棒。请太上老君祭起照妖镜，请道德真君抛出定风丹，请各路神仙帮忙，往往能起到事半功倍的效果。忘掉自己的那一套，比如吸烟戒掉了，记不起曾经吸过烟，也记不起烟的味道；吃肉戒掉了，记不起自己曾经视肉如命，也记不起肉的味道；戒掉工作的老套路，不要遇事就拿出自己曾经惯用的、自以为是的那一套；更不要以自己的做法为标准，去衡量别人的对错。放下自己的，把心胸打开，抛去固有的，学习别人的，不断去学习新知识。

只有不断地忘记，才会有不停地更新，定会有心情的淡然。修炼自己"忘记"的禅道，只有将"有知"修炼为"无知"，将"记得"修炼为"不记得"，才是最好的修为之路。

（作于2012年春）

诗歌编

SHIGEBIAN

秋

这秋太短了

还没等拉开金黄的大幕

就已覆上泛白的披风

酿了一个长长的念头

还没待谱曲成诗

就被这徐徐的微风带走

化成细碎的雨滴

不知洒落何处

耳边滴答的脚步声静了

是谁将云层掰开一道缝

让阳光露出了半边脸

大地恢复了色彩

该红的红了该绿的绿着

远处的原野上

传来悠扬的牧笛声

噢，那正是我心底的秋曲

（作于2020年秋）

花的随想

小时候

花是春的色彩

伸手触摸

偷偷采撷戴在头上

将自己也变成花朵

长大后

花是暗恋的女孩

羞看绯红了脸颊

嗅醉了芳香

心底拓开土壤

期盼花儿怒放

而今呀

花是生活的陪伴

无所谓春夏

心里也不养着她

栀子花白

君子兰结出红黄的花

更有蝴蝶兰的美艳

还有常绿着的吊兰

都是植物们的颜值

有梦人的图画

（作于2020年7月）

栀子花

君子兰

蝴蝶兰

面影

好久没见到你的面影

扳着指头数数日子

犹如在夜里数着星星

我记得那美妙的一瞬

在我的面前出现了你

有如昙花一现的幻影

有如纯洁之美的精灵

在那绝望的忧愁中

在那喧闹的虚幻中

耳畔回响着你温柔的声音

睡梦中又见到你可爱的面影

于是沉溺于你的温柔

还有那精致的面容

噢，这是心动的缘由

也是心静的理由

尽管我不是挺拔的苍松

就只是棵不老的小草

却也敢迎风唱歌随风起舞

不恋江山恋花红

若是天色不动

我幻觉岁月就那样静好

可风云波谲云诡

我傻傻的丢失了神往

丢失了灵感

也丢失了心底最美的浪漫

于是我失落地离开

从背后关上了那扇无奈的门

爱过的痕迹残留心底

回望窗口

顾盼你精妙的面影掠过

装饰我心底的风景

（作于2019年秋）

游泳

游泳爽

三日不游

竟若鱼儿离开水般干涩

游泳好

全身活动

仿佛追赶青春一样若渴

那一池绿水

多像西子湖泛起涟漪细波儿

啊，轻轻一跃

跃入的不是龙潭

是母亲用双臂围成的港湾

不必担心碰到激流和险滩

撒娇淘气尽可把紧绷的胸打开

将烦乱的心扬起风帆

游吧，游吧

远离闹市的嘈杂

呼吸清馨沐浴自然

舍得一身倦怠

化作一条小鱼戏水贪欢

身与心相融

心与神凝成一团

从小溪游入平湖

从平湖游向凤凰涅槃

（作于2009年夏）

芦芽山组词

题芦芽山

自古荣华云中游

滔滔汾河向南流

欲问世间沧桑事

独立芦芽看松稠

题五台山

吾佛久居清凉山

佛法无边天下传

香客蜂拥虔诚至

心事未了终不还

题象品一顶石

三石一品支天锅

八洞神仙煮菌汤

倘若尝得一口鲜

久居此处又何妨

家乡的支锅奇石

马伦草原

雁门关一景

题马仑草原

遥遥天边青草稠

牛羊腾云驾雾走

疑是天庭降牧场

独卧山岗泛绿洲

题情人谷

奇山异水幽径藏

百香争艳竟芬芳

仙女化蝶翩翩舞

深谷处处觅情郎

题雁门关

烽火早熄硝烟休

雄关悠然见春秋

又是一年花好日

喜迎华夏万客游

（作于2000年5月）

梦女孩

我和女儿照

我羡慕梦中的女孩

长发飘逸

多像常青藤

深深植入我心中

时间越久

根茎越深

我嫉妒梦中的女孩

头戴发卡

多像天上虹

紧紧吸住我眼球

纯洁无瑕

不谢花红

我惊奇梦中的女孩

两个酒窝

多像蝴蝶泉

嗅一嗅香气逼人

望一眼摄走我的魂

醇美的酒呀

多么诱人

深深地抿一口

让我陶醉

身随风起

像霭像雾又像云

回眸一笑

给我一个终身梦魇

三十年不醒

几欲拉开厚厚的眼帘

放些光线进来

可帷幔太重

怎么也扯不动

忧忧一瞥

像一道闪电将我击中

广漠的脑际

变得沟壑纵横

贫瘠的心田

刻下深痕

成了一道亮丽的风景

我感叹梦中的女孩

妙曼的身影

占据我所有的梦

却全是幸福的梦境

分点给别的女孩吧

她把嘴角翘成鱼尾纹

我摇摇头笑了

她站得满满

容不出半点空隙

我和女儿照

哪有丝丝可能

我欣慰梦中的女孩

有她相伴

顺境时

做个得意之作给她

不是炫耀

是难抑真情

逆境时

坚持挣扎前行躲她

不是虚荣

是怕她揪心

心中定格于那幅图画

十六岁青涩的照片

我美妙的梦女孩

窗前摆盆兰花花

是她永久的象征

（作于2016年3月）

梦

常常做着同样的梦
形影孤单无人相伴
无人相伴……
四十多岁了
一事无成
甚至没有婚姻
仅有些苦涩的爱情

似曾相识的面容
原来不是我的妻
她早已嫁了人
眼前闪过的倩影
自卑地追随着
期盼有点机会
让我讨好
献出些殷勤……

她们都幸福着
不需要我做些什么

院子里的树叶枯萎

无可奈何地落下

我趴在少时家中的旧厨上

伤心地哭着

痛苦得有些绝望

妈妈站在身旁

用手抚摸我的头

轻轻地叫着

儿啊

有妈妈在，别失望

你要是心痛就放声喊吧

我带着委屈的哭腔
对着颓废的荒山
声嘶力竭地喊起
吓醒了重病的妻
她看我满脸泪痕
问怎么了？

我茫然地告诉她
梦里的生活很凄苦
一片漆黑
没有灯光

没有希望

心中笼罩着凄凉和忧伤

梦里见到的只有她

笑容可掬

知性优雅

向我招手

我陶醉了、陶醉了……

可她不是在等我

一切都是我的幻觉

我总以为她不会幸福

盼望在困难时出现

等候着、等候着

她幸福快乐地飞走

把我死心塌地地抛下

四十多岁了

还没有个家

体弱多病谁人肯嫁

于是我又趴到少时

陈旧的饭厨上哭着

这是一个怎样的梦

为何经常不断地重复着

难道我刚毅的背后

就是梦中的凄苦和脆弱

梦醒时人说我坚强

强壮得像山

亲人和朋友

把我当作支柱

困难时靠我

困惑时想我

习惯了有我的岁月

他们以为我的存在

是上帝对他们的施舍

我像一头不知疲倦的牛

不停地耕耘着

我像一只固执的钟

周而复始地旋转着

又像一支燃烧着的蜡烛

燃尽自身放出光明

他们对我也关心

当能自食其力时

也想让我歇歇脚

他们想让我成为神

却不知我是最平常不过的人

只是有苦苦自己

有甜甜别人

伤痛藏在心里

快乐挂在脸上

多了一份做人的责任

就这样活着太累

一个声音在耳边响起

退缩吧，别再逞强

可有那么多人需要

咬咬牙还得前行

其实我比别人更需要关心

只是碍于面子不敢承认

就这样承受着、忍耐着

做着那个同样的梦……

（作于1997年冬）

芦芽山传奇故事

（一）

　　明末崇祯二年（1629年），大臣孙承祖六十大寿，孙府张灯结彩，宫廷里众多好友前来祝贺。弟弟孙承业刚从边关卸任回来就任兵部侍郎，携全家前来庆贺。国舅周昭和三太子朱由楫也来祝寿。孙承祖容光焕发，十分激动。女儿孙青青正值花季，眉清目秀，亭亭玉立、婀娜多姿，出出进进，帮爹爹照料客人。她看到三太子到来非常高兴，忙迎上去轻声问候。两年轻人同师学艺，青青对三太子素有好感。三太子朱由楫心里也早已爱上了孙青青，两人相见有说不完的话语。

　　正在大家兴高采烈互相寒暄的时候，一位白鬓银须的老者，手里牵着一位十六七岁的女孩，风尘仆仆地走进府来。众人凝视片刻，认出来人竟是当年熹宗皇帝身边的贴身带刀护卫，崇祯皇帝即位前神秘失踪的王新义。

芦芽山景区牌楼

　　王新义的突然出现，引出了一个大案。王新义曾是朱由校的贴身护卫，是三太子及孙青青的武术师傅。早年师从于五台山慧远大师，保护朱家三朝皇帝。在熹宗皇帝临终前，张皇后避开"客魏集团"耳目，成功地将皇位传于朱由检的运作中，王新义自始至终和张皇后密切配合。当年神秘离开皇宫，原来是受朱由校的派遣返回故里执行一项特殊使命。

　　王新义的故里坐落在美丽的芦芽山脚下，距离汾河发源地——雷鸣寺五里的王家山庄。这一年，芦芽山地区忽降百年不遇的大暴雨，三晋母亲河汾河遭遇大水，朝廷拨款修筑的汾河大坝决口，山西万亩良田遭遇水患。为修大坝，宁武府向老百姓强行摊派，索要的大批银两都被府官中饱私囊。大坝决口暴露了官府搞得"豆腐渣"工程的后果，百姓流离失所，群情激愤，围攻宁武府讨要说法。官府为掩盖事实真相，百般抵赖，并通过抓人想把事情压下去。

王新义在大暴雨来临前，救回了几家从陕西、河南等地逃难来的乡亲。传闻陕西、河南等地连年旱灾，官府腐败、民不聊生，不少地方出现了人吃人的情况，陕北地区已有农民起义。

而王新义此次进京，是为着另一件特别重大的事情而来的，这件事与他担负的特殊使命有着极大的关系。他发现近来宁武府总兵姚普派出大批官兵化装成猎人，深入芦芽山腹地，行动非常诡秘。联想到姚普是魏忠贤的绝对嫡系，王新义预感到这里面肯定有着什么重大阴谋。所以，以为民请命的理由来到京城。

（二）

可宫廷里正发生着一场异常激烈的政治斗争。朝廷里"客魏集团"执掌朝政，爪牙遍布各个部门，魏忠贤兼任东厂首领，朝中大臣稍有不从，便捏造罪名，施以酷刑，大有取代皇帝另立朝廷之势。大臣孙承祖及弟弟孙承业等江苏籍的官员，这次正是借六十大寿为掩护进行秘密串联，准备联合东林党，上书弹劾魏忠贤。王新义的到来，使他们倒魏的决心进一步加强。

朱由检得到几个大臣弹劾魏忠贤的折子，同时又得到了王新义的密报，左右为难。他深知魏氏势力强大，铲除魏忠贤势力的时机尚不成熟，过早声张恐打草惊蛇。又恐宁武府总兵姚普的反常行动与皇家的一项重大秘密有关，由此推断魏忠贤欲图谋不轨。一方面得借汾河大坝决口之由，除掉姚普，安排自己可靠的人坐镇宁武府，以保万无一失。另一方面又得稳住魏忠贤。为此，对孙承祖等的奏章置之不理。魏忠贤安插在皇帝身边的亲信太监小喜子，将孙承祖等的奏章密报魏忠贤。魏忠贤试探皇帝对其的态度，要求辞去东厂的职务，皇上不允。皇帝只是对老百姓联名状告宁武府总兵的事大动肝火，下令将姚普就地革职，押入京城大牢，交由大理寺严办。派周皇后侄儿周遇吉就任宁武府总兵。

魏忠贤看到皇帝并不敢对自己怎么样，于是决定对孙承祖及东林党下手。为了保护东林党及弟弟孙承业，孙承祖主动把责任全部揽到自己头上，皇上忍痛下诏以诬告朝廷重臣罪，免去孙承祖大臣职务，削职为民，遣送回原籍江苏镇江府丹徒县。临行前好友宁武府王新义王老英雄深夜送别，王老英雄把芦芽山松仗交给孙承祖作为信物。

（三）

三太子自从孙承祖六十大寿和青青再次相见并互诉衷肠后，就被这个美丽清纯的女子深深吸引。青青姑娘对三太子虽然身在皇宫贵为皇子，但不贪图荣华富贵，对官场的尔虞我诈、贪污腐败深恶痛绝，以及关心老百姓的疾苦这种品质颇有好感。之后两人互对诗歌，互换信物，彼此暗怀情愫。青青父亲为了国家社稷，惨遭迫害，青青痛恨皇帝昏庸无能，不辨忠良，由此也误解了三太子。

三太子得知孙父被冤，上殿为孙父求情，被皇上打了耳光。三太子赶到孙府送青青，青青拒不相见。望着三太子失神地离去，青青暗自落泪，泪水一滴一滴地落到了青青手里拿着的那把用芦芽山玄铁打造的雌剑上。

那把雄剑此刻正握在三太子手中。望着青青一家上路，越走越远，渐渐从视线中消失，三太子失神地盯着手中的短剑，离开孙府，痛苦地行走在大街上。街上仿佛失去了平时那种喧嚣的气氛，一切显得死气沉沉，眼前的这一切来得太突然了，面对恋人的误解和生离死别，三太子痛不欲生，可这一切他又无能为力。就这样，他在街上茫然地走着，不知不觉走进了一个酒馆，坐了下来。

就在这时，有几个人急匆匆地走进酒馆，从他身边走过，他下意识地抬起头时，看到了一个熟悉的面孔。他努力理了理自己的思绪，想到了那个面孔竟是东厂的副首领尚彪。这个神秘的人物此时在一个小酒馆里出现，又是鬼鬼祟祟的神情，引起了三太子的警觉。

原来，在孙承祖被贬后，魏忠贤并不想把他轻易放过，密谋设计将孙承祖处死而后快。于是指使东厂的尚彪在孙家回丹徒县途中河南驻马店下手，尚彪本来就是魏忠贤的亲信杀手，这样一拍即合。

没想到，他们精心选择的一个接头地点被三太子无意中撞到，得知了这个天大的阴谋。尽管三太子不知这个阴谋的真正幕后指使者，但尚彪的出现，肯定与魏忠贤有关。

怎么办？三太子头脑异常清醒，他悄悄地离开那个酒馆，直奔舅舅周昭府上，不一会儿，一个身着夜行服的人骑着一匹快马冲出周府向南驶去。

（四）

　　孙承祖一家凄惨地离开京城一路向南，饥餐渴饮、夜宿晓行。走到河南濮阳，濮阳县令出迎，县令李子生和孙是好友，因与魏忠贤政见不合，被贬到此。他们住在府上，夜谈国事，宦官当朝，国家腐败，民不聊生。谈到陕西人吃人时，孙承祖和李子生抱头痛哭，痛心疾首，彻夜未眠。也是命不该绝，这一住，给广隶追上他们赢得了时间。

　　广隶是周昭家将，二十出头，身高七尺，身手矫健，长得一表人才。祖籍河北沧州人，祖父是当地著名武师，家里开办武馆，弟子众多。父亲武艺高强，早年被周府选中，一直担任周府家将首领。广隶自幼习武深得家传，擒拿格斗无所不能，刀枪剑戟样样精通。跟随父亲在周府长大，深得周府信任。

　　这广隶快马加鞭一路追到濮阳，截住孙承祖一家告知消息，孙家绕道洛阳投奔宁武府王新义，广隶随行护送。

　　王新义是五台山惠通大师的俗家弟子，武艺高强，曾担任熹宗皇帝的贴身护卫，和孙承祖一向交好，孙家三兄弟都师从王老英雄学武术。王老英雄天生嗜酒，豁达豪放，当初弃官回乡并不是那么简单，原来他带有熹宗皇帝交付的一项重大使命。此次进京为民请愿大功告成，返回故里乡亲们十里相迎。

　　王新义的故乡芦芽山群山森列、重峦叠嶂，危岩峭壁、碧波松涛，其间奇峰怪石、深谷绝涧、飞瀑穿流，深入其中别有一番洞天。

芦芽山景

宁武府新任总兵周遇吉祖籍河北沧州，是周皇后的嫡亲侄儿，三太子的表哥。镇守宁武边关，赈灾救民，整治官吏，爱国爱民，宁武府城内，人们路不拾遗、夜不闭户。汾河水灾后，他带领官兵和百姓一起重新修建大坝，并打开国库放粮赈灾，官兵秋毫无犯，老百姓很是拥护。

（五）

孙承祖濮阳转道后，一家化装逃跑，在娄烦郡路遇土匪，幸有广隶武艺高强，和孙家四兄妹拼死搏斗，得以解脱。

汾河源头一景

　　走到宁化府时，尚彪和东厂派出的杀手一路跟踪已提前赶到宁化府，要挟府官对孙一家下手。王老英雄此时也已到达宁化府迎接。王新义发现了尚彪的企图，同时发现还有身份不明的人图谋不轨后，直接向府官亮明身份。

　　宁化府官迫于王老英雄的压力，引开杀手，放走了孙家。在王老英雄儿子王宇山和女儿王宇英的护送下安抵王家山庄。

　　王老英雄将汾河东岸棋盘山下的一片树林交给孙家，孙家开始建造自己的家园，取名孙家堡。王老英雄有意将女儿嫁给孙家长子孙国义，可宇英似乎更钟情于广隶。原来，宁化府救人，广隶的果断干练、机智勇敢，已深深吸引了宇英。而同时王宇山也在暗恋着青青。

尚彪等杀手看到孙家在王新义的保护下，一时难以找到下手的机会。这时候宫廷里正发生着一场巨变，"客魏集团"内部分裂，东林党趁机联络下级官员倒魏，魏忠贤和客氏二犯被没收家产，革除官爵。皇帝派兵将魏忠贤押解凤阳，走到阜阳魏忠贤绝望，上吊自杀于旅舍。

孙承业上书，请求为哥哥平反，三太子搬出国舅周昭出面，皇帝下诏给孙承祖平反，官复原职，并派三太子带皇帝圣旨赴宁武府安抚孙家。

三太子自从和青青一别，杳无杳信，直到表哥宁武府总兵周遇吉回京城述职，才得知青青一家平安无事。两年来的相思之苦，使他憔悴了许多。他这两年中，始终热衷于关心老百姓的疾苦，把皇兄赠予的钱物变卖，都接济了穷人。这下终于有了青青一家的消息，他不知有多高兴呀。

三太子即刻离开京城带着几个亲兵星夜出发，快马加鞭，直奔宁武府。表哥周遇吉派副将杨立夫到阳方口迎接。

（六）

周遇吉陪三太子游览被誉为三关之一的古城宁武关，钟鼓楼、延庆寺……三太子为宁武雄关的气势恢宏而赞叹不已。但此时他的心早已飞到了青青身边。

周遇吉和三太子到孙家居住的孙家堡宣旨。王老英雄在王家山庄用芦芽山的银盘蘑菇、山韭菜、野羊肉招待客人，给客人喝的茶

古城宁武关

汾源源头

也是芦芽山特有的毛尖山茶。水果全是芦芽山生长的油品品、马茹茹、蜜果果、沙窝窝、定香香。干果是芦芽山的大松子和珍子。三太子在宫里从来没有吃过这么好吃的东西，他不禁被这里的奇山异水深深吸引。望着自己心仪的青青姑娘，他感到梦幻似的，多想永远远离那令人生厌的皇宫，和自己心爱的人永远生活在这里，当一名普通老百姓，自食其力该有多美呀。

青青与三太子相见，王宇山吃醋。

魏忠贤余党害怕孙家还朝对其不利，早已派尚彪一直跟踪潜伏在孙家堡山上的树林里，伺机对孙家下手。三太子发现尚彪踪迹，秘密跟踪，结果被尚彪击昏。尚彪仓皇中下手，放火烧了孙家饲料场，绑架了二子孙仲义。

王宇山指责三太子动机不纯，青青真相不明，孙家以为这又是皇帝玩的花招，故对三太子态度十分冷淡。三太子苦于没有证据，不能自圆其说。青青深知三太子正直无私，可这一切她也无法说服大家，只能在心里为三太子暗自担忧和不平。

孙承祖为了躲避魏忠贤余党的不断迫害，拒不受旨，上书要求告老！

周总兵十分清楚朝廷的黑暗，他非常理解孙承祖的心情，决定代孙承祖向朝廷辞官。

（七）

青青为了安慰三太子，陪三太子到雷鸣寺进香，听老方丈解说人间事："自古荣华云中游，滔滔汾河向南流。欲问世间沧桑事，独立芦芽看松稠！"三太子若有所思。

尚彪绑架孙仲义，仲义半路逃脱。杀孙承祖未果，尚彪办事不力，魏忠贤余党头目很不满意，尚彪惶惶不可终日。

这时李自成已攻陷保定，向北京进犯，京城一片恐慌，皇宫自乱，崇祯皇帝急召三太子回宫。青青鸾鹊桥相送，两人依依惜别，国破亲离，相见时难别也难，这一别不知何时再能相见。这时上下鸾桥生起了炊烟，两股炊烟汇合在了一起，两人心里都盼望就像炊烟一般永远相聚永不分离。

李自成为顺利攻下京城，避免腹背受敌，决定先解决宁武府，周遇吉秣马厉兵，做好了一切准备。

汾源雷鸣寺

汾河

为了防止闯王兵马两路夹攻，周总兵派副将杨力夫协助王老英雄一家带领王家山庄民众及汾河沿岸的百姓到坝门口拦河筑坝蓄水，增援宁化府的防御。

孙承祖生在江南水乡泽国，祖传木匠。他带领全家人在汾河上游设计建造水磨。青青设计的水磨别具一格，非常实用。七座水磨不到十天就建造完毕，开始为官兵加工粮食。

闯王原计划分两路，一路进攻宁化府，切断宁武府的退路，一路直接进攻宁武府。经过侦查发现汾河上已有蓄水大坝，周遇吉早有准备，于是放弃了原来的计划，集中所有兵力围攻宁武府。七天七夜，炮火把宁武府烧成了火海，但是周遇吉早已修筑了水渠，把位于城南制高点上的万花泉水引到了全城。城里官兵同仇敌忾，把宁武城守了个固若金汤。闯王损兵折将，久攻不下，无奈只好撤兵。

（八）

皇宫里，各官僚纷纷卷包金银细软南逃。皇帝带着几个宫妃围着皇城漫无目的地转了一圈，登上煤山看到京城外围到处狼烟四起，知道大势已去。把几个皇子叫来，嘱咐各自逃生去吧，记住一定要为朱家报仇，然后父子几个抱头大哭。送走几个儿子后，崇祯把三弟朱由楫叫到身边，把身上贴身穿的一件马甲脱下来，给三弟朱由楫穿上。然后沉重地告诉由楫，马甲里有半张地图，那是太祖留下的一张藏宝图。这批宝藏就埋藏在芦芽山脚下一个秘密的山洞里，另半张图保存在朱家一位先辈手中。这位先辈为了保护祖先的这批宝藏，早年离开皇宫，外出云游。一定要找到这位先辈，然后找到宝藏，为我大明复国。马甲上的芦芽山图案就是你的暗号，那位先辈的暗号是一根芦芽山松杖。到宁武府找到你表兄周遇吉他会帮助你的。

不想这一切被躲在暗处的太监小喜子全部瞧在眼中。

三太子由楫步履沉重地离开了皇兄，皇兄嘱托的事太突然，也太重大了，他感到自己被压得喘不过气来，有点力不从心。不过一想到能去那个令他魂牵梦萦的地方，能见到青青，他的心情轻松了许多。

崇祯皇帝送走皇弟由楫，提剑杀了自己的宫妃和几个公主，走到煤山上吊自杀了。国舅周昭也在崇祯上吊不远处的一棵树上上吊死去。

再说李自成就在崇祯自杀后不久打进了京城，明朝灭亡了。打下京城后，李自成立即派人劝降周遇吉，被周遇吉严词拒绝："宁为玉碎，不为瓦全！"

闯王发兵宁武府，要报一箭之仇，宁化府副总兵暗中投降，和闯王兵里应外合，进攻宁武府，李闯王火烧宁武府，周遇吉遇难。

（九）

尚彪在马伦草原落草为寇，太监小喜子投奔尚彪，告知宝藏之事，尚彪密谋夺宝。

三太子投奔宁武府周遇吉，看到表哥和宁武城已化成一片火海。那冲天的火焰就像一个红色的凤凰冉冉升起，三太子仿佛看到表哥就骑在那个火凤凰的背上，飞向天空。

在孙家寨，三太子和青青相见，百感交集，孙承祖一家收留了三太子。三太子无意中发现了孙家的松杖，以为孙承祖就是自己要找的人。孙承祖告诉三太子，松杖是王老英雄所赠。于是三太子和青青手持松杖拜见王老英雄。王老英雄告知由校皇帝交付的重大使命，可那半张地图在哪里，王老英雄欲言又止。王老英雄的松杖是当年慧远大师交给自己的，他隐隐约约感到，慧远大师可能就是那位他们要找的先辈。于是，王老英雄陪同三太子一起上五台山拜见慧远大师。

可这一切被暗中潜伏的尚彪爪牙窥探到。

就在王老英雄和三太子等赴五台山的途中，尚彪一伙已先到一步。

五台山静海寺，一个老和尚坐在蒲团上，手敲木鱼，闭目念经。尚彪等人闯进寺庙，将老和尚团团围住时，发现老和尚已经坐化。他们翻遍寺庙一无所获，听到寺外有人说话，便悻悻地离去。

王老英雄和三太子、青青、宇英、宇山等走进大殿，看到寺庙里一片狼藉，慧远大师已安详地死去。

法案上，留下慧远大师的一首诗："远山隐隐近山低，晓客长途风雨凄。山河几度易手去，红尘滚滚不成泥。"看到这首诗大家一切都明白了，可那半张地图究竟在哪里？慧远大师这一去，一切都成了谜。

（十）

尚彪等人返回途中，认为三太子们一定会回芦芽山继续探寻宝藏，只要秘密地跟踪他们就不愁发现线索，等到三太子找到那半张图时，再下手不迟。几个人不禁为自己的高明计谋而沾沾自喜。

望着三太子马甲上的芦芽山图案，对照半张图，他们发现了一处共同的地方，王老英雄告诉他们那是芦芽山的主峰，难道宝藏就在望佛台？三太子决定到那里实地去寻找。路上他们发现有人一直在暗中跟踪，于是王新义决定他和女儿宇英一路，三太子、王宇山、青青一路，分头行动，约定在芦芽山望佛台碰头。

孙承祖在孙家寨焦急地等待三太子和王老英雄一行，久久不见归来，放心不下，立即派广隶、国义仲义弟兄出去接应。

三太子夜宿雷鸣古寺，拿出慧远大师的诗请教老方丈。暗中窥探的小喜子以为找到了另外半张地图，于是发射毒镖，企图杀人灭口，独吞宝藏图。结果，老方丈遇害。青青为保护三太子肩头中镖，身染重毒。幸宇山躲避及时未受伤。小喜子阴谋未逞逃跑，宇山追出，这时寺庙被尚彪带领的土匪包围。宇山背负青青和三太子从后山逃走，他们穿过茂密的森林，一直向芦芽山方向逃去。尚彪等紧紧追逼，为了保护青青和三太子，宇山毅然将他们隐藏进一个不被人发现的山谷，然后去引开追兵和尚彪进行了殊死搏斗，身负重伤被俘。

（十一）

三太子和青青穿过荆棘丛生的谷口，走进了这个不满三米宽的山

情人谷栈桥

情人谷一景

谷，谷内时宽时窄、曲曲弯弯、山花烂漫、彼谢此开。一条清溪自谷掌流出，飞珠溅玉、叮咚有声，沿路凿出许多石潭。有玉女潭、红豆潭、相思潭、连心潭、合璧潭、开心潭，等等。整条山谷呈现诸多弯弯曲曲的形状，每个弯曲间都呈现出柳暗花明又一村的妙境。

谷中的杏花苑、霜叶苑、桦衣苑、云杉苑等纷呈各异。

一座硕大的花岗岩被水冲洗得光滑有趣，形象怪异，如仙女裸浴。谷内的连理亭、情人屋、合欢桥、月老洞，一处胜似一处奇妙，令人心旷神怡。谷外的双珠潭更是让三太子和青青流连忘返。峡谷独特、奇丽、幽静的自然风光深深地吸引了三太子和青青。三太子不禁吟诗道：

情人谷

奇山异水幽径藏

百香争艳竞芬芳

仙女化蝶翩翩舞

深谷处处觅情郎

在幽谷深处两人的爱情得到了升华。

两人在山谷看到了在王老英雄家里吃到的蘑菇，各式各样，有红银盘、白银盘。他们挖出了山土豆，用马牙石取火烧土豆。有溪水冲刷后形成的鹅卵石小道，有天然的石屋、石凳，他们在雨中戏水，青青在瀑布下沐浴。

他们在深谷遇到一只受伤的小金钱豹，长得非常可爱，就像一只小猫。青青和三太子非常喜欢。青青将小豹子抱在怀里，三太子用随身带的云南白药给小豹子敷药。小金钱豹恢复得很快，碰到母豹后，小豹子高兴得活蹦乱跳，一下子扑到母豹怀里，母豹和青青也成了好朋友。

他俩进谷后，心里一直牵挂着他们的使命，怎么也找不到出谷的路。一天小豹子追着一只野兔钻进一片草丛，两人扒开草丛寻找小豹子时发现了山洞，他们意识到这可能就是山谷的另一个出口。穿过狭小的山洞，尽头有了光线，洞口也是被草丛覆盖，出了山洞，眼前一片开阔。

（十二）

另一路王老英雄父女，半路遭遇尚彪安排的伏兵暗算，王老英雄中箭负伤，宇英搀扶父亲进入山谷迷路。寺庙的钟声使他们发现了悬崖中的悬空寺。悬崖下，道人放绳索将父女俩吊了上去，道人治伤，指点悬崖栈道，父女从这个隐秘的栈道上过天桥、钻山洞，顺利抵达芦芽山望佛台。

芦芽山佛顶之西，有一处石崖，崖顶有10米宽的平坦地，崖下深不见底。崖边一块一米多高的巨石伸手可倚。人们至此，都要迫不及待地登顶眺望，尽览眼前奇景。所以，人们把这里叫作望佛台。

在望佛石上望佛顶，只见佛顶之下林海茫茫，云雾缭绕，鹰旋崖畔击起紫气岚光，更显得佛顶肃穆庄严。此时的佛顶之下，深不见底的花岗岩石峰如锥似箭，巨崖扶摇直上，峰尖直刺青天，奇峰罗列，怪石突兀。

望佛石下，是一处向南突出的巨石悬崖。三面都是花岗岩石涧，深不见底，其上仅有两根不足一丈五尺长的铁索相连。人走在铁索上战战兢兢，山风吹来，晃晃悠悠更加恐惧。胆子小的人只好"望佛兴叹"，不敢近前。胆大的也不敢站立通行，只是顺着"小路"爬向崖边，依石望佛观景。

再说三太子背着青青离开幽谷后，眼前是一片宽广的高山草原，"风吹草低见牛羊"，这是辽阔的内蒙古草原才有的场景啊。他俩正被宽广的高山草原所陶醉的时候，忽然，树林里窜出一伙歹徒，领头的正是尚彪。尚彪一阵狞笑，随后把王宇山推出，三太子和青青被俘。

尚彪从三太子身上搜出马甲和那半张地图，欣喜若狂，三太子痛苦异常。青青安慰三太子。尚彪和小喜子拷问二人另半张地图的下落，青青三太子不知所云。

尚彪等人也从地图上看到了芦芽山望佛台，感觉宝藏一定就在那里，于是带着三人向芦芽山主峰走去。

（十三）

孙承祖二子孙仲义滚下棋盘山逃脱尚彪的魔爪后，浑身都是伤。昏昏沉沉地拄着一根木棍，走着走着，不知过了多久，他看到远处蓝蓝的一片，仿佛是大海，再也坚持不住了，脑子轰地一下倒在地上，不省人事。

等他再次醒来时，发现自己正躺在一间木屋里，身上盖着显然是女子的被子，因为他在朦朦胧胧中，一直能嗅到一股淡淡的幽香。他正要从床上爬起，一位姑娘端着碗热汤笑盈盈地走进屋里。汤是用马营海的鲤鱼炖的汤。

原来宁武府失守时，周总兵的副将杨立夫奉命去太原搬救兵，走到半道得知太原府早被闯王兵占领，当他返回时宁武府已被烧毁，总兵周遇吉已死去。无奈之下，杨立夫将逃出城的官兵家属以及几个旧部收拢起来躲到了马营海，靠打鱼和狩猎为生。女儿杨颖颖出去狩猎时，发现了负伤昏迷的孙仲义。杨颖颖和家将将孙仲义救回家中疗伤。好在孙仲义的伤势不重，都是皮外伤，只是失血较多。马营海的鱼属于纯天然生长，是疗伤补血的佳品，孙仲义在颖颖的悉心照料下很快得以恢复。

马营天池

这马营海是一个高山湖泊，湖周群山环绕，林木茂密，山光水色相映，景色殊丽。这个高山岗上的湖泊，犹如一个"天池"。盛夏天池之滨芳草萋萋，鲜花锦簇，池中芦苇随风摇曳，群鸭戏水，蛙鼓声声，鱼跃水面，众鸟欢歌，自有一番迷人的韵味。晴日站在山岗上远眺，那万山丛中，红日之下，银光四射，湖面如镜，把山野映照得更加璀璨。

在它的周围还有公海、鸭子海、琵琶海等湖泊，构成了一个罕见的高山湖泊群体。

孙仲义和杨颖颖年龄相近，孙家和杨家因为周总兵的关系早已熟悉。颖颖陪着仲义，在湖泊群中天天练武恢复身体，两个年轻人都是习武之人，有共同的爱好和相同的志趣，在一起日久生情，互生爱慕。杨立夫看在眼里喜在心中，只待见了孙承祖后当面提亲，成就这段美好姻缘。在他心里早已将仲义当成了自己的女婿。

伤愈后二公子孙仲义急于回家看望父母，杨立夫带女儿和几个部将一同赶到孙家寨。

到孙家寨拜见孙承祖后，才知三太子、王老英雄五台山归来下落不明，于是大家相约一起出动去救太子。

（十四）

雷鸣古寺小和尚告知孙承祖老方丈遇害，青青负伤中毒，三太子他们三人从后山逃走。大伙一路追赶，察看脚印，发现了玉山的断剑，在石门口，发现了三块支锅石及做饭燃烧的灰烬，旁边树杈上留有青青姑娘绑着的一条丝带。

追到马伦寨草原时，他们发现这里原来就是尚彪等的巢穴。杂乱的脚印和地上留下的斑斑血迹，一直指向芦芽山主峰方向。等他们赶到那里时，王老英雄身上多处负伤，正半跪在地上一手拿着松杖，一手拄剑支撑着身体。三太子和青青、宇山被裹胁在尚彪等一伙爪牙中。

真是仇人相见格外眼红，大伙立即投入战斗。混战中，尚彪被广隶刺中数剑掉下山崖，很快尚彪爪牙被消灭干净，三人被救出，马甲和半张图也重新回到三太子手中。就在大伙劫后余生喜极而泣之时，发现宇英不见了。

铁索桥上，小喜子将剑架在宇英脖子上，铁索桥下深不见底。据传说掉下的石块一年以后才能听到响声，到底有多深，谁也不清楚。小喜子以宇英的性命要挟，要拿到半张地图。

三太子抱着奄奄一息的青青，痴痴地望着自己的心上人，淡然地将图交给身边的广隶。

广隶登上铁索桥一步一步地向宇英靠近，深情地看了看宇英，然后将手里的地图伸向小喜子。就在小喜子伸手去接那份地图的一

马伦草原

刹那，广隶用另一只手，一把将宇英抓起抛向铁索一端，同时将身子扑向小喜子，小喜子来不及做任何反应，就被广隶抱住一起掉入了那深不见底的山涧。

这倏然发生的事，完全出乎所有人的预料，大伙在救起宇英的同时扑向山涧，趴在山涧边沿声嘶力竭地呼喊着广隶的名字，可除了山涧的回声什么也看不到了。

不知过了多久，大伙才醒过神来，三太子抱着青青，大伙围在王老英雄周围。老英雄艰难地用手摸了摸青青的头，然后将松杖交给三太子："孩子，到悬空寺去找全真道人，一定要治好青青的伤，好好相爱。宝藏就让它永远埋藏在地下吧，那是老百姓的祸呀，那半张图就在松杖里，做个纪念吧。"说完安详地闭上了眼睛。

宇英恍惚间仿佛听到广隶在遥远的深谷呼唤自己的名字，她坚信广隶还活着，大伙怎么劝也无济于事，她一定要去寻找广隶。她毅然地背起行囊向山谷深处走去，孙国义也收拾好行囊背起宝剑，默默地跟随在王宇英身后消失在大伙的视线中。

大伙安葬了王老英雄，一起陪同三太子、青青去悬空寺找全真道人。

在悬空寺，全真道人把了青青的脉搏，告诉三太子，青青中毒很深，但还有一线希望。老道拿出蓝灵芝，说这是青青的造化，这蓝灵芝千年不遇，老道在四十年前有幸采到这罕见的一枝，需要熬上七七四十九天方可服用。但青青体内的毒已无法支撑一周，三太子心急如焚。老道不慌不忙地告诉三太子，距离此处不远有一座山，半山的山背处有一个万年冰洞，此冰洞可以延缓青青体

芦芽山景

悬空村

内的毒发时间。与冰洞相距不到二百米处，有一处千年不熄的地火，全真道人说那是千年火山。这一冰一火，本是相克，却奇妙地共存于同一山上。

冰洞里地下有七七四十九层，每天坚持下一层，下到最底层的时候，也就是过了四十九天，喝下这蓝灵芝汤，不仅可以驱毒疗伤，而且可以长寿。

（十五）

告别了家人，青青和三太子在老道的指引下来到了万年冰洞，果然是大自然的奇迹。

下冰梯，过冰栈，钻入冰洞。冰洞每层可容纳数人。洞内四周全是冰，由冰形成了冰柱、冰帘、冰瀑、冰花、冰佛、冰床、冰钟、冰人、冰菩萨等，千奇百怪、不一而足。洞内大大小小的景致或玲珑剔透，或晶莹夺目，或婀娜多姿，或雄伟壮丽，无不令人惊叹，堪称一个冰的世界。青青在冰洞里疗伤，三太子每日定时将药和食物送入洞中，然后守在洞口护卫着青青。日子一天一天地度过，已经过了整整四十八天，青青的生命也在顽强地支撑着，只待熬过最后一天，喝下全真道人熬好的蓝灵芝汤，就可痊愈了。

也就是七七四十九天的最后一天，到了喝药的时辰，还不见全真道人的身影，以前每到这个时辰，老道总是准时送药过来。可今天却怎么也看不到人，这是以前从没有过的情况。三太子等

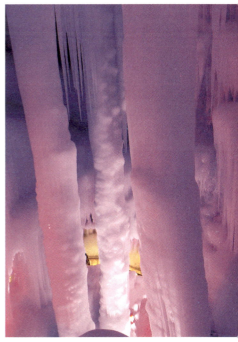

万年冰洞

悬空寺密道

得心急，就去悬空寺查看情况，赶到悬空寺时，发现悬崖下老道和
另一个人已死在悬空寺下，而另一个人竟然就是尚彪。

原来尚彪身负重伤自知不敌广隶，于是顺势滚下了山崖，爬到
这里正是想找老道治伤。没想到正好赶上灵芝汤熬成之时，尚彪
一口气将药全灌进了自己的肚子，老道悲愤欲绝，抱住尚彪摔下
悬崖。

三太子仰天长啸，既然一切都是定数，悲痛伤感又能怎样呢？
于是他返回洞中抱着奄奄一息的青青，从容地走出冰洞。此时不禁
想起了方丈的那首诗："自古荣华云中游，滔滔汾河向南流。欲问

世间沧桑事，独立芦芽看松稠！"

青青在三太子的怀抱里安详地闭上了眼睛，没有丝毫苦痛，脸上挂着幸福的笑容。

三太子将老道、青青的棺枢安放在悬崖上的洞穴里。

就这样三太子坐在悬空寺里，每天抬头凝视前方，可以天天看到青青就在眼前。一天乌云过后，芦芽山顶放出了七色彩光，在那个巨大的光环里，他看到了青青微笑着向他招手，他感觉自己的身体已轻轻飘起，向着青青飞去，在光环里他们紧紧地拥抱在了一起……

芦芽山悬空寺外景

（十六）

三太子和青青死后，后人为了纪念他们的忠贞爱情，在芦芽山的顶峰建造了一座庙，叫作太子殿。在汾河源头雷鸣寺脚下建造了水母娘娘庙。尽管青青和三太子未能成亲，但人们依然把她当作娘娘予以尊敬。悬空寺内的洞穴里有一尊肉身菩萨，数百年不化，传说那就是三太子坐化成的佛像。若干年后，一位叫作新民的诗人把他们当年定情的幽谷起名为"情人谷"。

历史翻过了一页又一页，青青和三太子的爱情故事已和芦芽山的山水、风景融为一体。不管游人到了哪个景区、景点，那里都有他们爱情的见证！

（作于2004年秋）

后记

　　表弟孙黎明建议我把这些年写下的文字，整理编辑成一本书。尽管我是个地道的理科生，可文学与写作却是与生俱来、从小喜欢、长相厮守、深入骨髓的爱好。小时候有记日记、讲故事的乐趣，长大后有勤摘抄、善记忆的习惯。自从第一次作文被老师点评，第一次文章被报刊发表，写作的热情就被点燃。此后一直不温不火地燃烧着，每有灵感便写成文章。年轻时觉得写得好的就去投稿，陆陆续续地常收到稿费汇款单，钱不多可那是一种被认可的证据，积累得多了养成了一种自觉的写作习惯。年轻时总怕别人不知道自己有几把刷子，总想表现自己、证明自己，写得不多，发表得不少，表白渲染的却更多。以后经历多了，挫折多了，逐渐明白了不少事理，人是活给自己看的，靠那种滔滔不绝的表达、夸大其词的自诩显得多么的幼稚和可笑。

从那时起，看书写作成为一种陶冶自我的方式，我渐渐趋于平静、安于本分、归于自然。生活中生命中受了触动的东西与心灵中的贪嗔痴碰撞，擦出火花，激发出一些真善美的感悟，写下来就是一次内心修炼的记载，当作一份礼物捧给周围的亲朋好友一起分享，形成了一种约定俗成的心灵交流的方式。这些年不管以何种体裁写成的东西，再没有拿出去发表过，这大概可以算作一点成熟吧。

接纳表弟的建议，还有一个缘故，那就是我的舅父。我家祖辈全是目不识丁的农民，到了父亲这一辈虽早早参加了工作，却依然和文化沾不上边，靠对组织的忠诚和服从命令听从指挥的自觉，也当了领导得到了组织的优厚待遇。我的舅父尽管也有父辈那一代人雷同的忠诚，但更多的却是靠自己的真才实学来创造骄人业绩。

人说外甥打灯笼照旧（舅），我和我的哥哥们，得益于有一个令许多同龄人羡慕的舅舅，小时候就可从舅父处看到诸多别人看不到的书籍，一切不懂的问题舅舅随时可以予以指导，许多知识的启蒙全部源于舅父的亲情和用心。

我这一生以舅父为偶像和榜样努力模仿着奋斗着，生活在舅父的巨大光环之下，别说有所超越，即使做成些露脸的事情，写出篇满意的文章，最自豪的也莫过于被人夸奖不愧是舅舅的好外甥。尽管哥哥们个个文采过人，可我一直靠自己的勤奋，坚守着源于舅父好笔杆子的真传。遗憾的是写了许多文章，却没有勇气拿出一篇作为成品给舅父一阅，不料舅父今年竟因病而殁，我这点矫情使舅父生前竟没有看过我写下的任何一篇文章。当我意识到这一点时，内心的支撑轰然倒塌，这不正是对内心那点私心杂念最大的惩罚吗？将写下的文章整理成一本书，原以为是举手之劳的事。可真正面对数十年来，随遇而写、随心而作的文字，如积压在箱子底的衣物，要重新整理修改好面世，却是一次挑战自我、考验自我的"革命"。大半年的时间，犹如经历了一次心灵的洗礼，许多自以为是的精品，竟难以经受时间的考验，不得不忍痛割爱。还有许多文章一蹴而就，但粗糙不究如同鸡肋。更有受自身认知和修养的局限性影响，许多文不对题错词败笔，如蝉不知雪、目不见睫。好在有老乡和好友吕应征的帮助，引荐希望出版社的资深老社长赵连娣老师给予校审把关。赵老师是20世纪50年代出生的人，这一代人身上吃苦耐劳、勤奋好学、忠诚敬业是我辈人之楷模。赵老师视文章为己出，用功精致用心良苦，确保了文章修改的方向和质量。用感谢两个字真是难以表达感激之情。

在编这本书之前，表弟孙黎明帮我编辑过《我从汾河走来》散文集，从设计编辑校审印刷，都是他一个人完成的。这也是编辑这本书的基础。为了这本书许多老乡好友都以不同方式出力帮忙。老兄陈升作序。忻州师院老领导书法家郑福田八十五岁高龄亲自写字题词。老乡才子陈吉宇推荐书名，发小孙彧（孙定都）题写书名。两名小兄弟马志文、孙晋华联络协调出力不少。特别是我所在公司才女张丽、邓汴等帮忙校对修改，促进了书的早日面世。在此一并予以致谢！